노 피플 존

정이현 소설

노 피플 존

문학동네

차례

실패담 크루 007

언니 049

선의 감정 083

빛의 한가운데 121

단 하나의 아이 155

우리가 떠난 해변에 189

가속 궤도 225

이모에 관하여 255

사는 사람 299

해설 | 강지희(문학평론가)
선 넘는 사람들 339

작가의 말 365

실패담 크루

페이스트리는 뜻밖에 정치적인 빵이다. 겹겹이 쌓인 층과 층 사이, 선처럼 얇은 틈이 숨어 있다. 한입 베어 물면 버터 향이 입안에 퍼지고, 부스러기는 겹의 바깥으로 바스스 쏟아져 내린다. 당신은 이미 어디에든 속해 있다.

1

"제 아버지는 한때 수재였습니다. 그가 서울대에 입학하던 해, 인구 십만의 고향 도시 곳곳에 플래카드가 걸렸습니다. 그해 그 도시의 서울대 합격자는 총 세 명이었는데 그중 여학생

한 명이 이듬해 여름 산에서 실족사했습니다. 아버지는 종종 그 이야기를 했습니다. 안타까움이나 회한, 애도 같은 감정은 동반되지 않았습니다. 안전사고가 얼마나 위험한 것인지 강조하고자 할 때 그는 그 불행을 언급하곤 했습니다. 불의의 사고를 방지하려면 아예 그런 일을 유발할 만한 행동은 하지 말아야 한다는 자신의 신념을 정당화하기 위해서 말입니다. 어머니가 어린 저를 데리고 뒷산이라도 올라갔다 오라고 하면 그 사고를 잊었느냐고 대꾸하는 식이었습니다. 기어이 어딘가에서 핑계를 훔쳐오는 사람, 세상에는 그런 사람이 있었고 그것이 저의 아버지였습니다.

결혼과 함께 아버지는 고시 준비를 그만두었습니다. 그 순간부터 아버지는 필생의 꿈을 타의에 의해 접은 상실자 역할에 몰두했습니다. 직장에 들어갔다가 사소한 일로 그만두기를 반복하는 패턴도 그 역할의 일부였을 겁니다.

어머니 친척의 친구가 운영하는 회사에 다닐 때 매주 한 번씩 전 직원이 모여 도시락을 나눠 먹었습니다. 아버지는 어머니에게 화를 쏟아내면서 모욕감이라는 단어를 사용했습니다. 그 단어를 제가 처음 들은 날이기도 합니다. 그딴 것들과 내가 왜. 다 너 때문에. 제 귀에는 인간의 언어가 아니라 까마귀의 비명처럼 들렸습니다. 다음날 아침 그는 어머니가 준비해둔 도시락을 현관 앞에 두고 갔습니다. 별일 아니라는 듯이. 그것을 발견하고 어머니는 우두커니 서 있었습니다. 잠시 후 도시락통을 들어서 그대로 쓰레기통에 버렸습니다. 얼마 지나지 않아 어머니는 아버지 곁을 떠났습니다. 완전히 부서져버리기 전에. 저는 거기 남았습니다. 그것이 두번째 실패입니다.
 아들은 원래 아버지에게 속하는 거라고 그가 말했습니다.
 저의 첫번째 실패는 그의 아들로 태어난 것입니다."

 제리는 거기서 말을 멈추었다. 모두 숨을 죽이고 있었다. 나는 알았다. 여간해선 이길 수 없는 상대가 나타났다는 것을. 분했다.

2

 난데없이 제리가 등장하기 전까지 나는 실패담 말하기 크루의 유일한 삼십대 회원이자 '젊은이'였다. 젊은이, 라는 고색창연한 호명은 얼마나 우스꽝스러운가. 물론 농담이었지만 순도 백 퍼센트의 농담인 것만은 아니었다. 와자하게 함께 웃다가 문득 "늙은이들 틈에서 괜히 고생이 많아요"라고 툭 건네받은 한마디에 마구 도리질을 치고 있으면 내가 갑자기 다정한 조직의 일원이 된 것 같았다. 모임의 멤버들은 모두 90년

대 초중반 학번이었고, 나와는 열다섯 살에서 스무 살까지 차이가 났다. 기본적으로 다들 친절하게 대해주었다. 식당의 좌석을 정하거나 메뉴를 고를 때 자연스럽게 '막내 먼저'라며 배려해주기도 했다. 삼십대 중반에 막내라니.

성지연은 모임 다음날이면 잊지 않고 메시지를 보내왔다.

―불편한 건 없었나 해서요.

―그럴 리가요. 너무나 즐거웠습니다.

혼자가 어색하면 친구를 데려와도 좋다고 성지연이 말했을 때 나는 거듭 사양했다. 누구와도 경쟁할 필요 없는 막내 포지션을 놓치고 싶지 않아서였는지도 모른다. 성지연은 나를 그 모임에 초대한 사람이었다. 그녀와 내가 처음 만난 것은 약 사년 전이었다. 내가 변호사 시험에 합격한 해였다.

꽤 규모가 큰 로펌에서 의무 수습기간 육 개월을 보냈다. 로스쿨 시절부터 선망하던 곳이었다. 운이 좋았다. 수습기간이 끝나갈 즈음 대표 변호사 중 하나인 원대표가 수습 변호사 네 명 모두를 저녁식사에 초대했다. 비서에게 전달받은 주소는 종로구의 한 주상복합건물이었다. 수습 계약 종료를 앞둔 시기, 금요일 근무 외 시간에 자기 집으로 부르는 건 권력 남용이 아닌가 하는 생각이 스쳤다. 내색은 하지 않았다. 비서가 보낸 메일에는 '당연히, 자유롭게 참석하면 된다고 말씀하셨습니다'라는 문장이, 다음 줄에는 '알레르기 및 기타 사유로

드시지 않는 식재료가 있으면 사전 고지 부탁드립니다'라는 문장이 적혀 있었다.

수습 변호사 단톡방에 '부담스러워 죽겠다'고 써 올린 사람은 민이었다. 육성으로 들으면 진짜 투덜거림인지 아닌지 구별할 수 있겠지만 문자로는 알 수 없었다. 다른 사람들이 민의 말에 공감하는 카톡을 보냈다.

—그러게요.

나도 소심하게 대답했다. 홍이 꽃다발과 케이크를 사자고 제안했다. 윤이 맞장구치면서 역시 고전적인 품목이 가장 낫다고 했다. 와인까지 있어야 3종 세트 완성이라고 부연하자 홍이 대꾸했다.

—와인도 너무 좋겠어요. 그런데 제가 잘은 모르지만, 그런 분들은 하이엔드급만 드시지 않을까요. 혹시 와인에 대해 잘 아는 분 계실까요?

비싸서 안 된다는 뜻이었다. 넓은 세상으로 나아갈수록 이런 완곡어법을 세련되게 구사하는 사람들의 비율도 느는 것만 같았다. 예의바르게 돌려 말하면서 정곡 찌르기, 공격적이지 않고 남 신경 거스르지 않으면서 원하는 바를 관철하기 등의 기술을 가르치는 사교육 업체가 나만 모르는 곳에서 성업중인지도 몰랐다.

—하긴 너무 좋은 술 들고 가면 괜히 건방져 보일 수도 있

을 듯요.

―그럼 꽃 어디서 할지 의견 주세요.

역시 그들은 결정이 빨랐다. 누군가 P호텔 플라워 숍이 어떻겠느냐고 하자 다른 누군가가 근방에서는 거기가 제일 괜찮다더라고 호응했다. 그런 정보를 다들 어떻게 알고 있는지 나는 종종 의아했다. 세상에는 내가 아무리 노력해도 알 수 없는 영역이 존재했다.

―설마 홈 쿠킹은 아니겠죠? 부담돼서 체할 듯요.

―원대표님이 요리 좋아해서 조리사 자격증도 있다던데.

미안하지만 노 땡큐인데, 라고 민이 말했다. 서른 살의 그는 우리 중에서 가장 입학 점수가 높은 대학과 로스쿨 출신이었다. 어디서든 분위기를 주도하려 했고 늘 유머러스한 사람으로 보이고 싶어했다.

―소스 반, 땀 반일지도.

민이 기어이 덧붙인 멘트를 보면서 저절로 눈살이 찌푸려졌다. 평소 민이 하는 안 웃기는 얘기에도 가장 크게 웃곤 하던 홍이 'ㅋㅋ'를 붙이며 거들었다.

―ㅋㅋ치트키 있잖아요. 무적의 엘메.

선을 한참 넘었다. 원대표는 프로 레슬러처럼 유난히 체구가 크고 유난히 땀을 많이 흘리는 편이었다. H문양이 선명한 에르메스 손수건으로 늘 이마를 눌러 닦으며 걸어 다녔다. 그때, 민이 이미지를 하나 올렸다. 북한 김정은 위원장이 땀을 닦는 사진이었다.

—헉! 이분 보기보다 겁 없는 분이네 ㅋㅋ

홍이 받았다. 시간 차를 두고 윤도 'ㅋㅋ'를 입력했다. 나는 아무 말도 하지 않고 조용히 스크린 숏을 찍어두었다. 그들의 방식이 그것이라면 이것은 내 방식이었다.

원대표의 집은 지금껏 내가 가본 집 중에 현관 중문에서 거실로 이어지는 복도가 가장 긴 집이었다. 원대표가 현관에 서서 우리를 맞고는 안쪽으로 안내했다. 거실 창으로 고궁의 안뜰이 보였다. 너무나도 비현실적인 풍경이었다. 아, 이런 위치에도 건축 허가가 나는구나, 그런 게 가능하구나, 하는 생각이 먼저 들었다. 키가 크고 마른 체격에 쇼트커트를 한 여성이 창가에 서 있었다. 소매를 걷어올린 흰색 리넨 셔츠에 흰색 데님 팬츠 차림이었다. 원대표의 아내라는 짐작이 자연스러웠다. 원대표가 그녀를 우리에게 소개했다.

"여기는 성지연씨. 건축 회사를 경영하는."

"거창하게 경영은 무슨. 전 그냥 벽돌 만드는 사람이에요."

성지연이 활짝 웃으면서 인사했다. 벽돌이라는 단어가 성지연의 우아한 모습과는 이질적으로 느껴져서 그 순간이 강렬하게 남았다.

"환영합니다!"

성지연이 진정 환대한다는 듯이 두 손을 넓게 벌려 흔들었다. 다소 연극적인 제스처였다. 다이닝 테이블에는 다양한 음식이 가득 세팅되어 있었다. 중국식 고추잡채 옆에 참치 다타키가, 그 옆에는 부라타치즈 샐러드가 놓인 식이었다.

"중구난방이지만 흉보지들 말고 편하게 드세요."

불러주셔서 감사하다고 민과 윤이 거의 동시에 말했다. 홍이 한 템포 늦게 인사했고 나는 입을 뗄 타이밍을 놓쳐 고개만 숙였다. 무성의하게 보일까 염려됐다. 누가 먼저랄 것도 없이 다들 항공 숏으로 테이블 사진을 찍었다. 원대표가 모두의 잔에 샴페인을 따랐다. 나도 조심스럽게 받았다. 민이 이렇게 맛있는 문어는 처음이라고, 얄따랗게 저며 토마토, 양파와 함께 올리브오일에 버무린 문어 한 점을 입에 넣자마자 감탄했다. 홈 쿠킹은 부담스럽다는 말 같은 건 왜 했나 싶었다. 문어 세비체는 이 사람 솜씨가 최고라면서 원대표가 성지연을 가리켰다. 그녀가 사뭇 장난스러운 표정으로 손가락 브이를 만들어 보였다. 뭘 하더라도 원대표보다는 자연스러운 사람이었다.

"우리 둘이 뚝딱거리며 만든 것도 있고, 사온 것도 있고, 그냥 이것저것 차렸어요. 그래야 다들 편하게 드실 것 같아서요."

그들은 '편하게'라는 말을 그날 저녁의 키워드로 정한 모양이었다. 원대표가 주방에서 오렌지색 무쇠 주물 냄비를 들고 왔다. 부르고뉴식 소꼬리찜이라고 했다. 반드시 부르고뉴 지역의 와인을 사용해야만 한다고, 그러지 않으면 제맛이 나지 않는다고 강조하면서 모두에게 덜어주었다. 진보랏빛 고깃점을 입에 넣자 알코올 향이 목구멍으로 화급히 퍼졌다.

"요즘 술을 강권하면 범죄라면서요. 마실 수 있으면 마시고, 못 마시겠으면 안 마시면 되는 겁니다."

원대표가 말했다.

"안 마시고 싶은 분들도 물론이고요."

성지연이 덧붙여 말했다. 사모님 멋지시다고 민이 너스레를 떨었다.

"이쯤에서 정정해드려야겠어요. 저는 사모님이 아니에요."

그녀는 갑자기 진지한 표정을 짓더니 자신이 현재 이 집에서 같이 사는 것은 맞지만 원대표와 제도로 묶인 사이는 아니라고 설명했다. 나는 좀 어리둥절했다. 제도와 제도 아닌 것. 그런 문제 때문이 아니었다. 왜 이 자리에서 그 얘기를 하는지 알 수 없었기 때문이다. 여기 모인 이들은, 그 커플의 개인적인 친구도 무엇도 아니었다. 한참 어린 연배의, 오늘을 끝으로 다시 만날 확률이 거의 없는 일시적인 관계일 뿐이었다.

"와, 멋지십니다. 특별한 이유가 있으세요?"

다시 민의 목소리였다. 설마 이 정도로 분별력이 없을 줄은 몰랐다.

"그냥 뭐."

원대표가 얼버무리는데 성지연이 끼어들었다.

"아마 둘 다 겁이 많아서일 거예요. 우리가 얼핏 멀쩡해 보여도 알고 보면 서울에서 제일가는 겁쟁이거든요. 책임도 무서워하고."

"진심 너무 부럽습니다."

민은 입을 열 때마다 영혼이 없는 소리만 했다. 그는 요즘 MZ들 중에서 혼인신고를 하고 사는 커플이 얼마나 되겠느냐는 얘기를 늘어놓았다. 나는 슬쩍 자리에서 일어났다. 화장실에 다녀오다 거실로 이어지는 복도 중간에서 멈춰 섰다. 벽에 걸린 작품이 눈에 익었다. 두 마리의 금색 매미가 단면도 상태로 서로 절반쯤 겹쳐진 모습을 형상화한 작품이었다. 매미 주위로는 세계 각국의 동전들이 흩뿌려져 있었다. 재작년인가, 독일을 기반으로 활동하는 젊은 한국계 작가 요나스 구의 개인전에서 본 기억이 났다. 당시 잠깐 사귀었던 로스쿨 선배와 함께였다. 그는 문화예술과 엔터테인먼트 분야를 포괄하는 변호사가 되겠다는 야망을 위해, 개인 SNS 계정에 부지런히 문화 관련 콘텐츠를 아카이빙하고 있었다. 그가 전시를 보러 갈 때마다 나를 데려간 이유는 갤러리 앞에서 자기 사진을 찍어줄 사람이 필요했기 때문이었다.

"어때요?"

어느새 뒤에 성지연이 다가와 있었다. 나는 전시회에서 인상 깊었던 작품을 여기서 다시 보게 되어 무척 놀랐다고 답했다. 그녀는 예상외로 반색하며 들떴다.

"세상에, 이 아이를 아는 분을 만났네요."

그녀는 작품을 '아이'라고 칭하며 어떤 점이 인상적이었는지 들려줄 수 있느냐고 눈을 반짝였다. 나는 전 남자친구가 했던 말들을 기억하려 애썼다. 그는 자기가 아는 것들을 매사 입 밖에 내 떠들기를 좋아하는 사람이었다. 늘 과도하다고 느꼈던 그의 설명이 엉뚱한 순간에 도움이 될 줄은 몰랐다. 나는 기억을 더듬어가며, 곤충의 단면도를 통해 자연과 인공, 혐오와 환대, 희망과 절망 같은 상반된 개념이 불러일으키는 여러 감정을 동시에 표현하는 것이 이 작가의 특징인 것 같다고 주워섬겼다. 그런 작업들 중에서도 이 마이크로 코인 시리즈는 더욱 특별한 것 같다고도.

"음, 잘 모르지만 전 세계적인 자본 중심주의 현상을 성찰하는 것 같아요. 또 소액 동전이라는 게 다 똑같이 하찮아 보여도, 사실 어떤 나라의 화폐인가에 따라서 실 가치가 다르잖아요. 그런 불균형을 예술의 형식으로 표현한 것 같았어요. 집에 와서도 마음에 계속 묘한 불편감이 남더라고요."

성지연은 입이 귀에 걸리도록 함빡 웃었다. 이 집에 이사온 이래 지금이 가장 기쁜 순간이라고, 정말이라고 강조했다. 만약 내 말에 일말의 진정성이 묻어 있었다면, 그건 지난 기억을 더듬는 속도와 그럴싸한 언어를 조합하는 속도의 간극 때문이었을 것이다. 솔직히 말하면, 요나스 구의 작품들은 내 취향이 아니었다. 아니, 사실 내게 특별한 취향이랄 게 있는지도 알 수 없었다. 그러나 성지연에게 한 이야기 중 마지막 말은 진심이었다. 해부된 곤충과 그 주위의 동전들은 뭐라 설명하기 어려운 불쾌함으로 각인되어 있었다. 이따금 그 이유를 생각하곤 했다.

성지연은 영광이라면서 내 손을 쥐고 흔들었다.

"이 아이 보고 싶으면 언제든 놀러오세요."

나는 고개를 끄덕였다.

3

얼마 후 변호사 의무 수습기간이 끝났다. 수습 변호사 중에서 민과 홍만 정식으로 스카우트되었다. 나와 윤은 탈락했다. 누가 봐도 당연한 결과였다. 내 스펙은 객관적으로 가장 별 볼일 없었으니까. 신입들의 집안 배경까지 고려한다는 소문이 사실이라면 더욱 그럴 것이다. 하지만 속상했다. 노력해도 안 되는 건 안 되는 것임을 나는 씁쓸히 자인했다. 새로운 직장을 잡아야 했다. 쉽지는 않았다. 겨우 구한 곳은 학폭이나 가사, 상속, 이혼 사건을 주로 맡는 소형 사무소였다. 추천서는 원대표가 써주었다.

수습 변호사들과의 관계는 느슨하게 이어졌다. 연말에 한 번 하는 송년 모임은 역시 민이 주도했다. 원대표가 회사를 그만두었다는 소식도 그를 통해 들었다. 싱가포르인지 홍콩인지 해외 다국적기업의 법무 책임자로 자리를 옮겼다고 했다.

"아들이 싱에 있다고 했으니까 아마 싱가포르가 맞을 거예요."

"그분한테 아들이 있어요?"

"몰랐어요? 거의 성인일걸요."

윤도 몰랐는지, 그럼 그때 같이 있던 여자분은 누구냐고 물었다.

"자기 입으로 부부 아니라고 했잖아요. 동거녀지 뭐. 괜히 찔리니까 먼저 제도가 어쩌고저쩌고 그런 거 아니겠어요."

원대표가 전 부인에게 돌아갔다는 소문도 있다고, 다들 성의 없이 몇 마디 더 나누다 다른 화제로 넘어갔다.

시간이 얼마간 흘러 또다시 해가 바뀌었다. 성지연이 내 직장으로 연락을 해왔다. 수임 의뢰였다. 뜻밖이었다. 사무실로 찾아온 그녀는 그새 많이 기른 머리칼을 하나로 단단히 묶은 채였다. 투명한 사각 뿔테 안경 때문인지 그전과는 인상이 다르게 느껴졌다. 그녀는 아주 고급스러워 보이는 풍성한 꽃다발을 사왔다. 원대표와의 저녁식사 날 우리가 사간 것보다 한층 큰 사이즈였는데 P호텔 같은 프리미엄 플라워 숍의 솜씨임을 그새 나도 알 수 있게 됐다.

"주변호사님, 세상에, 너무 멋져요."

성지연은 나를 껴안을 정도로 반가워했다. 우리가 이렇게 가까운 사이였나 살짝 어리둥절했지만 나도 한껏 반가워했다. 변호사는 결국 영업직임을 여실히 깨달은 무렵이었다. 그녀는 토지분쟁과 관련된 작은 일 하나를 맡아줄 수 있겠느냐고 용건을 밝혔다. 그녀의 벽돌 회사는 사실 꽤 큰 규모의 건축자재 회사였고, 수년 전 아버지가 죽고 오빠가 물려받아 안정적으로 운영하고 있었다. 성지연은 회사 이사와 문화재단 대표라는 직함을 동시에 가지고 있었다.

상속받은 사유지 바로 옆에 호텔이 지어지고 있는데, 아무래도 산책로가 자신의 땅을 침범할 가능성이 있어 보인다며 준공 전에 미리 막아달라고 했다. 변호사 입장에선 분쟁이랄 것도 없는 일이었다. 시청 토지정보과에 건축 설계도 열람을 신청하고, 상대 건축주와 시공사에 경고 공문과 내용증명을 보내고, 현장 측량을 의뢰하는 등 소정의 절차에 따라 진행하면 되었다. 나는 일반적인 프로세스대로 업무를 처리했고 얼마 후 상대측과의 조정이 완료되었다. 마음만 먹으면 더 유능한 변호사들과도 연이 닿을 텐데 성지연은 왜 굳이 나를 찾아왔을까 궁금했다. 조정이 끝나고 그녀와 약속을 잡았다. 성지연이 정한 장소는 한남동의 한 베이커리 카페였다.

"여기는 페이스트리가 훌륭해요. 특히 퀸아망과 크루아상은 독보적이고요."

파리 생제르맹에서 엄청나게 유명한 블랑제리의 수석 파티셰를 스카우트해왔다고, 현지보다 맛이 훨씬 풍부하다고 그녀는 설명했다. 나는 권하는 대로 플레인 페이스트리를 손으로 떼어 입에 넣었다. 겹겹의 껍질이 입천장에서 부서졌다. 부드럽고 고소한 풍미가 입안 가득 퍼진 것과, 입 밖으로 삐져나온 빵 부스러기들이 아래로 떨어진 것은 거의 동시였다. 나는 황급히 손바닥을 펼쳐 그것을 받아냈다. 내가 평소 페이스트리를 잘 먹지 않았던 이유를 새삼 깨달았다. 이 부스러기들 때문이었다. 맞은편에 앉은 성지연은 나이프와 포크로 조금씩 잘라먹고 있었다. 그녀의 접시는 깔끔했다. 그녀는 내가 떨어뜨린 부스러기들에는 아무 관심이 없어 보였다. 성지연은 나를 종종 떠올렸다고 말했다.

"변호사님 만날 핑계를 찾고 있었는지도 몰라요. 괜히 궁금하고, 내가 뭔가 돕고 싶고, 그런 느낌 있잖아요. 아, 원대표랑 내가 헤어지는 바람에, 〈더 셸 오브 타임The shell of time〉도 못 보러 오시고. 작년에 베를린 갔을 때 요나스 구 작가 작업실을 방문했거든요. 변호사님이 그때 했던 얘기를 전달했더니 요나스 작가님이 너무 감동하더라고요."

〈더 셸 오브 타임〉이라. 그 매미 두 마리 작품의 제목이 시간의 껍질임을 처음 알았다. 성지연은 내 덕분에 요나스의 새 작품을 선예약할 수 있었다면서 고맙다고 했다.

"그리고 사과도 하고 싶어요. 식사하러 왔던 날, 내가 좀 멍하고 아둔했을 거예요."

당혹스러웠다. 그날의 성지연은 멍하거나 아둔하다는 형용사와는 거리가 멀었다. 그녀는 누구보다 밝고 생기 있었고 또 즐거워 보였다. 그녀는 그날 나와 나누었던 그림에 관한 이야기만 선명할 뿐, 정작 자신이 무슨 음식을 내놓았는지 무슨 옷을 입고 있었는지 그리고 다른 이들과 어떤 대화를 나누었는지 등은 캄캄하기만 하다고 말했다. 그러면서 혹시라도 자신이 실수한 게 있다면 널리 이해해달라고 말했다.

"그날 초대도 내가 우겨서 한 거예요. 그때 그 사람과의 관계가 내적으로 산산이 부서지기 직전의 상태였거든요. 외부에서 새로운 동력을 찾고 싶었던 것 같아요. 살다보면 그런 시기가 있더라고요. 그렇게 잘 모르는 사람들을 막 집으로 불러 북적북적 소란스럽게 지내면서, 모든 문제를 밀어둔 채 하룻저녁 흘려보내고 싶은."

당시 성지연은 감정의 기복이 심해지고 애매모호한 관계로

인한 심리적 압박이 한계점에 도달하기 직전이었다고, 마치 제삼자인 듯 과거의 자신을 분석했다. 나는 직업의식에 기반해 성실하게 고개를 끄덕였지만, 그 말이 납득된 건 아니었다. 성지연도 원대표도 나보다 한참 나이가 많았다. 내 기준에서 그들은 명백히 어른이라 할 만한 존재였다. 게다가 그들은 흘러넘치도록 많이 가진 인생이었다. 사회적 자산, 경제적 능력, 문화적 자본 등 모든 것이 국내 최상위에 속했다. 고궁이 내려다보이는 자택 거실에 앉아 샴페인을 홀짝이는 삶, 요나스 구의 작품을 화장실 앞 복도에 걸어놓는 삶, 좋아하는 작가를 만나러 베를린까지 날아갈 수 있는 삶. 그들은 누구나 선망할 만한, 반짝반짝 매끄럽게 빛나는 공간의 한가운데에 있었다. 그런 사람들이 불에 그을은 유릿조각을 삼키는 표정을 지을 때, 마음이 부서지는 것 같은 감정에 휩싸인 적 있다고 고백할 때 어떻게 하는 게 좋을까. 성지연과 나는 천천히 커피를 마셨다. 이윽고 성지연은 내게 혹시 어딜 좀 같이 가지 않겠느냐고 제안했다. 그저 친목 모임이라고 했다.

"부담 없는 자리예요."

멤버가 스무 명 남짓 되지만 다 모이는 일은 거의 없다고 했다. 사회생활하면서 자연스럽게 만들어진 모임인데, 다양한 분야에서 일하는 자신과 비슷한 연배의 사람들이 모임원이라고 설명했다.

"영화 제작사 대표, 건축가, 뷰티클리닉 원장 선생님, 또 글로벌 기업 상무님도 있고, 아, 요나스 구 전시했던 갤러리 관장님도 계세요. 베를린도 그분 출장 따라 간 거예요. 맛있는 거 먹고 세상 돌아가는 얘기도 하고 이해관계 없이 인사이트 나누는 자리라고 가볍게 생각하면 돼요."

성지연은 마침 법조계 사람이 없기도 하고, 젊은 피를 수혈하자고 계속 얘기해온 참이라고 했다. 나의 네트워킹에 도움이 될 거라는 권유에 마음이 움직이지 않았다면 거짓말이다. 바야흐로 신뢰를 바탕으로 한 유연하고 부드러운 영업력이 변호사의 덕목에 포함되는 시대였다. 모임에 가는 길에 성지연이 대수롭지 않은 듯이 부언했다. 딱 한 가지 조금 재미난 순서가 있다고 말이다.

"매번 한둘씩 돌아가면서 자기 실패담을 발표하는 거예요."

실패담이라니, 내가 의아해하자 성지연이 덧붙였다.

"성공담 있잖아요. 그 반대말, 실패담. 실패한 이야기."

성공을 위한 과정으로서의 실패를 얘기하는 게 아니라고 했다. 언젠가는 성공의 자리로 가기 위해 지난 실패를 복기하고 분석하며 교훈을 도출하려는 목적도 아니라고 했다.

"극복하고 넘어서고 미래를 기약하는 건 너무 힘들잖아요. 굳이 안 그러고 싶은 실패도 있으니까. 그냥 실패, 이러지도 저러지도 못하고 삶의 일부로 남은 실패. 그걸 이제 남 앞에서 편히 말해보자는 취지예요. 일종의 담백한 공유랄까. 재미도 있고요."

4

내가 실패담 크루에서 들었던 첫번째 실패담은 이것이다.
"한 십 년쯤 됐나봐요. 할일이 태산처럼 쌓였는데 너무 피곤해서, 더는 손가락 하나 움직일 수 없어서, 그냥 인생이 이렇게 망하는구나, 했던 적이 있었어요. 음, 꽤나 긴 시간이었어요. 아이들을 재우고 나서 밀린 일을 하다가 잠깐 눈을 붙이려고 누우면 온갖 잡생각이 파노라마처럼 펼쳐지고 잠은 오지 않았습니다. 겨우 잠이 들락 말락 한 새벽녘이면 잠에서 깬 아이가 꼭 비명을 질렀어요. 유치원생이었는데도 매일요. 얕은잠에 취해 휘청거리면서 전부 다 내 잘못이라고 생각했어요. 내 죄라고. 내가 너무 바빠서, 늘 곁에 있어주지 못해서, 항상 정신이 다른 곳에 팔려 있어서 애가 자길 좀 봐달라고 비명을 지르는구나. 애를 다독여 재우고 나면 다시 잠을 잘 수가 없었어요. 밀린 일을 할 수도 없었지요. 그저 멍하게 앉아 있다가 동터오는 하늘을 맞곤 했습니다. 영원히 긴 잠을 잘 수 없는, 가석방 없는 무기수가 된 것 같았어요. 병원엔 프로포폴이 흔했어요. 딱 한 번만이라고 생각했습니다. 이래 봬도 인턴 때부터 내가 정맥 잘 잡기로 유명했거든요. 침착하고 정확하게. 그건 내 정맥에도 유효했어요. 실제론 고작 삼십 분이었어요. 삼십 분을 죽은듯이 자고 일어났을 뿐인데 얼마나 개운했는지 모릅니다. 억지로 잠든 게 아니라 자율적으로 잠들었다 일어난 기분이었어요. 참 이상한 일입니다. 약물 덕분인데 왜 자율적인 수면이라는 생각이 뇌를 지배했을까요. 스스로 잠들기를 선택해 내 손으로 약을 주입했기 때문이었을까요. 내 몸을 내가 통제하고 내 잠을 내가 조종할 수 있다는 감각이 짜릿했어요. 끊으려고 했지만 쉽게 끊어지지 않았습니다. 고백하자면 저는 끊는 것에 실패했습니다. 도저히 불가능했어요. 이제는 자주 하지 않습니다. 일 년에 한 번. 아니, 마지막으로 한 지는 이 년도 더 지난 것 같아요. 하지만 끊었다고는 생각하지 않습니다. 그렇게 생각하지 않기로 했어요. 단지 참고 있을 뿐입니다. 나는 프로포폴 중단에 실패했다, 나는 이기지 못했다. 그러자 여러 가지가 변했습니다. 이렇게 말하면 어떨지 모르지만 세상에 좀더 관대해졌어요. 흥, 누가 뭐라든 뭐 어때. 나한테는 이게 있는데. 필요하면 나 혼자 잠들 수 있는데. 그런 마음입니다. 내 잘못이 아닌 일에 더이상 흔들리지 않아요."

이야기를 마친 오원장은 이마와 눈과 코에 성형의 흔적이 역력해 정확한 나이를 짐작하기 어려운 사람이었다. 그녀의 이야기가 끝나자 다들 박수를 쳤다. 나도 따라 쳤다. 내가 가장 크게 쳤을지도 모른다. 그게 다였다. 그것이 모임의 규칙이었다. 실패담을 들은 후에는 아무 말도 하지 않는 것. 피드백은 금지였으며 충고는 더욱 엄격히 금지되었다. 실패담 나누기의 목적은 다만 말하기 그리고 정성껏 듣기였다.

"남의 서사에 끼어들고 싶은 마음, 타인을 가르치고 싶은 마음, 간섭하고 싶은 마음, 그걸 매개로 자기 얘기를 덮어씌우고 싶은 마음 다 전형적인 꼰대의 특징이니까요. 우린 안 하기로 했어요."

"변호사님, 아직도 꼰대라는 단어가 쓰이나요? MZ들은 어때요? 아, 이런 걸 걱정하는 게 오히려 꼰대인가."

다 같이 웃었다. 멤버들이 답을 기다리듯 나를 쳐다보았다. 나는 입가의 웃음기를 살짝 거두며 대답했다.

"일단 제가 아는 바로는 꼰대들은 질문을 하지 않습니다. 의심이 없어요. 그런 면에서 일단 절대 아니시고요. 아직도 그 말을 쓰기는 쓰는데, 이제는 꼭 나이에 국한한 단어는 아닌 것 같아요. 그보다 태도의 문제랄까요. 젊은 꼰대라는 신조어도 일반화된 지 오래고요."

다들 아주 진지한 표정으로 경청해서 나는 어깨가 괜스레 무거워졌다. 자리가 파했을 때 오원장이 내게 의료 관련 사건도 수임하느냐고 물어왔다. 요즘 환자들은 까딱하면 소송 협박을 들이민다면서, 믿을 만한 변호사를 찾는 동료들이 여럿이라고 했다. 나는 정중히 명함을 건넸다. 다음 모임에 참여한 건 그런 이유에서만은 결코 아니었다. 그 모임 이후 나는 줄곧 실패에 대한 생각을 멈출 수 없었다. 실패란 도대체 무엇인가, 하는 것을.

5

몇 번의 모임에 참석했고, 몇 편의 실패담을 들었다. 건축사 사무소를 운영하는 양대표는 유학 시절 우연히 먹었던 엄청난 맛의 돈코츠 라멘을 찾아 일본열도를 횡단한 이야기를 들려주었다. 그때의 요리사는 이미 세상을 떠난 후였지만, 그가 남긴 레시피를 어렵게 얻어 돼지 뼈를 사다 밤새 고아 스스로 라면을 만들었다는 이야기. 그러나 결과는 대실패였다. 그 맛과 한 치도 비슷한 맛을 낼 수 없었다. "당연하죠, 처음부터 그럴 순 없었던 것이겠죠"라고 양대표는 스스로 덤덤하게 인정했다.

"실패에 관한 여러 격언이 있지만, 제가 가장 좋아하는 건 사뮈엘 베케트의 말이에요. 다시 시도하라. 다시 실패하라. 더 나은 실패를 하라. 그 말은 결과보다 실패하는 과정과 반복 그 자체에 더 중요한 의미가 있음을 알게 해주거든요. 실패 또한 창조적인 과정의 일부죠. 저는 계속 도전할 겁니다. 궁극의 돈코츠 라멘 만들기에 성공하면 우리 크루님들을 꼭 초대하겠습니다."

성지연의 차례가 왔을 때 나는 그녀가 혹시 원대표와의 이야기를 꺼낼까봐 괜히 조마조마했다. 그러나 그러지 않았다. 성지연은 작고한 부친이 젊은 시절 벽돌 공장을 막 창업했을 때를 회고하며 이야기를 시작했다.

"제 유년 시절을 압도하는 기억 중 하나는 아버지의 공장 마당 한편에 높게 쌓인 벽돌 산이었어요. 어딘가 조금씩 잘못 만들어진, 팔 수 없는 불량품들이었어요. 왜 그랬는지, 어떻게 그럴 수 있었는지는 모르겠지만 그중 한 개를 몰래 집어 집으로 가지고 왔어요. 내 방 깊숙한 곳, 아무도 모르는 곳에 소중하게 숨겨두었어요. 그저 그러고 싶어서요. 그런데 일 년쯤 지났을까, 아침 일찍부터 집 앞 골목에 경찰차와 구급차가 온 거예요. 옆집 가정부가 그 집 주인아저씨를 흉기로 내리쳤대요. 우리집 가정부 언니하고 친해서 여러 번 놀러왔었던 언니인데. 그런데 흉기가 벽돌, 빨간 벽돌이라고 했어요. 그 말을 듣자마자 내 방으로 달려가서 숨겨둔 벽돌을 찾아봤어요. 없었어요. 아무리 찾아도 안 보였어요. 한동안 그 사건으로 온 동네가 시끄러웠죠. 어머니는 필사적으로 우리 남매의 눈과 귀를 막으려고 했지만 들려오는 소문들을 어떻게 막을 수 있겠어요. 흔한 치정 사건이라는 말도, 성폭력의 방어였다는 말도 다 믿기 어려웠어요. 어른이 되어서야, 그게 내 인생 최초의 실패였단 걸 알았어요. 소중하게 감춰둔 세계가 안전하지 않다는 것, 믿음은 깨진다는 것. 그 실패에 관한 예감이 평생 내 뒤를 따라다니고 있는 것 같아요."

질문이 금지인 것을 알면서도, 나도 모르게 그 벽돌이 진짜 그 벽돌인 것을 확인했느냐고 조심스레 물었다. 내 조심스러움엔 아랑곳없이 성지연은 밝게 대꾸했다.

"아니요. 벽돌에 무슨 표시를 한 것도 아니니까. 80년대엔 도시 곳곳에 공사장이 많아서 빨간 벽돌이 아주 흔했거든요."

정말 그랬다고 누군가 맞장구를 쳤다. 옛날엔 동네마다 꼭 공사장이 한두 개씩 있어서, 빨간 벽돌이 도처에 널려 있었다고.

"세상에, 그게 다 이 댁 벽돌이었구나."

"말도 안 돼요. 다일 리가 있나요. 당시에 벽돌 공장이 얼마나 많았다고요."

그런데 우리 변호사님은 T인가보다, 라고 말한 사람은 갤러리 관장이었다.

"법 다루는 분들은 대개 그렇지 않을까요. 사실과 근거를 무기로 다투는 직업이니까. 주변님, 근데 그냥 이야기는 이야기로만 봐주세요."

성지연이 내 쪽을 보고 온화하게 말했다. 화제는 이내 MBTI로 넘어갔다.

6

다음번에는 나도 실패담을 발표하기로 했다. 성지연을 비롯한 멤버들은 아직 그러지 않아도 된다고 했지만, 참여하기로 한 이상 언제나 듣는 자리에만 머물 수는 없었다. 말하지 않음으로써 나는 타인의 고백을 관망하는 위치에 서 있었다. 그 자리는 나를 이상한 조바심으로 몰아넣었다. 멤버들 틈에 자연스럽게 스며 그들의 일부가 되고 싶다는 욕망과는 다른 것이었다. 마치 나의 등을 스스로 떠밀지 않으면 안 될 것 같은 기분이었다.

어떤 조직이라도 신규 회원이라면 자기소개를 피할 수 없는 법이다. 어떤 곳에선 신입에게 노래를 시키고, 또 어떤 곳에선 건배사를 시킨다. 실패담 크루에선 실패담을 풀어놓아야 할 뿐이다. 나는 여러 날 공들여 이야기를 준비했다. 인상적이되 과하지 않은, 나라는 사람을 각인시킬 수 있는 서사는 무엇인지 고민했다. 용산경찰서에 접견을 다녀오는 길에 성지연과 함께 갔던 카페에 들렀다. 그곳에서 연습하려 했는데 손님이 너무 많았다. 커피와 플레인 페이스트리를 주문했다. 포크와 나이프를 이용해 빵을 잘랐다. 빵의 표면에 톱니바퀴 같은 칼을 대는 순간 겉껍질이 얄따랗게 바스러졌다. 부스러기가 순식간에 접시 위에 후드득 쌓였다. 실패했다는 기분이 들었다. 실패는 현상이 아니라 기분의 문제인지도 모르겠다. 나는 태블릿 PC에 적어놓은 스크립트를 한 줄도 외우지 못했다.

회사로 돌아오면서 그곳의 페이스트리를 종류별로 사서 송무팀에 가져다주었다. 빵 봉투를 건네면서 파리 생제르맹 출신의 굉장히 유명한 파티셰가 만든 것이라고 알려주었다. 언젠가 성지연이 내게 알려준 것처럼. 다소 과장된 감사 인사가 들려왔다. 얼마든지 또 사다드리겠다고 대답하고서 나는 내 방문을 열었다.

7

호흡을 가다듬고 첫 문장을 시작했다.

"저는 실패한 미아입니다."

모두가 나를 주시하고 있다는 게 느껴졌다. 법정에서 인생 첫 변론을 하던 날보다 더 떨렸다.

"아홉 살이었습니다. 더이상 집에 살고 싶지 않은데, 가출은 너무 복잡할 것 같아서 스스로 집을 잃어버리기로 했습니다. 그러면 일이 훨씬 간단할 것 같았거든요. 집을 떠나는 날엔 가장 좋아하는 옷을 입고 싶었습니다. 그 옷은 앞에 사슴이 그려진 연보라색 티셔츠였는데 찾아봤더니 세탁기 안에 있는 거예요. 며칠 전 집어넣었던 그대로요."

나의 엄마는 빨래를 자주 하는 사람이 아니었다는 이야기, 낮이든 밤이든 술에 취해 누워 있는 날이 더 많았다는 이야기는 하지 않았다. 연보라색 티셔츠가 하필이면 젖은 수건 뭉치 아래 깔려 있어 결국 입지 못했던 것이 아쉬웠다는 것만 말했다.

"디데이는 수요일로 잡았습니다. 하교시간이 가장 늦은 날이기 때문이었어요. 그러면 그만큼 밤이 빨리 올 것 같았지요. 계획을 치밀하고 세세하게 세웠습니다. 늘 다니던 학교 정문이 아니라 후문으로 하교한 다음 버스 정류장으로 간다. 제일 빨리 도착하는 버스에 올라탄다. 버스 번호를 보지 않는다. 나조차 어디로 가는지 모르도록. 그러곤 열번째 정거장에서 내린다. 그다음에 또다시 가장 빨리 오는 버스에 올라타서 또다시 열번째 정류장에서 하차. 그렇게 두 번을 더 반복했어요. 목적은 하나였습니다. 집으로 돌아가는 길을 없애버리는 것. 혹시 내 마음이 약해진대도 집을 찾아가는 길을 모르면 괜찮지 않을까. 그렇게 세상에 어둠이 내렸습니다. 저는 원하던 대로 낯선 밤거리에 혼자 있게 되었습니다. 하지만 계획에 큰 차질이 생겼습니다. 어떤 행인도 저에게 관심이 없는 거예요. 어른들은 바삐 제 갈 길만 갔습니다. 원래 계획대로라면 미아로 발견되어서 고아원에 가야 하는데, 아무도 발견해주지 않으니…… 고아원에 가고 싶어도 내 발로 혼자 걸어들어갈 수는 없으니까요. 거긴 누가 보내줘야 가는 거잖아요."

"웬일이야, 너무 불쌍해요."

성지연이 불쑥 끼어들었다. 내가 잠시 숨을 고르는 사이였다. 나는 그쪽을 향해 살짝 미소 지어 보였다. 어쩐지 맥이 풀렸지만 이야기를 계속해나갔다. 달리 방법이 없어서 내가 먼저 지나가는 연인을 불러 세웠다는 것을, 그들에게 도움을 요청했다는 것을, 그들이 집에 전화해주겠다고 했을 때 내가 그만 울음을 터뜨려버렸다는 것을. 그냥 빨리 고아원이든 어디든 날 좀 데려가달라고 매달리고 싶었지만 꾹 참았다는 것 또한.

"경찰은 호락호락하지 않았습니다. 어느 학교 몇학년이냐고 꼬치꼬치 물었습니다. 당황했지만 계획한 대로 학교에 안 다닌다고 말했습니다. 사는 동네 이름도, 집 전화번호도, 부모의 이름도, 하물며 내 이름도 나는 아무것도 모른다고. 기억을 통째로 잃어버린 척하는 것이 가장 중요한 계획이었거든요. 그런데 경찰이 갑자기 손가락으로 제 어깨를 툭툭 쳤습니다. 야, 여기 이거 열어봐. 책가방. 내가 계속 학교 책가방을 메고 있었던 겁니다. 바보처럼. 교과서에 대문짝만하게 학교랑 학년, 반 번호, 이름이 적혀 있었죠. 경찰은 전화를 몇 통 하더니 그대로 경찰차에 나를 태웠습니다. 그길로 집에 돌아왔습니다. 그렇게 미아 되기에 실패했다는 그런 이야기입니다."

말이 끝나자 크루들이 박수를 쳤다. 그것이 규칙이니까. 박수 소리는 이전의 사연들에 비해 크지도 작지도 않은 것 같았다. 나의 실패담 데뷔 무대는 처참한 실패는 아니지만 그렇다고 대단한 성공도 아닌 모양이었다. 어떻게 아느냐고? 분위기. 분위기는 속일 수가 없었다. 첫 실패담 발표 이후 정체 모를 초조함이 한층 깊어졌다. 다음에는 꼭 이보다 더 좋은 반응을 얻어내고 싶었다. 왜인지는 나도 몰랐다. 조금 더, 조금만 더 노력해서 더 잘하고 싶다는 그 모호하고 집착적인 욕망은 내게 너무나 익숙한 것이었다. 나는 그들의 일부가 아닌 진짜 크루가 되고 싶었다. 어떻게 해야 그럴 수 있을지 알지 못했다.

8

제리는 실패담 클럽에 갑자기 등장했다. 초청자는 이번에도 성지연이었다. 양대표가 성지연에게, 역시 우리의 젊은 피 수급을 도맡는다며, 대단하다고 감탄했다. 성지연은 화사하게 미소 지었다.

"제가 워낙 철이 없어서인지 어린 후배들이 유난히 따르네요."

성지연은 그를 '유튜브 채널에서 제리TV를 운영하는 유명 크리에이터'라고 소개했다. 톰과 제리의 그 제리냐고 누가 농담하듯 묻자 그는 맞습니다, 라고 대답했다. 체구와 얼굴, 태도와 분위기 등을 종합해 판단해보자면 그는 적당히 대중적 취향의 소유자들에게 인기깨나 끌 스타일이었다. 트로트 경연 프로그램의 참가자였다면 말이다.

제리는 나와 동갑이었다. 인문학을 전공하고 평범한 회사원 생활을 하다가 어느 날 우연히 유튜브를 시작하게 됐으며, 점점 좋은 반응을 얻으면서 전업을 하게 되었다고 자신을 소개했다. 현재 구독자가 사십만이라고 성지연이 자랑하듯 말했다.

"아니 아니 아직 아닙니다. 어제 기준 삼십칠만 팔천육백 명 정도입니다."

제리가 급히 정정했다. 그는 심지어 겸손해 보였다. 크루들이 그 역시 대단한 숫자라고 입을 모았다.

"상암경기장이 육만 오천 석 정도이니 엄청난 거죠."

누가 말하자 그는 단지 자신은 여기 배우기 위해서 왔다고 말했다.

"제가 요즘 성공과 실패에 대해 열심히 공부하는 중이라서요."

누구나 한 방의 성공 신화를 좇아 달리는 이 사회에서 과연 어떻게 살아가는 게 맞는지, 정답이 있는지, 성공과 실패의 진정한 의미는 뭔지 하나씩 찾아나가고 있다고 말했다.

"실패를 성공을 위한 단계로만 소비하는 사회에 이런 전복적인 모임이 존재한다는 사실이 조용한 혁명이라는 생각마저 들어서 전율했습니다."

불안감이 엄습했다. 본능적인 감각이었다. 그는 새로운 유형의 사기꾼이거나 그보다 더 교묘한 무언가일 것만 같았다. 실패담 크루들이 상상도 못해본 종류의 포식자일 수도 있었다. 어찌됐든 이 세계를 망가뜨리기 위해 그가 여기 왔다는 예감이 들었다. 이 작고 안온한 곳의 평화로운 질서와 균형을 산산이.

제리의 등장 이후, 모임의 공기가 어쩐지 달라진 것 같다는 느낌은 나의 과민함 탓일까. 나 말고는 모두 그에게 호의적인 듯했다. 나에게는 아무도 재촉한 적 없는 실패담 발표를, 제리에게는 여럿이 서둘러 청하기도 했다. 제리의 실패담을 기다리면서 크루들은 평소보다 한층 진지했고 전에 없는 긴장감마저 감돌았다.

"저의 첫번째 실패는 그의 아들로 태어난 것입니다."

그렇게 그의 긴 이야기가 끝났을 때 좌중엔 평소보다 조금 깊고 긴 침묵이 고였다. 모두 숨을 죽이고 있었다. 곧 박수 소리가 침묵을 지우며 울려퍼졌다. 내 첫 발표 때보다 명백히 큰 소리였다. 성지연은 제리 쪽을 보면서, 자신의 오른 손바닥을 펼쳐 심장 위에 올렸다. 감동받았음을 표현하는 동작이었다. 모임이 끝나갈 무렵 "이제 괜찮으신 거죠?"라고 누군가 묻는 소리가 들렸다. 나를 향한 질문이었다면, 네, 라고 답했을 텐데. 아니 적어도 괜찮아지려고 노력해왔으며 지금도 죽을힘을 다해 애쓰고 있다고 했을 텐데. 새로운 주인공의 대답은 내 귀에까지 닿지 않았다.

9

나는 유튜버 제리TV를 탐문하기 시작했다. 온라인에서는 의외로 그에 대한 정보를 거의 찾아볼 수 없었다. 그가 본인의 얼굴을 비롯해 개인적인 정체성을 드러내지 않는 방식으로 채널을 운영하고 있기 때문인 것 같았다. 그는 고전철학과 인문학의 개념을 요약해서 설명하거나 철학을 일상과 연결해 설명하는 콘텐츠를 중심으로 역사, 심리, 예술 같은 주제까지 다루고 있었다. 복잡한 개념을 생활 속 사례와 비유로 쉽게 설명하는 것이 특징인 듯했다. 니체가 말하는 일상을 지키는 힘, 산업혁명과 빵의 윤리학, 같은 실수를 반복하는 사람들의 숨겨진 비밀 같은 제목이 박힌 섬네일이 눈에 띄었다. 스크롤을 내리다 이런 제목들에 눈이 붙잡혔다.

―경제를 지배하는 소수 1%의 사고방식

―고대 철학자와 현대 심리학자들이 입 모아 말하는, 성공한 사람들이 타인의 마음을 움직이는 방법

그가 우리 크루를 이용할 방법은 무궁무진할 것이다. 나는 점점 절박해졌다.

다음 모임 날, 약속 장소인 중식당으로 올라가는 계단 입구에서 제리와 마주쳤다. 나는 그에게 단도직입적으로 물었다.

"여기 왜 나오시는 거예요?"

그가 웃음기 없이 반문했다.

"변호사님은요?"

"여기 계신 분들, 다 순수한 분들이에요."

"그럼요. 순수하시지요."

그가 한 템포 쉬고서 말을 이었다.

"그중에서도 변호사님이 제일 순수하신 것 같은데요."

그럴지도 몰랐다. 순수의 의미에 몰입이 포함되어 있다면. 그가 나보다 앞서 뚜벅뚜벅 계단을 올라갔다. 나는 참았던 숨을 뱉었다.

10

"저에게는 오랜 꿈이 있었습니다. 그 꿈을 위해 치열하게 노력했습니다. 진부하게 들리겠지만 발가락 끝까지 긴장하며 달려왔습니다. 충분히 열심히 살았다고 말할 수 있습니다. 작은 실패도 허락되지 않는다고 믿었습니다. 실패는 여유 있는 사람들의 것이니까요. 저 같은 사람은 한 번만 삐끗해도 다음 기회가 없습니다. 그렇게 간신히, 간신히 실패를 피해가면서 왔습니다."

나는 꼭 일하고 싶었던 곳이 있었다고 말했다. 운좋게도 꿈 가까이에 가게 된 적이 있었다고도 말했다. 그러나 그 자리에 가서는 안 될 사람, 타인을 희화화하여 인격권을 침해하고 공동체를 상처 입힐 게 분명한 사람을 걸러내라는 신호를 보낸 건 그곳에 대한 애정의 발로였을 뿐, 다른 목적은 없었다고. 내가 아닌 누구라도 같은 선택을 했을 거라고. 내가 '그런데'라는 역접 부사를 발음한 순간 성지연이 손을 들었다.

"주변님, 여기서 그만하시는 게 좋을 것 같아요."

크루가 다른 크루의 말을 중단시킨 건 실패담 크루 역사상 최초일 것이다. 내가 야심 차게 구성한 실패담 서사는 완성되지 못했다.

성지연이 나를 룸 밖으로 불러냈다. 양쪽으로 룸이 늘어선 식당 복도는 휑하고 건조했다. 성지연은 마른기침을 하고는 부디 적절한 선을 지켰으면 좋겠다고 말했다. 선을 지키다, 라니. 마음속으로 나는, 선을 잇다, 자르다, 넘다, 밟다, 그리다, 지우다 같은 수많은 동사를 만지작거렸다.

"지금 제가 실수했다고 말씀하시는 건가요?"

"음, 어드바이스라고 생각하면 좋을 것 같아요. 인생을 한참 더 산 선배의."

이런 말을 할 때도 그녀는 밝고 우아했다. 언젠가는 또 이날의 일이 하나도 떠오르지 않는다고 할지도 돌랐지만.

"기억나요? 내가 주변님을 보면 왠지 돕고 싶은 마음이 든다고 했던 말."

나는 멍하니 그녀를 바라봤다.

"주변님 지금 펌에 들어갈 때 원대표가 추천서 써줬었잖아요. 그거 내가 특별히 부탁했던 거예요. 원대표는 내부 고발자의 싹이 보이는 신참은 아예 업계에 발도 못 붙이게 해야 한다고 했지만, 나는 주변님이 안쓰러웠어요. 저 사람 진짜 절실하구나, 동료들끼리 사적으로 나눈 카톡 대화를 보스한테 제보라고 보낼 정도로 상황판단이 안 되고 다급하구나."

양손에 접시를 든 직원이 우리를 지나쳐 갔다.

"하지만 그런 결핍도 외면해선 안 된다는 게 내가 생각하는 사회적 윤리예요. 원대표는 잘 이해하지 못했지만요. 그 사람

실패담 크루 43

은 노블레스 오블리주에 대한 강박도 일종의 허영심이라고 주장했어요. 우리는 그런 식의 가치관이 참 많이 달랐죠. 하지만 이젠 주변님도 이만큼 왔으니까 이거 하나는 기억해두면 좋겠어요."

자기 잘못을 마치 무용담처럼 미화하는 건 매우 위험하며 자칫 음침해 보일 수 있고, 결국 사회적 고립을 자초하는 길이라는 게 성지연의 충고였다. 나는 동의할 수 없었다. 잘못? 음침? 몇 해 전 내가 민과 홍이 단톡방에서 떠들어댄 부적절하고 혐오적인 농담을 갈무리해 원대표에게 보냈던 일이? 본인이 피해 당사자임에도 일언반구 없이 묵살해버린 원대표는? 당시 내 미미한 전언은 어디에도 알려지지 않았고 결과적으로 아무도 다치게 하지 않았다. 그들의 삶에 티끌만큼의 영향도 주지 않은 채 흐지부지됐을 뿐이다.

성지연이 차라리 자기 입장을 고려해 참아달라고 했으면 이해해줄 수도 있었을 것이다. 이 시대의 젊은 변호사에게 요구되는 핵심 덕목은 적절한 상황 판단력과 융통성이기도 하니까. 나는 여전히 도태되지 않기 위해 죽도록 노력하는 중이니까. 성지연이 조그맣게 심호흡했다. 그러고는 격려라도 하듯 내 어깻죽지를 두 번 도닥였다.

"다들 기다리시겠다. 그럼 얼른 들어와요."

성지연이 미닫이문을 열고 먼저 룸으로 들어갔다. 문은 곧

닫혔다. 틈 없이 닫힌 회색 문을 바라보며 나는 한동안 그 자리에 서 있었다. 안에서는 희미한 빛도, 웃음소리 같은 것도 새어나오지 않았다. 아무에게도 발견되지 못했던 아홉 살의 그 낯선 밤에 다시 영원히 갇힌 것 같았다. 도망칠 곳 없이. 나는 되도록 큰 소리가 나지 않도록 조심하면서 닫힌 문을 옆으로 밀었다. 곤혹스러운 표정을 감추며, 내 발로 걸어들어갔다. 실패한 미아답게 나는 길 잃어버리기에는 영 재능이 없었다.

11

그날 이후 실패담 크루에 나가지 않았다. 성지연에게서 어떻게 지내는지 궁금하다는 메시지가 한 번 왔다. 동급생 목덜미를 연필심으로 찌른 초등학생 가해자의 학폭위가 열리기 삼 분 전이었다. 요즘 맡은 사건이 너무 많아 정신이 없다고, 다음에 꼭 가겠노라고 답신했다. 학폭위 회의가 끝난 뒤 휴대폰을 확인해보니, 밥 잘 챙겨 드시고 일하라는 상냥한 답장이 와 있었다. 나는 그러겠다고, 감사하다는 인사 문자를 보냈다.

이따금 길거리나 식당 같은 곳에서 어린 아들과 아버지가 함께 있는 풍경을 볼 때면 '아버지에 속했던' 한 소년의 이야기가 떠오르곤 했다. 태어난 순간부터 실패해버린 소년은 자라는 동안, 빈집으로 배달된 피자 박스처럼 내내 쓸쓸했을 것이다. 어차피 어떤 인간도 결국 쓸쓸해지기 마련이다. 쓸쓸한 밤이면 나는, 자신의 신념을 증명하기 위해 어떤 핑계라도 훔치는 사람이 있다는 제리의 말을 결정적 증표인 양 마음속으로 되뇌었다.

나는 제리TV의 삼십팔만 천삼백번째 구독자가 되었다. 일주일에 한 번 아니면 두 번 새 영상이 업로드되는 날을 기다렸다. 새 영상 알림이 뜨고 섬네일을 확인하기 전까지의 짧은 시간 매번 긴장감으로 가슴이 조여들었다. '잠입 취재_실패조차 유희로 만드는 대한민국 1%의 민낯' 같은 제목의 동영상은 올라오지 않았다. 민낯 대신 얼굴이라는 단어로 바꾸어 상상해보았다. 비현실적이기는 마찬가지였다. 나는 '이별 없는 세대의 절망과 유머 그리고 괴벨스' '중세의 이색 직업: 망토부터 이동 변기까지 변소 빌려주는 사람들'이라는 제목의 영상을 보았다. 교양이 조금 늘었다. 아무것도 달라지지 않았다.

실패를 다룬 콘텐츠가 올라온 것은 그로부터 몇 개월이 지난 후였다. 집에서 준비서면을 쓰고 있던 밤, 제리TV의 새 영상 알림을 받았다.

'실패를 다시 정의하다. 우리가 실패를 말하는 가장 용감하고 섬세한 방식, 멋진 사람들에게서 내가 배운 것.'

섬네일 속에서 잔잔히 미소 짓고 있는 낯익은 이들의 얼굴을 보았다. 밀려난 것은 나뿐임을 알았다. 내가 사라진 자리는 또 어떤 젊은 피로 대체되었을까. 그 순간 나는 깨끗이 승복했다. 내가 졌다. 휴대폰 화면을 향해 선뜻 손끝을 뗄 수 없어서 당혹스러웠다. 나는 이 밤이 지나가기를 기다렸다.

언니

인회 언니와 나는 같은 재단에 속한 여자중학교, 여자고등학교를 나왔다. 언니가 나보다 다섯 해 먼저 입학하고 먼저 졸업했다. 언니는 내 큰오빠와 초등학교 동창이었고 K동에서 학창시절을 보낸 많은 아이가 그렇듯 한때 씨엘독서실에 다닌 적이 있었다. 그곳은 내 부모가 차렸다가 지금은 문을 닫은 독서실로, 씨엘은 프랑스어로 '하늘'이라는 뜻이다. 한국의 세칭 3대 명문대를 뜻하는 'SKY'에서 유래된 것이다. 스카이독서실이라고 하는 건 어쩐지 속물적으로 보일 것 같다는 이유로 부모는 씨엘독서실이라는 간판을 달았다.

중고생 대상 독서실이라는 곳은 공중목욕탕과 어느 정도 비슷한 부분이 있다. 입구에는 두 성별의 이용자를 공동으로 관리하는 사무실이 있고, 그곳을 지나면 남성과 여성의 구역이 엄격히 분리되어 있다. 중학생일 때 나는 여학생실 제일 안쪽 자리에서 앞머리를 까 올린 채 공부에 매진하던 인회 언니의 모습을 보곤 했다. 어렴풋한 기억일 뿐 확실치는 않다. 확실하다고 장담할 수 있는 기억이란 그리 흔한 것이 아니다.

당시 독서실에 다니던 고3 언니들은 내 눈에 모두 비슷비슷해 보였다. 그녀들은 쥐색 아니면 군청색 추리닝 바지를 입고 머리카락 한 올에도 방해받고 싶지 않다는 듯 머리를 꽁꽁 높게 비틀어 묶었다. 무엇보다 그 표정, 피로하거나 짜증스럽거나 비장한 표정에서 풍기는 아우라만으로 다른 학년과 구분되었다. 대개들 책상 위에 색색의 형광펜을 늘어놓았고 책상 칸막이벽에는 포스트잇 여러 장을 다닥다닥 붙여놓았다. 만약 내 기억이 틀리지 않다면 인회 언니는 추리닝을 즐겨 입기는 했지만 형광펜이나 포스트잇 등으로 존재감을 과시하는 유형은 아니었다. 언니의 책상은 정갈했다. 청소할 때 보면 지우개 가루 하나 떨어져 있지 않았다.

나는 서울 북쪽에 위치한 한 대학에 진학했다. 중어중문학과였는데, 그 전공에 특별한 관심이 있던 것은 아니었다. 철저히 수능 성적에 맞춘 결과였다. 부모는 흡족해하지는 않았으나 여자애가 그만하면 되었다고 했다. 키우는 동안 부모는 두 오빠와 나를 비교적 동등하게 대했다고 생각할 것이다. 집으로 배달되어 오는 요구르트는 늘 세 명 몫이었고, 갈치구이도 공평하게 세 토막씩 접시에 올랐다. 부모는 언제나 오빠들에게 하나뿐인 여동생에게 신경쓰라고, 더 다정하게 대하고 관심을 기울이라고 당부하곤 했다. 그 말들은 내가 오빠들과 다른 존재임을 확연히 드러냈다. 부모 입장에서는 그게 무슨 차별이냐고, 오히려 나를 위해주는 거였다고 반박할지도 모르지만 말이다.

대학에 입학하고 얼마 지나지 않아 우연히 학과 사무실에 들렀다. 인회 언니가 나를 단번에 알아보았다. 언니는 그곳에서 학과장 교수의 조교로 일하고 있었다. 이제 석사과정 2학기째라고 했다. 석사과정이 모두 몇 학기로 이루어져 있는지 나는 알지 못했다. 반가워하는 언니를 한참 바라보고서야 누군지 깨달았던 나와 달리 언니는 내 이름을 정확히 기억했다. 나를 씨엘독서실 막내딸이 아니라 '이영선'으로 부르는 독서실 옛 회원은 희귀했다. 그뿐 아니었다. 언니는 우리 큰오빠와 작은오빠의 이름까지 언급하며 안부를 물었다. 각각 복학생과 육군 일병으로 지내는 그들의 근황을 알려주었더니 언니는, 아 다들 잘 살고 있군, 이라고 감탄하듯 말했다. 잘 알고 지내던 사이인가보다고 나는 생각했다. 언니는 몇 해 전 어머니의 집이 있는 K동을 떠나 다른 곳으로 독립했다고 했다. 내게 앞으로 학교생활을 하다 어려운 일이 생기면 망설이지 말고 찾아오라고 당부했다. 조교가 신입생에게 하는 의례적인 말이라고 짐작했으므로 나는 알겠다고, 고맙다고 대답했다.

며칠 후 큰오빠에게 인회 언니 이야기를 할 기회가 있었다.

"그런 애가 있었나?"

큰오빠는 기억이 날 듯 나지 않는다고 했다.

"그 언니는 오빠를 알던데?"

큰오빠가 어쩐지 으쓱해하는 표정을 지었다.

"내가 좀 그렇지."

뭐가 그렇다는 건지는 알 수 없었다. 김인혜와 정인혜라는 이름은 들어본 것 같은데 구인혜는 잘 모르겠다는 게 큰오빠의 말이었다. 나는 구인혜가 아니라 구인회라고 정정해주었다. 큰오빠가 픽 풍선 바람 빠지는 소리를 내며 웃었다.

"1930년대 그 구인회 말이야?"

그는 곧이어 물었다.

"그런데 예뻐?"

빤하고 무성의한 질문이었다. 그것을 알면서도 나는 반사적으로 인회 언니의 얼굴을 떠올렸다. 예쁜가, 그 언니가? 큰오빠가 좋아하는 여자의 외모라면 어느 정도 파악하고 있었다. 아무도 시키지 않았는데, 나는 큰오빠의 취향을 기준으로 인회 언니의 외모를 헤아려보고 있었다. 큰오빠는 마른 여자를 좋아했다. 언니는 마르지 않았다. 언니는 어깨가 넓고 골격도

큼직큼직했다. 큰오빠는 평소 수수하고 청순한 분위기의 여자가 좋다고 말해왔다. 수수하고 청순한 분위기란 어떤 걸까. 청순은 몰라도 수수 정도라면 언니도 아주 동떨어져 있지는 않았다. 언니의 얼굴은 전체적으로 소박한 인상이었으나 큰 눈에 퍽 굵고 진한 쌍꺼풀이 잡혀 있었다. 깊고 그윽한 눈매가 안경에 가려 잘 드러나진 않았지만 말이다. 내 대답을 기다리지 않고 큰오빠가 먼저 말했다.

"하긴, 예뻤으면 내가 기억 못할 리 없지."

큰오빠는 당연하다는 듯이 웃었고, 나도 따라 웃었다. 웃다가 뒤통수가 서늘해졌다. 힘든 일 있으면 언제든 와야 해. 그렇게 말하던 언니의 목소리가 떠올라서였다. 언니의 목소리는 기운차고 선량했다. 그런데 나는 왜 웃었을까. 왜 따라 웃고 말았을까. 언니는 더없이 친절했는데. 우리 남매에게 티끌만큼의 잘못도 하지 않았는데. 스스로가 곤혹스럽게 느껴졌다. 이날의 일이 마치 흰 타일 위에 연하게 밴 카레 얼룩처럼 지워지지 않은 채 마음에 오래 남아 있다.

1학년이 지나는 동안 인회 언니와 만날 일은 많지 않았다. 겨울방학이 흐르고 해가 바뀌었을 때 언니로부터 전화가 걸려왔다. 긴 겨울방학이 슬슬 지겨워질 즈음이었다. 언니는 새해 복 많이 받으라는 인사부터 했다. 그러곤 요즈음 특별히 하고 있는 아르바이트가 있는지 물었다. 일주일에 두 번 아랫집 초등학생의 과외를 하고 있다고 하자, 그러면 혹시 일을 하나 도 와줄 수 있는지 조심스레 질문했다. 언니는 먼저 시간당 보수를 밝혔는데 내 기준에서는 적지 않은 액수였다.

"다른 일이 있거나 조건이 마음에 안 들면 안 해도 돼. 정말이야. 잘 생각해보고 결정해."

수락하지 않을 이유가 없었다.

"고맙다, 영선아."

감사 인사를 해야 하는 건 내 쪽이었다. 이 언니는 전화 목소리도 참 씩씩하고 다정하구나, 라고 나는 생각했다.

약속날, 조교실로 가보니 한 명이 더 와 있었다. 과 동기인 성주였다. 성주는 나와 달리 학과의 여러 사람과 두루두루 잘 지내는 편이었다. 1학년 과대표를 맡았다가 인회 언니를 알게 된 듯했다. 인회 언니가 도와달라는 일은 언니의 일이 아니었다. 지도교수의 일이었다. 언니의 지도교수인 민교수는 모교 출신으로 비교적 젊은 나이에 임용된 사람이었다. 친절하고 학점도 후한 편이라 학생들에게 인기가 높았다. 방학이 시작될 무렵, 민교수는 인회 언니를 부르더니 꽤 두툼한 원서 한 권과 가제본 형태의 한국어 번역본 한 권을 함께 건네주었다고 했다. 두 권을 대조해 틀린 곳을 찬찬히 살펴보라는 지시 외에는 부연 설명을 하지 않았다고 덧붙였다.

"개강 전까지만 돌려주면 된다고 하셨어."

혼자 힘으로 벅차면 학부생들을 불러다 써도 된다는 말과 함께 약간의 수고비를 주고 교수는 자기 아이들이 있는 시애틀로 떠나버렸다. 인회 언니는 교수에게 건네받은 두 권의 책을 나란히 펼치곤 한 문장씩 번갈아 훑어보았다. 책은 실용 중국어 학습서였다. 수많은 예문이 있었다. 몇 페이지를 넘기기도 전에 언니는 한국어 번역이 심상치 않다는 사실을 알아차렸다. 자동번역기를 돌렸거나 초보자가 연습 삼아 끼적인 초벌 번역이었다. 인회 언니는 자신의 의견을 그대로 적어 민교수에게 메일을 보냈다. 이틀 만에 답장이 왔다.

그러니까 잘 살펴보라는 거예요. 구선생에게 큰 공부이자 도전이 될 테니.

평소에 스스럼없이 '너'라고 부르던 민교수는 인회 언니를 '구선생'이라 칭했다. 전에 없이 경어체까지 사용했다. 처음부터 끝까지 새로 번역을 하는 것 말곤 다른 방법이 없음을 언니는 그제야 깨달았다고 했다.

"어떻게든 혼자 해보려고 했는데 도저히 안 되겠더라고. 날짜를 못 맞출 것 같아서 말이야."

언니는 담담했다. 우리가 합류했을 때 언니는 이미 꽤 진도를 나간 상태였다. 나와 성주에게 주어진 일은 언니가 새로 한 번역 작업과 기존 번역본과 원본을 삼각 대조하는 것, 또 언니가 빨간색으로 표시해놓은 단어나 문장을 사전과 인터넷 등을 통해 재확인하는 것, 그리고 언니의 작업물을 컴퓨터 파일로 옮기는 것 등이었다.

지금 생각하면 조금 이상했다. 인회 언니는 왜 그 모든 일을 다 수기로 했던 걸까. 언니는 다른 업무는 컴퓨터로 보았고 인터넷 또한 남들처럼 썼다. 그런데도 언니는 번역 작업을 유선 스프링 노트에 연필로 했던 것이다. 언니의 번역 노트를 펼치자 가지런히 정렬된 언니의 글씨가 보였다. 언니의 글씨는 정직했다. 모난 데가 전혀 없이 반듯반듯하고 시원시원했다. 서체는 주인을 닮았다는 말을 들었다. 인회 언니의 글씨체를 보자 문득 그 말이 떠올랐다.

궁금한 건 또 있었다. 인회 언니는 왜 다른 대학원생이나 고학년 학부생을 놔두고, 고작 1학년을 마쳤을 뿐인 우리를 불렀던 걸까. 가까이서 함께 작업해보니 언니의 중국어 독해 실력은 썩 훌륭했다. 지도교수가 여러 대학원생 중에 인회 언니를 골라 일을 맡길 만했다. 언니는 중국이나 중국어권 나라에 살다 온 적이 없다고 했다. 중국에 가본 적도 없다고 했다.

"그냥 혼자 공부한 거야. 재미있어서."

공부가 재미있다니. 대학원생쯤 되면 그런 마음이 들기도 하는가보았다. 주재원이던 아버지를 따라 어릴 때 북경에서 이 년 살았다는 성주의 중국어 실력이 언니의 실력에 훨씬 못 미쳤다. 우리의 실력이 조금 더 좋았다면 언니가 한결 쉽게 일할 수 있을 텐데 싶어 미안했다.

 겨울은 말갛게 흘러갔다. 아침 열시에 문을 열고 들어서면 인회 언니는 이미 출근해 한창 일을 하고 있었다. 예전 독서실에서처럼, 헤어밴드로 이마를 훤하게 까 올린 채 책 속에 빠져 있는 모습이었다. 언니는 문소리에 번쩍 고개를 들곤 커다랗게 인사를 건넸다.

 "영선아! 어서 와!"

 그전에도, 그후에도, 나는 살아오면서 여러 사람에게 셀 수 없이 많은 '어서 와'를 들었다. 그렇지만 인회 언니의 그것처럼 진심으로 사람을 반기는 목소리는 만나보지 못했다. 방안에는 세미나용으로 썼음직한 탁자가 있었다. 우리는 그 곁에 전기스토브를 놓고 둘러앉아 일을 했다. 1월이 차근차근 깊어갔다. 복도는 서늘했지만 방안은 춥지 않았다. 언니가 준비해둔 무릎 담요를 덮고, 언니가 준비해둔 귤을 까먹고, 언니가 준비해둔 커피믹스를 타 먹었기 때문인지도 모른다. 그렇게 우리는 각자의 일을 했다. 우리 사이에 칸막이는 없었지만 어쩐지 씨엘독서실 시절이 떠오르는 날들이었다. 창문에는 때론 성에가 끼었고 때론 맑았다가 눈이 펑펑 쏟아지는 하늘이 선물처럼 등장하기도 했다.

 점심시간은 열두시부터였다. 인회 언니가 정한 규칙이었다. 프로젝트 내내 우리는 점심을 같이 먹었다. 언니는 나와 성주를 늘 후문 쪽으로 데리고 갔다. 언니가 아니었다면 후문으로 다닐 일은 없었을 것이다. 지하철역과 멀지 않아 전형적인 대학가의 모습인 정문 쪽과 달리, 후문 밖을 나서면 좁고 긴 골목들이 겹겹이 둘러선 풍경이 펼쳐졌다. 담장이 납작하고 외벽이 낡은 기와집들이 대부분이었으며 그런 집들을 허술하게 개조해 영업을 하는 밥집과 찻집들이 있었다. 사오층 높이로 지어 올린 원룸 건물들도 그 틈에 간간이 섞여 있었다.

인회 언니는 한 발짝쯤 앞장서 걷곤 했다. 언니는 자기 앞만 보고 걸어가는 사람이 아니었다. 자주 뒤를 돌아보며 성주와 내가 잘 따라오고 있는지 확인했다. 언니가 데려가는 가게들은 거의, 어 여기 이런 집이 다 있었네, 라는 생각이 드는 곳이었다.

그러니까 이런 곳 말이다. '서울머리방'의 유리 미닫이문과 살림집의 녹슨 철문 사이에 비밀스레 나 있는 또하나의 작은 문. 샛노란 색으로 칠한 쪽문 앞에서 언니는 걸음을 멈추고 망설임 없이 문을 쓱 밀었다.

문을 열자 지하로 연결된 계단이 나왔다.

인회 언니가 없었다면, 대낮에 내려가기에도 어쩐지 망설여졌을 것이다. 언니가 서슴없이 탁탁 뛰듯이 앞서 걸어내려가지 않았다면.

천장이 턱없이 낮고 의자라고는 낡은 소파 몇 개가 전부인 그 카페에 있는 동안 손님은 우리뿐이었다. 언니가 메뉴판에서 점심 특선 페이지를 펼쳤다. 메뉴가 여러 개였다. 김치볶음밥+커피, 새우볶음밥+커피, 불고기볶음밥+커피, 오므라이스+커피, 수제돈가스+커피, 토마토스파게티+커피…… 그런 식의 조합이라면 몇 페이지라도 만들어낼 수 있을 것 같았다. 그중 적당한 걸로 두셋 시켜 나눠 먹으면 되겠다고 한 건 성주였다. 언니는 의견이 달랐다.

"아니야. 각자 가장 먹고 싶은 게 있을 텐데."

나는 그때 인회 언니에게서 진지함을 넘어선 어떤 엄숙한 기운을 느꼈다.

"너희도 집중해봐. 이 순간 가장 원하는 게 무엇인지."

나지막한 음성으로 중얼거리는 인회 언니의 목소리는 마치 명상 수련 강사의 그것 같았다. 언니가 흡사 글자를 처음 배우기 시작한 아이의 눈빛으로 메뉴판을 골똘히 들여다봤으므로 나도 덩달아 골똘해졌다. 지금 이 순간, 내가, 가장 원하는 것이 무엇인가. 새우볶음밥인가, 불고기볶음밥인가, 오므라이스인가. 그 각각이 혀끝에 닿는 상상을 해보았다. 무덤덤하기도 하고 침이 고이기도 했다. 언니가 먼저 외쳤다.

"나는 떡만둣국!"

떡만둣국을 카페에서 판다는 얘기는 듣도 보도 못했다. 그런데 정말 메뉴판 끄트머리에 떡만둣국＋커피가 적혀 있었다. 특별히 맛있느냐고 성주가 물었다.

"나도 몰라."

언니는 자신도 안 먹어봤다고 했다.

"그런데 왜 시키세요?"

"모르니까 궁금하잖아. 어떤 맛일지."

언니가 안경을 추켜올리며 웃었다. 시원한 웃음이었다. 그것이 인회 언니가 무언가를 택하는 방식이었다. 언니가 가장 원하는 것은 가장 궁금한 것이었다. 주문한 떡만둣국이 나오자 언니는 국물을 한 숟가락 떠먹고는, 냉동 만두를 제대로 해동하지도 않은 채 인공 조미료를 들이부어 끓여낸 맛이라고 말했다. 그러나 전혀 개의치 않고 푹푹 맛있게 떠먹었다.

수제비와 칼국수를 전문으로 하는 식당에서도 언니는 메뉴판 한 귀퉁이에 숨어 있는 서리태국수를 주문하겠다고 나섰다. 서리태가 콩이라는 사실을 우리 셋 누구도 몰랐다. 서리태가 사람 이름이리라는 인회 언니의 짐작은 그럴싸했다. 언니는 서리태라는 이름의 요리사가 개발한 특제 소스로 비빈 국수일 것 같다면서 눈을 반짝였다. 주문을 받으러 온 아주머니는 심드렁한 어조로 그건 계절 메뉴여서 지금은 주문이 안 된다고 했다.

"그렇군요."

언니는 그리 아쉽지 않은지 금방 칼국수로 바꾸어 주문했다. 그걸로 끝이었다. 나는 의아했다. 그렇게 궁금해해놓고 서리태국수의 정체가 무엇인지조차 묻지 않다니.

"괜찮아."

언니는 어깨를 으쓱해 보였다.

"여름에 다시 와서 직접 먹어보면 되지, 뭐."

칼국수가 나왔다. 나는 칼국수를 먹는 인회 언니를 보았다. 붉디붉은 양념으로 버무린 배추김치를 척척 얹어 칼국수 면발을 후루룩 사정없이 빨아들이는 모습을 보면 누구라도 그것이 언니가 차선으로 택한 음식임을 모를 것이다. 언니의 이마와 콧등에 땀이 송알송알 맺혔다. 언니는 안경을 벗더니 스웨터의 소맷귀로 얼굴을 쓱 문질러 닦았다. 내가 보기에 언니는 그런 사람이었다. 최선을 다해 선택하고 최선을 다해 포기하고 최선을 다해 먹고 최선을 다해 땀흘리는 사람. 인회 언니와 보낸 그 겨울 동안 나는 맑고 쨍한 호수를 누비며 헤엄치는 새끼 은어가 된 기분을 느꼈다. 그 모든 밥값을 전부 언니가 냈다는 사실은 한참 뒤에야 알게 됐다. 우리의 식대도 프로젝트비에 포함되어 있는 거겠지, 라고 넘겨짚었던 것이다. 물론 밥을 사주었기 때문에 인회 언니를 좋아했던 것은 아니지만.

개강을 코앞에 남겨두고, 과연 이 일이 끝날까 싶은 순간이 왔다. 민교수가 서울에 도착했다는 기별이 왔다고 했다.

"학교 한번 나오신대."

그 말을 전하는 언니의 윗입술이 퉁퉁 부르터 있었다. 우리가 정시에 퇴근한 후에도 언니는 계속 남아 일을 한 지 일주일째였다. 한번은 나도 남겠다고 했더니 언니가 손사래를 쳤다.

"아냐, 영선아. 초과근무 수당은 책정되어 있지 않아. 어여 가."

때로 농담인지 진담인지 구별하기 힘든 게 구인회식 화법이었다.

"괜찮아요."

"내가 안 괜찮아. 부담스러워서 일 더 안 돼."

"정말 괜찮은데, 저는."

"여섯시 넘으면 건물 전체에 중앙난방 다 꺼져서 시베리아 벌판이야. 어여 가."

"그럼 저희가 내일부터 좀더 일찍 올까요?"

성주가 물었다.

"아냐, 성주야. 어차피 내가 번역을 해놔야 너희가 할일이 생기잖아. 내가 더 분발할게."

그후에 언니가 퇴근 후에도 거의 잠을 자지 못하고 일한다는 것을 알았다. 우리 앞에 쌓인 노트의 분량을 보면 짐작하고도 남았다.

"언니, 어제도 밤새우셨죠?"

언니가 씩 웃었다. 아랫입술에도 어느새 코딱지만한 물집이 올라와 있었다. 나는 언니가 무모하다고 생각했다. 이 언니는 어쩌자고 이렇게 꾀가 없나 생각했다.

"그런데 영선아."

언니가 가만히 내 이름을 부를 때면 언니가 진짜 내 언니같이 느껴졌다.

"나는 있잖아, 이 일이 참 재밌다. 그래서 어떻게든 꼭 잘 해내고 싶어."

낙관도 비관도 없이 스스로의 의지로 걷는 사람만이 할 수 있는 말이었다.

민교수가 학교에 나오기로 한 전날 저녁에 일이 다 끝났다.

우리가 괜찮다고 했는데도 언니는 작업물을 들고 민교수의 방으로 갈 때 성주와 나를 데리고 갔다.

언니는 교수에게 우리를 소개했다.

"같이 일한 학생들입니다."

도와주었다는 게 옳은 표현일 것 같은데 언니는 같이 일했다고 말했다.

"응, 수고 많았어. 둘 다 1학년?"

"네."

성주와 내가 대답했다. 민교수가 우리에게 보인 관심은 거기까지였다. 언니가 두 손으로 건넨 책이 민교수의 손으로 넘어갔다. 스프링 제본을 하고 질감 있는 두툼한 표지까지 덧댄 책은 꽤 그럴듯해 보였다. 우리의 겨울, 어떤 겨울이 거기 담겨 있었다.

"이걸 다 한 거야? 고생했네."

민교수가 언니에게 말했다. 책을 대하는 민교수의 태도가 너무 대수롭지 않아 보여서 나는 맥이 빠졌다. 회의가 있다면서 급히 자리를 정리하던 그가 뒤돌아보더니, 면세점의 로고가 박힌 쇼핑백을 언니에게 주었다.

"내가 이렇게나 정신이 없다. 소소한 거야."

민교수가 떠난 뒤 우리는 함께 쇼핑백을 열어보았다. 색이 다른 립스틱 세 개를 한 박스에 묶어 파는 립스틱 3종 세트와 하와이안 초콜릿, 그리고 냉장고 마그넷이 들어 있었다. 마그넷은 금문교 모양이었다. 언니는 립스틱을 하나씩 나누어 갖자고 했다. 립스틱은 각각 짙은 다홍색, 다갈색, 꽃분홍색이었다. 언니는 다음에 만날 때 셋 다 이걸 바르고 나오면 볼만하겠다고 말해 우리를 웃겼다. 언니는 단것을 좋아하는 성주에게 초콜릿을, 나에게는 마그넷을 주었다. 금문교 모양의 그 자석은 아직도 우리집 냉장고에 붙어 있다.

프로젝트가 끝나고 곧 겨울방학도 지났다. 나는 2학년이 되었고 언니는 석사 4학기가 되었다. 논문 학기라고 했다. 언니를 만날 기회는 많지 않았다. 언니가 근무하는 조교실은 삼층이고 전공 강의실은 이층인데 별 이유 없이 그 한 층을 더 올라가기가 쉽지 않았다. 성주는 나보다는 자주 언니와 연락을 하는 눈치였다. 같은 과 아이들 몇몇이 지난 주말에 노량진의 재수학원으로 모의고사 채점 아르바이트를 하러 갔다 왔다는 얘기가 들렸다. 조교실로 구인 연락이 왔는데 조교가 성주를 불러 알려주었고 성주가 아이들을 모았다고 했다. 누구에겐지 모르지만 섭섭한 마음이 들었다.

일주일에 하루, 전공 수업으로만 이루어진 날이 있었다. 시간표상 학교 밖에 나가 밥을 먹을 여유는 없어서 문과대 매점에서 간단히 컵라면으로 때워야 했다. 한 학년이래도 휴학생을 빼곤 서른 명 남짓이었다. 과 아이들과 삼삼오오 둘러앉아 컵라면을 먹다가 교수들, 조교들 얘기가 두서없이 나왔다. 누군가 인회 언니에 대해 이야기했다.

"그 누나만 타교 출신일걸."

"정말? 어느 학교?"

"몰랐어? 전문대 어디라던데."

산만하던 분위기가 한곳으로 집중되는 것이 느껴졌다. 나도 몰랐던 사실이었다.

"전문대 나와서 석사과정에 어떻게 들어가?"

"독학사로 학위 따면 돼."

"뭐야, 완전 학력 세탁이네."

누군가가, 우리끼리 얘기지만 이럴 땐 뭔가 좀 억울하지 않니, 라고 말했기 때문에 나는 멍하게 눈을 껌벅였다. 대학에 온 뒤로 머릿속에 떠오르는 것을 그대로 입 밖에 내는 사람들을 마주하곤 했다. 그럴 때면 나는 종종 혼란스러워졌다.

"그 언니는."

뜻밖에 성주의 목소리였다.

"자기가 하고 싶은 건 기어코 하는 사람이야."

성주는 나직하게 말을 이었다.

"원래 그런 사람이야. 언니 어머니도 그러시고."

나는 하마터면 나무젓가락을 떨어뜨릴 뻔했다. 꼬불꼬불한 면발이 식도 한가운데에 딱 걸린 것 같았다. 성주는 도대체 무슨 이야기를 하려는 것일까. 인회 언니가 어머니 이야기를 꺼낸 날, 나도 함께 있었다. 프로젝트를 마친 날이었다.

그날 우리는 처음으로 저녁을 함께 먹었다. 닭갈빗집이었는데, 언니는 뼈 있는 닭갈비와 뼈 없는 닭갈비를 반반씩 섞어 주문한 다음 한꺼번에 석쇠에 올려놓아 굽고는 각자 원하는 걸 집어먹을 수 있게끔 했다. 언니다웠다. 술을 마시고 싶으면 얼마든지 시키라고 언니는 말했다. 언니는 알코올은 한 모금도 입에 대지 못한다고 했다.

"모계유전이야. 알코올 분해 효소가 없거든."

언니는 우리를 위해 맥주를 시킨 뒤 잠시 나갔다 왔다. 곧 돌아온 언니 손에는 편의점 비닐봉지가 들려 있었고, 그 안에 숙취 해소 음료 두 병, 츄파춥스 세 개, 그리고 비락식혜 캔 하나가 들어 있었다. 언니가 그중 노란 캔을 꺼내 흔들어 보였다.

"이것도 모계유전. 우리 엄마가 얘 중독이거든."

언니는 자신의 집 '벙커'에 이 식혜 캔이 수십 박스는 쌓여 있을 거라고 말했다.

"핵이 터져도 이건 마셔야 되니까."

"네? 언니, 뭐가 터진다고요?"

닭의 연골에 붙은 살을 젓가락으로 해체하다 언니의 말을 놓친 성주가 한 박자 늦게 물었다.

"핵 말이야. 원자폭탄."

언니가 타기 직전의 고기를 능숙하게 뒤집으며 대답했다. 언니의 경쾌한 말투와 핵폭탄 사이의 거리는 머나멀었다. 언니는 닭갈비를 굽다 간간이 식혜를 홀짝이다 하면서 어머니 이야기를 들려주었다.

"사람의 마음 깊은 곳엔 다른 사람들이 쉽게 이해하거나 침입할 수 없는 방 같은 게 있잖아."

언니가 "아닌가?"라고 했을 때 나는 어떻게 대꾸해야 할지 몰랐다.

"보통은 아주 작은 방이겠지. 남들이 잘 눈치채지 못하고 그래서 들키지 않는. 그런데……"

언니는 잠시 말을 멈추었다.

"우리 엄마의 경우는 달라. 방이 남들보다 좀 크다고 해야 하나, 다르다고 해야 하나. 그래서 잘 들켜."

언니의 어머니는 자주 말한다고 했다.

"터지면 다 죽는 거야."

그리고 또 이렇게도 말한다고 했다.

"이 세상에 허망하지 않은 죽음은 없어……"

문장부호는 마침표가 아니라 말줄임표였다. 언니는 말줄임표 뒤에 이어지는 문장은 이것일 거라고 말했다.

"그러니까 죽어서는 안 돼, 라는 거지."

누가 그걸 몰라서 죽겠느냐고 덧붙이며 언니는 큭, 하고 웃었다. 같이 웃기에는 어쩐지 이상한 말들이라 나는 입을 다물었다. 옆에서 성주는 크큭, 하고 언니보다 크게 웃었다. 언니가 크크큭, 하고 더 크게 웃었다. 언니가 성주의 빈 잔에 맥주를 따라주었다.

언니의 어머니는 전쟁이 일어날까봐 오랫동안 걱정해왔다고 했다. 전쟁 공포증이라니. 처음에는 기묘하게 들렸지만 조금만 생각해보면 그리 이상한 일도 아니었다. 나 역시 평소엔 전혀 의식하지 않고 살지만, 간혹 북한 관련 뉴스들, 그러니까 북한의 내부 분위기가 심상치 않다거나 미국과 북한의 관계가 악화되었다거나 하는 소식을 들으면 가슴이 덜컥 내려앉곤 했다. 라면과 생수를 사재기해놔야 하나 싶었지만, 그러다가도 현대의 전쟁은 시작하는 순간 끝이라는데 그런 게 다 무슨 소용인가 싶었다. 그러다 한동안 그런 뉴스가 들리지 않으면, 그새 괜찮아졌나보다, 하고 잊었다.

그런데 어떤 사람은 그렇지 않은 모양이었다.

어렸을 때, 전쟁이 나면 어린아이와 여자들이 가장 크게 고통을 겪는다는 얘기를 들었다. 소름이 끼쳤다. 고통이라는 것이 현실에서 어떤 형태로 나타날지 그 순간 너무도 선명히 예측할 수 있었기 때문이었다. 그래서 나는 더 알려 들지 않았다. 알고 싶지 않았다. 그 세부를, 그 고통의 질감과 깊이를, 끝 모를 바닥을.

"처음에는 나 때문이었대."

언니가 말을 이었다.

"어렸을 때 자주 아팠거든. 한번 열이 나면 금방 사십 도까지 치솟고 약을 먹으면 다 게워내고. 엄마는 시청에서 일하는 공무원이었는데 일을 그만둘 수밖에 없었어. 시시때때로 병원 조퇴를 하는 여자를 봐주는 조직은 없으니까. 어려운 시험을 쳐서 들어간 곳이라 그만둘 때 엄마는 팔이 하나 잘리는 것 같더래. 그래도 엄마가 손수 약을 먹이면 내가 조금은 덜 토해서, 그래서 견딜 수 있었대."

아이에게 약을 먹이기 위해 시청을 그만둔 여자라니. 스물한 살의 나에게 그 이야기는 과녁을 빗나간 화살촉 같은 잔혹한 농담으로 들렸다.

"그렇게 견디고 있었는데, 그만 어떤 일이 일어난 거야."

겨울이 지났지만 아직 봄다운 봄은 오지 않은 날이었다. 평소와 다를 바 없는 아침이었다. 아이는 겨우내 달고 있던 감기를 떨치지 못하고 밤새 밭은기침을 했다. 그녀는 그 곁에서 자다 깨다를 반복했다. 된장을 푼 감잣국을 끓여 출근하는 남편의 아침상을 차려주고, 밥 몇 숟가락을 국에 말아 아이의 입에 떠넣었다.

아이는 잘 받아먹지 않고 짜증을 냈다. 아이는 사흘째 유치원에 가지 못했다. 오늘도 마찬가지일 것 같았다. 그녀의 하루에 잠시의 틈도 없으리라는 의미였다. 약기운 탓인지 아이는 자꾸 하품을 했다. 그녀는 자고 일어난 옷 그대로, 먹던 밥상을 채 치우지 못하고 아이 옆에 다시 모로 누웠다. 깜빡 잠이 들락 말락 했을 때였다.

사방의 정적을 찢으며 날카롭게 사이렌이 울렸다.

처음엔 어디 불이 난 줄 알았다. 사이렌소리는 멈추지 않았다. 질기고 질기게 이어졌다. 맹렬하고 낯선 공포가 그녀를 뒤덮었다. 그녀는 잠든 아이를 부둥켜안고 밍크이불을 뒤집어쓴 채, 바들바들 떨었다. 그대로 떨고 있는 것 말곤 할 수 있는 게 없다는 사실과, 그렇다면 이대로 숨이 멈춰버리는 게 낫겠다는 생각과, 기필코 살아야겠다는 의지가 동시에 교차했다.

아이가 깨어나더니 울기 시작했다. 경보 사이렌이 십 분, 아니 오 분만 더 지속되었다면 정신을 놔버렸을지도 모른다고, 아이의 입을 힘껏 틀어막았을지도 모른다고 그녀는 후에 고백했다.

그 사이렌소리는 미그기를 몰고 귀순한 북한군 장교 때문인 것으로 밝혀졌다.

그날 이후 그녀의 인생은 바뀌었다. 평생을 바칠 수 있는 일을 찾은 것이었다. 지하 벙커를 만드는 일이었다. 남북전쟁이 일어나도, 그것이 제3차세계대전으로 번져도, 한반도 상공에서 핵폭탄이 터져도 살아남을 수 있는 안전하고 단단한 방. 아무도 침범할 수 없는 방. 그녀는 군사학과 화학, 건축설계와 시공에 관한 공부를 시작했다.

주위 사람들은 저 집 애엄마가 미쳐도 요상하게 미쳤다고 수군댔다.

"지하 벙커가 있다고요? 집안에?"
"응."

인회 언니가 고개를 끄덕였다. 나는 용기를 내어 물어보았다.

"거기 있으면 진짜 괜찮아요?"

"그건 나도 모르지. 전쟁이 안 나봐서."

언니의 대답은 명쾌했다.

"아직 완성형은 아니래. 자꾸 신소재가 나온다나. 요즘엔 아예 거기서 숙식을 다 하셔."

숯불이 사그라지고 있었다. 석쇠 위에서 조그만 닭 살점 하나가 타닥타닥 검게 타들어갔다.

"무슨 일 나면 일단 우리 엄마네 집 지하실로 와. 이건 진짜야."

언니의 말은 진심일 것이다. 언니는 공연히 허튼소리를 남발하는 사람이 아니니까.

성주는 아이들 앞에서 더 깊은 것, 인회 언니가 우리에게만 마음의 문을 열어 보여주었던, 그 지하 벙커로 이어지는 길고 투명한 실금에 대해서는 말하지 않았다. 금방 강의실로 가야 했기 때문에 이야기할 타이밍을 놓쳐서인지도 모른다고 나는 의심했다. 나는 성주가 한 말을 여러 번 곱씹어보았다. 하고 싶은 건 기어코 하는 사람. 인회 언니에 대해 잘 모르는 아이들 앞에서 성주는 왜 그렇게 말한 것일까. 어떤 저의가 있었던 것일까.

자기가 하고 싶은 건, 하고 싶은 건 기어코, 기어코 하는, 하는 사람.

나는 천천히 고개를 끄덕였다. 겨울 내내 성주와 나는 같은 사람을 만난 것이 맞았다. 내가 아는 인회 언니도 그런 사람이었다. 감당할 수 있는 것과 없는 것을 속단하지 않는 사람, 하고 싶은 게 무엇인지 스스로에게 집요하게 물어보는 사람, 원하는 걸 꼭 찾아내서 기어코 이뤄내는 사람.

그런데 나는 왜, 하고 싶은 건 기어코 한다는 평을 험담으로 알아들었는가? 내가 나에게 물을 차례였다.

민교수의 새 번역서가 나왔다. 그 책은 2학년 1학기 전공 필수인 중국어 회화 수업의 새로운 부교재로 채택되었다. 학과에서 학교 서점을 통해 일괄 구입하라는 공지 사항이 내려왔다. 강의실에서 한꺼번에 책이 전달되었다. 책표지는 선명한 초록색이었다. 책장을 넘겨보았다. 인회 언니가 고친, 아니 번역한 예문들이 수정 없이 그대로 들어 있었다. 내용도, 문장도 모두 그대로였다. 소소한 접속사와 조사, 쉼표 하나까지도.

민교수 외의 공역자는 다른 대학 중문과 교수인 그의 배우자였다. 인회 언니의 이름은 책 어디에도 적혀 있지 않았다. 역자 후기에는 이 뛰어난 학습서의 저자이자 위대한 학자, 동시에 우리의 다정한 친구인 중국인 저자에게 진심으로 감사한다는 인사뿐이었다.

혹시나 하여 맨 뒷장부터 다시 샅샅이 뒤졌지만 언니의 이름은커녕 이니셜조차 발견할 수 없었다. 고맙다는 말, 아니면 미안하다는 말이라도 어딘가에 한 줄 들어 있기를 나는 절실한 심정으로 바랐다. 성주는 나보다 몇 줄 앞쪽에 앉아 있었다. 성주가 뒤를 돌아보았다. 나를 찾고 있다는 걸 알아챘다. 내 눈과 성주의 눈이 마주쳤다. 성주가 오른손 주먹을 둥그렇게 말더니 제 머리통을 한 번 툭 쳤다. 성주를 따라 나도 내 머리통을 두 번 쳤다. 우리는 아직 어른들의 세상에 대해 모르는 것이 너무 많았다.

 언니가 걱정되었다. 조교실에 찾아가봐야겠다고 생각했지만 자꾸만 미루게 됐다. 중간고사도 있었고 과제도 많았다. 아니다. 다 핑계였다. 언니를 어떤 얼굴로 봐야 할지 자신이 없었다. 성주도 마찬가지인 것 같았다. 한참 지나고야 우리는 겨우 삼층에 올라갔다. 언니는 그곳에 없었다. 새 조교는 남자였다. 그는 약간 망설이더니 언니가 사정상 갑자기 휴학을 하게 되었다고 전해주었다.
 언니는 어디로 갔을까.
 다행히, 언니는 전화를 받았다. 언니는 아무리 힘들어도 연락을 피할 사람이 아니었다.
 "영선아."

언니가 친언니처럼 내 이름을 불렀다.

"중간고사 잘 봤어?"

언니는 먼저 그런 걸 물었다.

"언니!"

실핏줄을 타고 가느다랗게 흐르는 듯한 말이 입 밖으로 잘 나오지 않았다.

"괜찮으세요?"

역대 가장 멍청한 질문으로 기록될 만한 질문이었다. 언니가 흠, 하고 짧게 헛기침을 했다.

"병원이야. 엄마가 좀 편찮으셔."

상황이 나아지는 대로 다시 연락하겠다는 말을 남기고서 언니는 전화를 끊었다. 나는 한동안 휴대폰을 든 채로 가만히 있었다. 안 괜찮다는 거구나. 천천히 이해했다. 흐드러지게 꽃이 피었다가 망연히 져버린 벚나무 가지에 붉은 버찌 몇 알이 간당간당 매달려 있었다.

인회 언니를 다시 본 것은 내가 4학년이 된 뒤였다.

그사이 나는 매일 도서관에 가는 인간이 되어 있었다. 공무원 시험을 준비하거나 통역 대학원 입시를 준비하는 친구들 사이에 끼어서 책을 읽었다. 목적도 없고 계통도 없었다. 도서관 서가에서 그날그날 읽고 싶은 책을 뽑아서 그냥 읽었다. 책을 고를 때만은 세상 어느 누구보다 진지했다. 그 순간의 내가 가장 원하는 책에 대하여 골똘히 집중하여 생각했다. 나는 그날의 나에 대해 그 정도만이라도 알아내고 싶었다.

늘 조용하던 도서관 로비가 그날따라 소란스러웠다. 경비원들 서넛이 누군가를 둘러싸고 있었고, 조금 떨어진 곳에서 학생들 여럿이 그 광경을 바라보고 있었다.

"불가능하다는 근거를 밝히십시오."

카랑카랑하게 울리는 음성이었다. 아는 목소리였다. 인회 언니가 맞았다. 언니의 두 손에는 보드 판으로 만든 큼지막한 피켓이 들려 있었다. 언니는 일인 시위를 하려다가 경비원에게 제지당하는 중이었다.

"여긴 재학생만 들어올 수 있는 공간이라고. 그러니 어서 나가요."

경비원은 강경했다.

"저 이 학교 학생 맞습니다."

언니는 당당했다. 경비원이 언니의 피켓을 손가락으로 가리켰다.

"여기 자퇴했다고 자기 손으로 썼잖아요? 아니야? 학생 아니잖아요!"

나는 언니의 피켓에 적힌 문구를 보았다.

제게는 어떤 선택권도 없습니다.
이제 저의 권리는 이곳을 떠나는 것뿐입니다.
중어중문과 대학원을 자퇴합니다.

결국 언니는 도서관 앞 중앙 마당으로 쫓겨났다. 학생 몇몇이 언니를 따라 나왔다. 나도 따라 나갔다. 나를 발견한 언니의 안경 속 눈이 커다래졌다. 언니가 택한 방식은 침묵시위였다. 언니는 검정 마스크를 쓰고 피켓을 꼿꼿하게 들었다. 처음 보는 학생 몇이 언니 옆을 지키고 섰다. 그 한쪽에 나도 함께 섰다. 그것 말고는 도울 게 없었다. 한 학생이 미리 준비해온 유인물을 지나가는 학생들에게 나눠주었다. 나도 한 장 받아 들고서 선 채로 읽기 시작했다. 번역서 사건 이후의 일들이 적혀 있었다.

복학을 저지당한 일, 논문 학기 중에 지도교수가 이유 없이 바뀐 일, 각종 세미나에서 노골적으로 배제당한 일, 그렇게 없는 사람으로 취급받은 일, 납득할 수 없는 이유로 석사논문 계획서를 번번이 반려당한 일, 학사 고시 출신을 반대하는 다른 교수들을 설득해 입학시켜준 게 누군지 아느냐고, 배은망덕도 유분수라는 말을 눈앞에서 들은 일.

그 모든 일들이, 이 년 전 민교수의 행동에 이의를 제기한 데 대한 보복 조치인지, 정말 그런 것인지 언니는 학교 조직에 묻고 있었다.

없는 사람. 나는 그 네 글자만을 계속 들여다보았다. 들여다볼수록 검은색 잉크가 눈동자를 깊게 파고들었다. 땅바닥이 좌우로 흔들렸다.

언니의 시위는 해가 이울기 시작할 무렵 끝났다. 언니는 피켓을 내려놓고 마스크를 벗었다. 그때까지 남아 있던 학생은 나를 포함해 서넛뿐이었다. 언니가 우리에게 고개 숙여 묵례를 했다. 학생들은 힘껏 박수를 쳤다. 예전엔 어떤 상황에서도 활짝 웃었던 언니가, 입술을 간신히 벌려 미소 짓고 있었다. 지금도 그 모습이 선연하다. 물이라도 미리 사올 걸. 나는 후회했다. 우리의 입장이 바뀌었다면, 언니가 나이고 내가 언니였다면, 언니는 분명히 따뜻한 물과 차가운 물을 따로 준비해 내 손에 건넸을 것이다. 언니는 자신의 가방에서 작은 생수병을 꺼내더니 단숨에 꿀꺽꿀꺽 들이켰다.

"고마워, 영선아."

언니가 내게 손을 내밀었다. 언니의 손을 잡은 것은 그때가 처음이었다. 언니의 손은 갓 구운 빵처럼 말랑말랑하고 따뜻했다.

우리는 교문까지 함께 걸어내려갔다. 어학연수를 떠난 성주의 근황을 전했더니 언니는 중국인지 대만인지 물었다. 나는 페루라고 대답했다. 글쎄 자기가 정말 원하는 곳이 어딘지 곰곰이 생각했더니 그 나라가 떠오르더래요, 라고 나는 말했다. 언니 책임이 없다고는 못하시겠죠, 라는 말은 하지 않았다.

언니는 그사이 모친상을 치렀다고 했다. 언니의 그 어머니. 나는 입이 떨어지지 않았다.

"지하 내려가는 계단에서 미끄러지셨어. 엑스레이를 찍었는데 뼈에 암이 있더라고. 간에서 전이되었대."

언니는 비교적 담담하게 말을 이었다.

"인생 참 이상하지? 술을 한 방울도 못 먹는 사람이 간암이라니."

우리는 잠시 걸음을 멈춘 채 서쪽 하늘로 저무는 해를, 그 뭐라 설명할 수 없이 먼 빛을 바라보았다.

"벙커는요?"

내가 중얼거렸던가. 언니가 모처럼 웃었다.

"그대로 있어. 근데 사실 그거 벙커도 아니야."

언니가 혀를 아주 조금 쏙 내밀었다가 집어넣었다.

"남들이 버린 허섭스레기들 주워모아서 얼기설기 만든 거지. 자기의 방을."

요즘은 내가 가끔 내려가, 라고 언니는 말했다. 그곳에서 아무것도 하지 않는다고 했다. 그저 엎드려 숨을 쉴 뿐이라고.

"바닥에 귀를 대고 엎드려 있으면, 이러려고 내가 살아왔구나, 살아가는구나, 그런 마음이 들어. 이 방에서 이렇게 숨을 쉬려고."

교문을 나오자마자 갈림길이었다. 헤어지기 전에 언니는 내게 언제 한번 놀러오라고 했다.

"언제가 될지는 몰라도, 꼭."

의례적으로 하는 인사가 아니라는 것을 나는 잘 알았다.

"그럴게요, 꼭."

나는 언니를 따라 대답했다. 언니가 먼저 발을 뗴었다. 그 뒷모습을 잠시 바라보다가 나는 내 방향으로 몸을 돌려 걷기 시작했다.

선의 감정

0

2023년 5월 5일, 세계보건기구WHO는 코로나19로 인해 선포되었던 '국제적 공중보건 비상사태'의 해제를 선언했다. 비상사태를 선포한 지 삼 년 사 개월 만의 일이었다.

1

2018년 가을, 내가 근무하는 병원이 속한 K의료 재단의 이사장이 바뀌었다. 노익장을 과시하며 자전거로 출퇴근하던 전임 이사장은 비 오는 도로에서 트럭에 치여 즉사했다. 새 이사장은 전임 이사장의 둘째 사위였다. 그는 취임하자마자 전문 컨설팅 업체에 재단 산하 전국 다섯 개 병원의 경영 진단 평가를 의뢰했다. 교수진의 급여체계부터 손볼 거라는 이야기가 들려왔다.

이와 관련하여 조찬 설명회를 개최할 예정이니 부디 참석해달라는 내용의 메일이 나에게도 왔다. 병원 사무처 경영지원팀에서 발송한 것이었다. 왜 '꼭'이 아니라 '부디'라고 했을까 잠시 생각하다 그만두었다. 설명회에는 가지 못했다. 아이 학교의 녹색학부모회 봉사가 같은 시간에 있었다. 남편은 다른 지역의 학회에 참석중이었고, 하교 후에 아이를 맡아주는 친정 엄마에게 그것까지 부탁하기는 어려웠다. 내 출근시간을 조정하는 것 말고는 다른 방법이 없었다. 평소보다 좀 늦게 출근해 회진을 돌고 나니 설명회 후기들이 들려왔다. 병원은 어떤 종류의 소문이든 신속하게 유통되고 재생산되는 곳이다.

"진검 과장님 엄청나게 화나셨다는데요. 수술도 없고 외래도 없는 과는 그냥 바닥 깔아주라는 거냐고."

펠로우 하나가 진단검사의학과나 마취과 등은 당장 단체행동에 돌입할 태세라는 말을 다소 과장 섞어 전했다. 공개된 개편안의 핵심은 급여 인센티브제의 전격적 도입이었다. 교수

개개인별로 월 매출액과 수익액을 산출하여 전체 순위를 매기고, 그에 따라 인센티브 액수를 차등 지급하겠다는 것이 골자였다. 그러니까 지난달 병원에 얼마를 벌어줬느냐에 따라 다음달 월급이 결정되는 건가보다고 나는 이해했다. 결론적으로 급여가 늘어난다는 건지 줄어든다는 건지 알 수 없었다. 구체적인 세부를 알아보고 싶은 마음이 들었으나 그렇게 하지 않았다. 나는 돈과 관련된 이슈에 민감하고 재빠르게 반응하는 것은 경박한 일이라고 교육받은 거의 마지막 세대였다.

그날 밤 잠들기 전, 학회에서 돌아온 남편에게 그 얘기를 했다.

"의사들은 정말 세상 물정을 몰라."

개업의인 그는 심드렁하게 중얼거렸다. 아주 틀린 말도 아니었다. 나는 그 정도의 메타 인지는 가지고 있었다. 남편과 나는 도시 중산층 가정에서 태어나 공부 잘하는 아이들에게 주어지는 유무형의 수혜 속에 자라 의대에 입학했다. 남편은 의료계가 아닌 다른 분야에서는 진즉부터 인센티브제가 보편화되어 있다고 말했다.

"하지만 병원은 일반 기업과는 다르잖아."

나는 항변해보았다.

"다를 게 뭐야."

"병원이 수익 생각만 하면 안 되는 거 아니야?"

남편이 풋, 소리를 내며 돌아누웠다.

"과잉 진료니 뭐니 뒷말도 나올 거야. 조직 문화에도 안 좋고."

논쟁을 하고 싶은 것도 아닌데 음성이 높아졌다. 남편은 대답 대신 물어왔다.

"근데, 그러면 당신은 어떻게 되는 거야. 당신 월급은?"

인센티브제는 그로부터 몇 개월 후에 시행되었다. 뚜껑을 열고 보니, 전체 교수들을 1등부터 꼴등까지 줄 세우는 방식은 아니었다. 등급제였다. 지난달 수익에 의해 교수들은 1등급부터 7등급까지로 나뉘었다. 최상위와 최하위 그룹의 숫자가 적고 가운데가 불룩한 다이아몬드형 구조였다. 수술과 외래가 없는 과에는 다른 기준이 적용되었다고 하는데 정확한 내용은 나도 알지 못했다. 진단검사의학과나 마취과 스태프들이 단체행동에 돌입했다는 소식은 듣지 못했으니 어떻게든 해결되었나보다고 짐작했다.

첫 달, 나는 3등급을 받았다. 중간보다 약간 높은 수준이었다. 실제 급여 통장에 입금된 액수는 인센티브제가 도입되기 전과 크게 다르지 않았다. 두번째 달에는 4등급이었다. 수익액을 보면 지난달과 거의 같은데도 등급이 하락했다는 점이 마음에 걸렸다. 다른 교수들의 수익이 늘었다는 의미일 것이다. 외래가 있던 날 연차를 썼던 것이 떠올랐다. 응급 시술 콜을 두 번 펠로우에게 돌린 적도 있었다. 그만큼이 그의 수익으로 카운트되었을 것이다. 급여 통장에는 전달보다 십 퍼센트 정도 적은 액수가 입금되었다. 반사적으로 다음달의 수익을 가늠해보게 되었다.

없던 습관이 새로 생겼다. 매달 내과 전체 교수들의 실적 그래프를 훑어보는 것. 예년에 비해 어쩐지 다른 교수들의 입원 환자 숫자가 늘어나고 내시경 시술 횟수가 증가한 것도 같았다. 모두 내 기분 탓인지도 몰랐다. 로비나 식당에서 다른 과의 친분 있는 교수들과 마주칠 때면 저 사람은 몇 등급일까 궁금해졌다. 그리고 내가 몇 등급인지 그들이 알고 있을까봐 두려웠다. 최소한 3등급 밑으로 떨어지고 싶지 않은 이유는 단순히 월급이 줄어들어서만은 아니었다. 절반 이하의 의사라는 자책감을 느끼고 싶지 않아서였다.

새 이사장과 원장단은 이 제도의 목적은 개인의 서열화가 결코 아니며, 합리적인 경영 효율성 제고라고 주장했다. 그리고 심평원의 진료비 삭감률, 입원 병상의 회전율과 가동률 등을 각 진료과 평가의 주요 지표로 삼겠다고 선언했다. 바람직한 방향이 아니라는 우려가 들었지만, 나는 그 생각을 깊이 발전시키지는 않았다.

2

 전 세계에 코로나19 바이러스가 창궐하던 2020년 가을, 나는 여전히 K병원에 출근을 했다. 그날은 아침부터 유독 정신이 없던 날로 기억된다. 아침 여덟시가 지나도록 엄마와 연락이 닿지 않았다. 집전화도, 휴대폰도 연결되지 않았다. 마냥 기다릴 수는 없었다. 출근을 해야 했다. 자고 있는 아이를 두고 현관을 나서는데 등뒤에서 남편이 안절부절못하는 소리가 들려왔다.
 "어쩔 거야? 어떻게 해?"
 내가 허공에 대고 외치고 싶은 말이었다. 나는 못 들은 척 집을 나섰다.
 사회적 거리두기 조치 때문에 아이는 몇 달째 등교를 하지 못하고 있었다. 방학 때처럼 엄마에게 부탁할 수밖에 없었다. 아이의 초등학교 입학에 맞춰 친정 옆 단지로 이사한 게 그나마 다행이었다. 엄마는 아침 일찍 건너와 아이를 챙겼다. 아이의 일과는 팬데믹 이전의 방학과 비슷한 듯 달랐다. 그때는 혼자 셔틀버스를 타고 영어학원도 수영장도 다닐 수 있었다. 엄마는 그 시간을 쪼개 여러 용도로 사용하는 눈치였다. 그러나 이제는 일상생활이 불가능한 시절이 되었다. 코로나19 바이러스에 대한 엄마의 불안은 유별난 데가 있었다. 아이를 집 앞

놀이터에도 내보내지 않았고, 시간제 가사도우미를 부르자는 나의 제안도 완강히 거부했다. 있던 사람도 내보낼 판에 겁도 없다고 했다.

"너는 대체 무슨 생각이니?"

질문의 형식이라고 해서 진짜 질문인 건 아니었다. 엄마의 질문은 어릴 때부터 늘 내 대답을 필요로 하지 않았다.

"애아빠랑 나는 매일 병원에서 별별 사람들 다 만나고 오는데."

나는 겨우 대답했다.

"그거랑 같니?"

엄마는 일갈했다. 엄마는 눈에 띄게 점점 우울해지고 말수도 줄어갔다. 전날 밤에도 그랬다. 내가 퇴근해 신발을 벗기도 전에 겉옷을 걸쳐 입고서 집에 갈 채비를 했다. 시술이 밀리는 바람에 예정보다 늦었다고 나는 공연히 변명 아닌 변명을 늘어놓았다.

"넌 왜 그렇게 사니?"

엄마의 음성은 나직하고 냉랭했다. 나는 이럴 때 엄마를 곤혹스럽게 만드는 대답을 알고 있었다. 더 낮고 힘없는 목소리로 중얼거리는 거였다.

"그러니까. 나 진짜 다 그만둘까?"

사실 이것이 나의 진심인지도 모르겠다는 생각이 들었다.

엄마의 이마가 일그러졌다. 엄마는 한숨을 깊게 한번 뱉고서 집으로 돌아갔다. 불과 열두 시간 전의 일이었다.

출근하는 동안 남편이 이삼 분 단위로 전화를 걸어왔다.

"어떡할 거야? 나 아무리 늦어도 여덟시 반엔 나가야 되는 거 몰라?"

"애를 일단 깨워서……"

나는 횡단보도에 자동차 앞바퀴를 어중간하게 걸친 채 대답했다.

"엄마 집에 데리고 가봐."

"아이씨."

스피커를 통해 남편이 내뱉는 소리가 그대로 전해졌다.

지하주차장에서 병원 구내로 연결되는 통로에 전에 없이 출근자들의 줄이 길게 늘어서 있었다. 한 명씩 수기로 건강 상태자가 진단표를 쓰느라 일어난 일이었다. 어제까지는 없던 절차였다. 코로나19가 확산되면서 타원 환자의 전원을 받지 않고, 보호자 일인 외 문병객의 출입을 금지하는 등 여러 제한조처가 있었다. 그럼에도 병원 시스템은 멈추지 않고 돌아갔다. 인플루엔자 같은 계절성 질병들은 거의 자취를 감추었으나 모든 병이 지구에서 사라진 것은 아니었다. 사람들은 여전히 여러 암에 걸렸고, 교통사고를 당했다. 스스로 목숨을 끊기 위해 제초제를 마셨고, 위출혈을 일으킨 채로 응급실에 실려 왔다.

나는 연구실이 있는 삼층까지 비상계단으로 걸어올라갔다. 팬데믹 이후 가능하면 붐비는 시간에는 병원 엘리베이터를 이용하지 않으려고 노력했다. 그게 내 수준에서 할 수 있는 최선의 주의였다. 지하 일층에서 지상으로 올라가는 층계참에서 남편에게 메시지를 보냈다. 삼층에 다다랐을 때 답이 왔다.

―오셨어.

―무슨 일이래?

―늦잠이신 듯 ㅋ

주어와 서술어가 없는 미완성형의 짧은 문장. 그 뒤에 붙은 하나의 ㅋ. 그런 것들이 내 신경을 긁었다. 아침 회진을 준비하다가, 행정실 직원의 애인이 어젯밤 코로나19 확진 판정을 받았다는 소식을 들었다. 아까 출근길의 소동은 그 여파인 모양이었다. 행정실 직원은 어제까지 정상 근무를 하고 퇴근했는데 밤사이 밀접 접촉자로 분류되었다고 했다.

"어제 출근했으면 병원 안 여기저기 다 다녔을 텐데."

"그러게요. 팔층만 닫아도 될까요? 오늘 정상 진료하면 안 되지 않아요?"

전공의들의 대화가 불길하게 귓가를 울렸다. 정오쯤 나온다는 진단검사 결과에 따라 아주 큰 일이 될 수도 있다는 직감이 들었다. 여기는 지역의 거점병원이었다. 팔백 개 병상에, 하루 내원객은 수천 명에 달했다. 차트가 눈에 잘 들어오지 않았다.

어제를 포함한 요 며칠간, 원내에서의 내 동선을 빠르게 복기해보았다. 직원 식당, 편의점, 베이커리 카페…… 내가 들렀던 곳은 이 병원에 근무하는 사람이라면 누구나 오가는 곳이었다. 불안이 몰려왔다. 그럼에도 오늘은, 오늘 몫의 일을 해야만 했다. 나는 회진을 돌기 위해 무거운 몸을 일으켰다.

회진해야 할 환자는 열 명이었다. 병동 분위기는 예상보다 더 어수선했다. 첫번째 환자는 오십오 세 남성으로, 췌장암을 진단받고 입원한 지 하루째였다. 남자는 누워 있었고, 어정쩡히 침대에 걸터앉아 있던 부인이 회진 일행을 보고는 벌떡 일어섰다. 부인이 고개를 지나치게 깊이 숙여 인사했다. 나도 비슷한 각도로 인사했다.

"어떻게 좀 잘 주무셨어요?"

부인이 환자 대신 대답했다.

"아, 이 사람이 코를 골아가지고요"

아직 자신들에게 닥친 일을 실감하지 못하고 있는 듯했다. 몇 가지 사항을 체크하고 돌아나가려고 하는데, 마스크 쓴 얼굴로 눈만 껌뻑이던 환자가 나를 불러 세웠다.

"저, 괜찮을까요?"

괜찮지 않을 것이다. 4기에 발견되었고, 췌장암은 예후가 좋지 않다. 나는 신중하게 대답했다.

"우선은, 모르던 병을 알게 된 거니까요. 현재 알려진 가장 좋은 방법으로 치료를 시작해보죠."

 유난히 짙은 환자의 눈썹이 꿈틀거렸다. 끝 모를 두려움이 느껴졌다. 나는 그 얼굴을 바로 쳐다보지 않은 채 살짝 묵례를 하고 자리를 떴다. 어떤 경우에도 나는 환자에게 괜찮을 거라는 말은 하지 않았다. 괜찮지 않을 거라는 말도 하지 않았다. 괜찮음과 괜찮지 않음 사이에서 적절하게 벌런스를 조정하는 것이 이 직업에 가장 필요한 덕목일지도 몰랐다. 회진 시간이 더디게 지났다. 환자들은 원내에서 코로나19 관련자가 발생했다는 소문을 대부분 들어 알고 있었다. 행정실 직원이 밀접 접촉자가 아니라 아예 확진자라고 잘못 알고 있는 경우가 다수였다. 병원 안에 코로나19 바이러스가 퍼지면 어떻게 되냐고 묻는 보호자도 있었다. 당황스러웠지만, 그런 일이 없도록 해야지요, 라고 답했다.

 칠십오 세, 여성, 안복희 환자는 일곱번째 순서였다.

 안복희 환자는 일주일 전, 한밤중에 극심한 복통을 호소하며 응급실을 통해 내원했다. 다음날 급성담낭염 진단을 받았고 내 환자로 입원중이었다. 다행스럽게 회복이 빠른 편이었다. 항생제도 잘 들었고 염증 수치도 이미 정상으로 돌아온 상태였다. 예정대로라면 오늘 오후에 퇴원할 수 있을 터였다. 안복희 환자의 병상은 육 인용 병실의 중간 자리였다. 환자는 체구가 작고 몹시 마른 사람이었다. 마스크 위로 드러난 얼굴빛이 거무죽죽했다. 피부색이 검게 보이는 것은 담낭염의 한 증상일 수 있었다. 오늘은 보호자 없이 혼자였다. 일주일의 입원 기간 동안 두어 번 정도 그녀의 딸을 본 적이 있었다. 딸은 어머니와는 달리 피부색이 창백할 정도로 희고 체구도 컸다. 무엇보다 독특한 헤어스타일 때문에 멀리서도 눈에 띄는 여자였다. 이마와 목덜미가 훤히 드러나고 양쪽 귀가 보이도록 짧게 깎은 쇼트커트에 머리칼도 아주 밝고 선명한 노란색이었다.

나는 새삼 안복희 환자의 차트를 다시 들여다보았다. 이름 옆에 누군가 작은 별 표시를 해놓았다. 전공의들과 병동 간호사들은 환자 이름 옆에 그런 표시를 해놓고 정보를 공유하곤 했다. 일종의 블랙리스트였다. 본인도 모르게 별을 단 환자들은 의료진에게 폭력적으로 굴거나, 치료에 비협조적이고 불만 사항과 요구 사항이 지나치게 많은 경우가 대부분이었다. 안복희 환자는 그 모두에 해당될 것이었다. 그리고 한 가지 이유가 더 있었다. 상습 입원. 그녀는 이 병원의 유명한 상습 입원자였다.

안복희 환자가 응급실에서 코로나 검사를 마치고 병실로 올라온 지 이틀째 되던 날, 나는 연구동 앞에서 정형외과 교수와 마주쳤다. 필요 이상 말이 많은 사람이었다.

"그 할머니 이번엔 거기로 갔다면서요?"

이름을 대지 않아도 누구를 가리키는지 단번에 알 수 있었다.

"고생하시겠네. 지난번엔 저였잖아요. 한여름 지내고 푹 쉬다 갔어요."

당시 안복희 환자의 입원 사유는 발가락 미세 골절이었다고 했다.

"발가락 부러진 걸로 그렇게 오래 입원이 돼요?"

그는 고개를 저었다.

"안 되죠. 그런데 안 되도 되게 하는 게 그분 특기거든요. 금방 아시게 될 거예요."

어쩐지 그는 더이상 자기 몫이 아니게 된 이 상황을 즐기는 듯 보이기도 했다.

"의료보호 환자는 본인부담금이 거의 없잖아요. 한 달을 있어도 나갈 때 얼마 안 낼걸요. 그런 환자들한테는 병원이 천국 아니겠어요? 냉난방 해결되지, 하루 세끼 잘 먹여주지. 그냥 엿가락처럼 최대한 오래 병원에 붙어 있는 게 이득이에요."

"그래도 아프니까 그러겠죠."

"원래 그 나이 되면 여기저기 다 아파요. 늙어봐요."

그는 마스크를 콧등 위로 끌어올리며 중얼거렸다.

"발가락을 방문에 찧었다는데, 뭐 그것도 확인한 사람은 없으니까요."

환자가 입원하기 위해 자해라도 했다는 건가. 내가 보기에 그것은 과도하고 부적절한 상상이었다. 나는 불쾌감을 느꼈다.

우리 과에도 안복희 환자를 가까이서 겪어보았다는 사람들이 꽤 되었다. 삼 년 차 전공의인 도진은 거의 도리질을 쳤다.

"응급실 인턴 돌 때 봤어요. 할머니도 할머닌데, 와, 그 보호자가요. 진짜 이건 그냥."

그때 안복희 환자는 전기장판에서 자다가 화상을 입어서 왔는데, 등이 좀 벌게진 정도였다고 했다.

"간단히 바르는 약 처방해주고, 다음주에 외래로 오라고 했거든요. 그런데 할머니가 갑자기 바닥에 주저앉더니 땅을 치면서 우는 거예요."

바로 그때, 약속이라도 한 것처럼 딸이 나타났다고 했다. 왜 자기 어머니를 울리느냐면서 당장 입원시켜달라고 난동을 부렸다는 것이다.

"링거 폴대를 이렇게 확 뒤집어가지고요, 막 허공에다 휘두르더라고요. 보안 요원한테 끌려나가면서도, 사람 차별하지 말라고 고함을 치는 거예요. 나중에 들으니 완전 알콜릭이라고."

나는 환자에 관한 이야기를 그런 방식으로 하는 건 옳지 않다고 도진에게 주의를 주었다. 그래도 어쨌든 다들 신경써서 살피자고 당부할 수밖에 없었다. 다행히 이번 입원 기간 동안 안복희 환자와 그 보호자가 유별난 존재감을 과시할 사건은 일어나지 않은 모양이었다.

"안복희님."

나는 그녀의 이름을 또박또박 불렀다.

"잘 주무셨어요? 밤에 어디 불편하신 데는 없으셨지요?"

안복희 환자가 눈을 치켜떴다.

"왜 없었겠어요?"

높고 카랑카랑한 음성이었다.

"여기가 불편해서 계속 호출을 했는데, 그냥 왔다가 가기만 하고 아무도 내 말을 제대로 안 들어줬어요."

그녀는 환자복 상의 위로 자신의 복부를 굳질렀다.

"정확히 어느 부분이 불편하신 거예요?"

"다 아파요. 다 아프다는데 왜 사람을 못 믿어요?"

공격적이기도 방어적이기도 한 태도였다. 나는 아무 일도 아니라는 듯 응대했다.

"그중에서 가장 많이 아프신 데가 있을 거잖아요. 한번 가리켜보세요."

환자는 오른손을 주춤주춤 움직여 배꼽 아래쪽 사오 센티미터 지점에 가져다댔다. 나는 손바닥을 펼쳐 그곳을 지그시 눌렀다.

"아아."

날카롭다고 할 수는 없는 비명이었다.

"입원하셨을 때는 우측 상복부가 아프셨는데 통증 위치가 바뀌었네요. 어제 대변은 보셨어요?"

"아니. 봤나? 안 본 거 같은데. 그것 때문 아니에요. 원래 나는 매일 변을 안 보는데 뭘."

환자가 말끝을 흐렸다.

"이따 퇴원하실 때 대장 운동 도와주는 약도 같이 처방해드릴게요. 꾸준히 드시면 좀 편안해지실 거예요."

"여봐요, 교수님."

그녀가 급히 말꼬리를 잡아챘다.

"어제부터 계속 얘기했는데 내가 아직 몸이 안 좋다니까. 왜 이 병원 사람들은 하나같이 사람 말을 제대로 듣지를 않아요?"

뒤에 서 있던 도진이 머뭇거리면서 대답했다.

"소화가 안 되고 열감이 있다고 하셨습니다."

차트에는 정상 체온만 기재되어 있을 뿐, 그런 사항들은 기록되어 있지 않았다.

"여러 번 체크했는데 이상 없으셨습니다."

전공의들에게 다시 한번 차팅 교육을 시켜야겠다는 생각이 들었다. 차트를 작성할 때는 환자의 육성을 그대로 적는 것이 필요했다. 특히 환자의 반복되는 요구나 기억할 만한 행동은 반드시 기록으로 남겨두어야 했다. 의학적인 이유 때문이기도 하거니와 추후 혹시 어떤 문제가 생겼을 때 해결하기 위해서도 그랬다. 간호사가 다시 열을 쟀다. 37.2도. 애매한 수치였다.

"아무튼 나는 오늘 못 가요."

안복희 환자는 단호했다.

"환자분. 다 나으셨고, 이제 병원에 더 계실 필요가 없어요."

그러나 그녀의 귀에는 타인의 어떤 말도 들리지 않는 듯했다.

"아휴 정말, 교수님."

그녀가 갑자기 간절한 목소리를 냈다.

"교수님 내가 진짜 오늘은 못 가겠어서 그래요. 소화도 안 되고 배도 아프고 가슴도 아프고 일어날 기운이 하나도 없는데 집에를 어떻게 가요? 내 몸은 누구보다 내가 제일 잘 알아요. 아주 오래는 안 있을게요. 딱 며칠만 더 쉬고 바로 갈 거예요. 집보다 여기가 편해서 그래요."

입원실의 다른 환자들이 이쪽을 예의 주시하고 있었다. 아직 세 명의 회진이 더 남아 있었다. 참으로 피곤한 아침이었다.

"환자분."

나는 낼 수 있는 가장 엄격한 음성으로 말했다. 이런 순간이면 내가 더 강하고 나이들어 보이는 인상이라면 좋았을 거라는 생각이 들었다.

"다 나으셨어요. 그렇지만 아프다고 하시니까 기본 검사 몇 가지만 하고, 이상 없으면 오늘 바로 퇴원하시죠."

안복희 환자가 내 눈을 똑바로 쳐다보았다. 순간, 안광이 번

쩍 빛난 것도 같았다.

"집에 가서도 많이 움직이셔야 합니다."

그렇게 당부하고 나는 뒤돌아섰다. 병실을 나가려다가 고개를 돌리고 덧붙였다.

"열흘 뒤에 외래로 오시고요. 그때까지 계속 불편하시면 봐서 다시 입원시켜드릴게요."

진료부원장이 틈만 나면 강조하는 입원 병상 회전율이라는 용어가 잠깐 떠올랐다 사라졌다. 남은 회진을 돌고, 오전 외래를 위해 진료실로 내려갔다. 컴퓨터의 부팅을 기다리는 동안 서랍에서 KF94 마스크를 하나 더 꺼냈다. 두 겹의 마스크가 두 배로 안전하다는 뜻은 아니어도, 바이러스의 침투를 막는 데에 미미하게나마 도움이 될 것이다. 외래진료가 끝난 뒤 휴대폰을 확인하니 병원 당국에서 보내온 메시지가 도착해 있었다.

―확진자의 밀접 접촉자로 분류되었던 본원 임직원의 코로나19 검사 결과 음성이라는 소식을 전해드립니다. 저희 병원은 환자와 임직원의 안전을 위해 방역에 최선을 다하겠습니다.

나는 그제야 바깥쪽 마스크를 벗었다. 점심을 먹으러 가려다가, 어쩐지 찜찜해서 가지 않기로 했다. 연구실에서 에너지바를 하나 먹었다. 오후 한시부터는 담석 제거 시술이었다.

며칠 후, 전체 교수회의가 온라인으로 열렸다. 원장은 모두

발언에서, 엄중한 팬데믹 시기에 병원 내부적으로 아직 코로나19 감염 환자가 발생하지 않고 있는 것은 원장단이 목숨을 걸고 방역에 힘쓴 덕분이라면서 자화자찬을 늘어놓았다. 부원장은 코로나19의 영향으로 이번 분기 전체 매출이 전년 대비 삼십 퍼센트 이상 감소했다는 결과를 발표했다. 직원들이 고통 분담을 위해 할 수 있는 게 무엇이 있을지 지혜를 모으고 있다는 애매모호한 소리도 덧붙였다. 직원 급여 일부를 반납하게 하는 방안을 연구중이라는 뜻으로 해석되었다. 그는 이어서 작년도 전국 3차 병원의 입원 병상 회전율 순위를 언급하면서 각 과마다 그 부분에 특별히 신경을 쓰라고 역설했다.

3

일주일이 빠르게 지나갔다. 그사이, 조직 검사를 해보시는 게 좋을 것 같습니다, 라는 문장을 스무 번쯤 말했고, 검사 결과 악성입니다, 라는 문장을 열 번쯤 말했다. 누군가의 눈빛이 왈칵 흐려지는 것을 그만큼 보았다는 뜻이다. 엄마는 살림을 도와주는 가사도우미 대신 아이를 위한 대학생 학습 도우미를 구하겠다고 선언했다. 나는 플랫폼 몇 군데에 구인 신청을 했다. 학습 도우미들의 프로필이 내 메일함에 연달아 도착해 쌓였다.

 퇴근길이었다. 응급실 앞을 지나는데 얼핏 낯익은 뒷모습이 보였다. 단무지처럼 샛노란 색의 짧은 머리칼, 그 여자였다. 안복희 환자의 딸. 나는 걸음을 멈추었다. 그녀는 누군가와 통화를 하는 중이었다.

 "몰라. 몰라. 나도 몰라."

 동물의 흐느낌에 가까운 소리였다. 예감이 좋지 않았다. 나는 응급실 문을 열고 들어갔다. 안면이 있는 스테이션의 간호사에게 혹시 안복희 환자가 왔느냐고 물었다.

 "안 그래도 지금 교수님께 호출드리려고 했어요. 교수님 환자였다고 해서."

 가슴이 덜컥 내려앉았다.

 "무슨 일이에요?"

 "흉통으로 왔는데 지금 심정지 나서 시피알중이에요."

 심정지라고? 가방을 스테이션에 던지고 처치실로 뛰어들어갔다. 의료진 여러 명이 베드를 둘러싼 채 심폐소생술을 진행하고 있었다. 그 틈으로 환자의 얼굴이 보였다. 안복희 환자가 맞았다. 막 기도 삽관을 하려는 중이었다. 나도 모르게 정신없이 다가가 기도 삽관을 도왔다. 환자의 입에서 거품이 섞인 피가 왈칵 쏟아져나왔다. 누군가 소리쳤다.

 "교수님! 방호복 입으셔야죠!"

정신을 차리고 주위를 둘러보았다. 나를 제외한 모든 의료진이 방호복을 입고 있었다. 나는 내 옷을 내려다보았다. 베이지색 트렌치코트 앞자락에, 환자의 몸에서 튀어나온 비말과 혈액이 섞인 액체가 점점이 묻어 있었다. 나는 양손을 위로 들어올리면서 한 발 뒤로 물러났다. 뒤편에서 내게 소리친 응급실 간호사도 방호복 차림이었다. 나는 물었다.

"코로나예요?"

"모르겠어요. 아직 결과가 안 나와서."

관자놀이가 지끈거렸다.

"그러면, 그때까지 저도 일단 격리되어야겠네요."

감염관리실에 문의해야겠지만 아마도 그래야 할 것 같다고 간호사가 대답했다. 나는 나가지도 못하고, 그렇다고 처치에 끼어들지도 못한 채로 엉거주춤 서 있었다. 그저 눈만 부릅뜨고 있었다. 심폐소생술에도 안복희 환자의 몸은 전혀 반응하지 않았다. 이미 그녀의 심장은 멈추었다. 응급의학과 교수가 나를 알아보고 다가왔다. 그는 손에 쥔 심전도검사 결과지를 흔들었다.

"누가 봐도 심근경색이네요."

비로소 가슴을 쓸어내렸다. 환자의 딸을 본 순간부터 납덩이같은 불안에 짓눌려 있었다. 그래, 아무래도 담낭의 문제일 리는 없었다. 퇴원할 때 환자의 담낭 상태는 정상이었다. 그건 전문의로서 내가 보장할 수 있었다. 일주일 만에 이렇게 악화되어 죽음에 이르게 할 만큼의 상태는 절대로 아니었다.

"원래 심장에 문제가 있었나봐요?"

"모르겠어요. 보호자 말로는 며칠 전부터 가슴이 뻐근하다고 했다는데. 그렇게 자주 오던 분이 심장 진료는 한 번도 안 봤더라고요."

응급실을 나오면서 다시 환자의 딸을 보았다. 방금 어머니를 잃은 그 여자는 주먹으로 벽을 내리치고 있었다. 허공이 아니었다. 단단한 콘크리트였다. 콘크리트 벽을 맨주먹으로 쾅쾅 때리면서 여자는 울고 있었다. 울면서 포효하고 있었다. 눈에 띌세라 나는 마스크를 고쳐 쓰고 빠르게 걸었다. 그녀가 나를 알아봐서는 안 될 이유 같은 것은 물론 없었다. 내가 그 어머니의 마지막 담당의였던 건 사실이다. 그 둘 사이의 인과관계를 꼼꼼히 따지기엔 지금 나는 너무 지쳐 있었다. 아무도 만나고 싶지 않았다.

연구실에 들어와 먼저 마스크를 벗어던졌다. 체액이 튄 옷을 처치복으로 갈아입었다. 컴퓨터를 켜고 안복희 환자의 차트를 보았다. 응급실에 실려오자마자 실시했던 피검사 결과지가 그새 올라와 있었다. 황달과 염증 수치는 정상 범위였다. 담낭의 문제가 아니라는 명확한 증거였다. 이 갑작스러운 죽음이 내 오진 탓이 아니라는 결정적 증거이기도 했다. 다시 한

번 나는 안도했다. 환자가 퇴원 후에도 약을 꼼꼼하게 복용해 왔음을 알 수 있었다. 외래에서 봤다면 칭찬해드렸을 텐데. 괜스레 연민의 감정이 들었다.

아까 응급의학과 교수가 흔들어댔던 심전도검사 결과를 확인해보았다. 누가 봐도 자명한, 전형적인 심근경색이었다. 사람의 일이란 한 치 앞도 모른다는 말에 수긍하지 않을 수 없었다. 의학은 운명을 잠시 지연시키는 데에만 유효할 뿐이다. 안복희 환자의 경우는 운도 따르지 않았다. 하필 퇴근시간이었다. 구급차가 서둘렀대도 도로에서 시간이 꽤 지체되었을 것이다. 또 아무리 초응급 환자라도 코로나19 탓에 응급실 의료진이 방호복을 입고 처치에 돌입할 때까지 삼사 분 이상 지연되었을 것이다. 아니 차라리 급성심근경색이 조금 빨리, 그녀가 병원에 입원중인 상태에서 왔더라면 즉시 처치할 수 있었을 것이다. 하나하나의 일들이 조금씩 어긋나 맞물렸다. 그런 걸 불운이라고 부른다. 다 부질없는 가정이었다.

이 주 전 안복희 환자가 입원했던 날의 심전도검사 결과지를 열어보았다. 정상이었다. 불과 보름여 사이에 한 인간의 심장 상태가 이렇게 극적으로 바뀌기도 하는구나. 나는 인체의 비밀을 처음 알아낸 사람처럼 한동안 그것을 물끄러미 바라보았다.

마우스를 다시 움직인 건 딱히 할일이 없어서였다. 안복희 환자의 퇴원 검사지도 훑어보았다. 일주일 전 그녀가 퇴원하던 오후가 떠올랐다. 담석 제거 시술에 들어가기 직전에 도진에게서 전화가 왔었다. 오늘 퇴원하는 환자들에게 시행한 검사 결과가 나왔다는 보고였다.

"응, 별건 없지?"

도진은, 자기가 보기에는 괜찮은 것 같다고 대꾸했다. 그러면 네가 알아서 퇴원시키라고 나는 말했다. 어떤 교수든, 연차 높은 전공의에게 그 정도의 자율권은 허용할 것이다. 불과 일주일 전 일인데 아득하기만 했다. 병원 안에서만 생활하다보면 마치 진공상태에 놓인 것처럼 시간의 흐름이 몽롱하고 비현실적으로 느껴지곤 했다. 퇴원 전 검사에서도 안복희 환자의 복부 엑스레이와 염증 수치는 정상이었다. 나는 대수롭지 않게 화면을 넘겼다. 퇴원 전 진행한 심전도검사 결과지가 있었다. 도진이 습관적으로 오더를 낸 모양이었다. 이때는 괜찮았을까, 하는 의문이 불현듯 들었다. 검사지를 모니터에 띄웠다.

언뜻 아무 문제가 없어 보였다. 눈으로 가만히 심전도 그래프의 선을 따라가보았다. 무언가 석연치 않았다. 안복희 환자가 입원했던 날의 검사지를 다시 열었다. 불과 일주일 차이였지만 두 개의 심전도를 나란히 놓고 비교해보니 미묘한 차이가 보였다. 둘은 달랐다. 낭패감이 밀려왔다. 분명 입원 기간 일주일 동안, 그녀의 심장 상태는 나빠지고 있었다. 놓쳤다. 내가, 발견하지 못했다.

퇴원 전에 알았다면 당연히 집에 보내지 않았을 것이다. 심장내과에 컨설트를 내고 전과시켰을 것이다. 그러면 지금 어떻게 되었을까? 안복희 환자는 적어도 죽은 사람은 아닐 것이다. 사방이 무섭도록 고요했다.

전화기에서 카톡 알림음이 울렸다.

—안 와?

남편이었다. 나는 모니터에 떠 있는 두 장의 심전도 그래프를 사진으로 찍어 그에게 전송했다.

—이게 뭐야?

—차이가 보여?

몇 분 후에 답장이 왔다.

—보이네. 왜?

나는 손바닥을 펼쳐 두 눈가를 문질렀다. 창 너머 어둠이 질식할 듯 빽빽했다. 이상했는지 남편이 전화를 걸어왔다.

"환자야?"

"응."

일주일 전에 퇴원한 환자인데 조금 아까 응급실에서 돌아가셨다고 말했다. 식도에서 신물이 치밀었다.

"그런데?"

"아무래도 내가 잘못한 것 같아. 심전도 변화를 체크 못했어."

남편이 어이없어했다.

"당신은 심장내과가 아니잖아. 무슨 상관이야?"

"그래도 내가 마지막에 한 번만 확인했더라면……"

더 말을 잇기 힘들었다.

"아니 그걸 누가 일일이 봐. 환자가 한둘도 아닌데."

우리 사이를 침묵이 휘감았다. 잠시 후 남편이 약간 부드러워진 어조로 말했다.

"심전도 지금 다시 봤거든. 괜찮아. 두 개가 차이가 없진 않지만, 있다고 볼 정도도 아니네. 당신도 알 거 아냐?"

"나한테는 있어 보여, 차이가."

"누가 없대? 유의미하지 않다는 거지. 이 정도 변화로 어떻게 심근경색 올 걸 의심해? 신이냐."

나도 다시, 눈을 가늘게 뜨고서 모니터를 뚫어져라 바라보았다. 나도 이쯤은 괜찮다고 단언하고 싶었다. 나의 무결을 나에게 밝히고 싶었다.

"심전도 변화가 이 밀리미터 이상 있었다면 또 모를까, 지금 이걸로는 아무도 시비 못 걸어. 불안해하지 말고 쉬어."

남편은 마치 내 마음을 꿰뚫어보고 있다는 듯이 굴었다. 그리고 덧붙였다.

"보호자가 알아?"

그게 뭐가 중요하냐고 나는 중얼거렸다. 전화를 끊고 나서 한번 더 속말을 했다. 그게 중요해? 하지만 나 역시 중요한 게 무엇인지 알 수가 없었다. 누군가에게 답을 물을 수도 없었다. 나는 모니터 앞에 더 가까이 다가앉았다. 안복희 환자의 심전도 그래프 두 장을 거듭 번갈아 보았다. 첫번째 심전도와 두번째 심전도 사이에는 이 밀리미터는 못 되지만 일 밀리미터는 넘는 차이가 존재했다. 그것은 유의미한가 아니면 유의미하지 않은가. 나의 책임인가 아니면 나의 책임이 아닌가. 나는 위험한가 아니면 위험하지 않은가. 그 의미를 판독해줄 유일한 암호는 오직 심전도 그래프 속 얄따란 선뿐이었다.

두번째 심전도 그래프 화면 상단에서 'NONSPECIFIC CHANGE'라는 문구를 발견한 것은 늦은 밤이 되어서였다. 심전도 기기에서 자동으로 판독되어 나온 결과였다. '비특이성 변화', 즉 '예전에 찍은 것과 비교해 심장에 유의미한 변화가 없음'을 뜻했다. 나도 모르게 탄식이 새어나왔다.

환자가 퇴원일 아침 회진 때 배가 아프다고 했던 말이 갑자기 떠올랐다. 그러고 나서 가슴이 아프다는 말을 했던 것도 같았다. 나는 안복희 환자의 차트를 샅샅이 뒤지기 시작했다. 그런 말은 어디에도 기록되어 있지 않았다. 흉통이라는 단어도 찾아볼 수 없었다. 내 기억의 오류인지, 전공의가 환자의 말을 받아 적지 않은 것인지 분명치 않았다. 이제는 조금쯤 마음을 놓아도 되지 않을까 하고 나는 어쩔 수 없이 생각했다. 잠을 잘 수 없는 밤이었다.

    다음날 아침 일찍, 안복희 환자의 코로나19 검사 결과가 나왔다. 음성이었다. 나의 자가 격리도 곧바로 해제되었다. 처치복 위에 그대로 가운을 걸치고 평소보다 조금 늦게 회진을 돌았다. 언제쯤 퇴원할 수 있느냐고 묻는 환자들이 몇 있었지만, 병원에 남겠다고 우기는 환자는 한 명도 없었다. 오전에는 외래진료를 보았고 오후에는 담도 내시경 검사와 시술을 반복했다. 저녁 일곱시가 넘어서야 퇴근할 수 있었다. 병원 바깥의 땅을 밟은 건 거의 서른여섯 시간 만이었다. 마스크 때문에 공기의 냄새는 맡지 못했다. 멀리서 그 여자를 또 보았다. 안복희 환자의 딸. 그녀가 병원 옥외 주차장 아스팔트 바닥에 주저앉아 있었다. 우는 것 같았다. 보안요원 서너 명이 약간의 거리를 두고 떨어져 주시하고 있었다. 여전히 머리칼이 샛노랬다. 그녀는 검은색 상복 차림이었다. 상중이겠구나, 나는 새삼스럽게 생각했다.

4

    안복희 환자의 딸은 거의 매일 병원 앞에 출몰했다. 병원 로비에는 들어오지 못했다. 코로나19 이후, 예약 환자나 보호자

일인이 아니면 병원 출입을 엄격히 제한하고 있기 때문이었다. 병원측으로서는 그녀의 출입을 막을 유용한 구실이 있는 셈이었다. 대신 그녀가 자리를 잡은 곳은 주차장 한편의 코로나 선별진료소 앞이었다. 검은색 상복을 입은 사람이 흰색 음압텐트를 배경으로 서 있으니 대조가 뚜렷했다. 행인의 이목을 끌 수밖에 없었다. 그 여자는 거기서 전단지를 뿌리지도 않고 피켓을 들지도 않고 현수막을 걸지도 않았다. 그저 번번이 술에 취해 나타나 울면서 난동을 부렸다. 우리 엄마 살려내라고 고함을 치기도 했다.

나는 가능하면 그쪽 길로 다니지 않았다. 안복희 환자를 치료한 적 있는 의료진들이라면 누구나 비슷하지 않을까 짐작했다. 한번은 일 년 차 전공의가 출근길에 보안요원과 싸우는 그 여자의 모습을 봤다고 전했다. 왜 못하게 하느냐고, 사람이 길에서 우는 게 법에 걸리는 거냐고 소리지르며 바닥을 구르고 있더라고 했다. 미친 사람의 종류도 참 다양하다고 의국원들이 하는 소리를 나는 못 들은 척했다.

병원측에서는 소문을 염려했다. 지역 맘카페에도 선별 진료소 앞에서 난동 부리는 여자가 누구냐는 글이 올라왔다. 온라인 커뮤니티나 유튜브 등에서 알려지면 더 복잡해진다는 병원측 우려도 일리가 있어 보였다.

의료서비스를 포함한 어떤 서비스 업종도 한번 여론의 낙인이 찍히면 평판을 돌이킬 수 없다고들 했다. 병원은 선제적 방법을 택했다. 안복희 환자의 의무 기록을 재단 법무팀에서 검토할 예정이니 마지막 담당의였던 나에게도 서면 경위서를 제출하라는 연락이 왔다.

나는 차트에 기록된 말들을 그대로 옮겼다. 없는 말을 만들어 적을 수는 없었다. 황달과 염증 수치를 비롯해 담낭염에 관련된 검사 기록지들과 함께 세 장의 심전도검사 결과지도 첨부했다. 두번째 심전도의 'NONSPECIFIC CHANGE'라는 문구에 형광펜 표시를 했다.

어느 날 오후 외래진료를 보고 있는데 대기실이 시끄러웠다. 다음 환자 대신 간호사가 급히 들어왔다.

"교수님, 큰일났어요. 그 사람이 왔어요."

간호사가 설명하기 전에 나는 그 사람이 누구인지 눈치챘다. 내가 이 장면을 계속 상상해왔다는 것을 알았다. 섬뜩하지는 않았다. 그저 멍했다. 나는 잠시만 기다리시라고 말했다.

"만나시게요?"

간호사가 만류하면서 덧붙였다.

"유명한 사람이잖아요. 보안요원 불렀으니까 올 때까지 밖에서 저희가 시간 끌어볼게요."

내 차례인데 왜 못 들어가게 하는 거냐고. 나도 엄연히 예약하고 왔으니 사람 차별하지 말라고. 이 병원 사람들은 왜 항상 이러는 거냐고. 닫힌 문틈을 뚫고 그녀의 목소리가 쩡쩡 울려퍼졌다. 나는 예약 환자 목록에서 다음 순서의 환자를 찾아보았다. 김현숙, 사십이 세, 여, 초진.

"환자로 오셨나봐요. 진료는 봐야죠."

나는 말했다. 그녀가 내게 한바탕 퍼부을 것은 각오하고 있었다. 그녀는 뭐라고 할까? 다 내 탓이라고 할까? 내가 퇴원만 안 시켰어도 어머니가 죽지 않았을 거라고 할까? 두 장의 심전도검사 결과지를 바닥에 던지면서 이대부터 심장이 이상했는데 무슨 의사가 그것도 몰랐느냐고 할까? 그러면 나는 전부 오해라고, 나는 잘못한 것이 없다고 할 수밖에 없다. 상대는 당연히 모든 대화를 녹음하고 있을 테니, 미안하다는 말은 절대로 해서는 안 된다. 내 상상은 늘 거기서 끊겼다. 보안요원들이 너무 늦게 도착하지는 않을 것이다.

노크 소리도 없이 문이 확 열렸다. 그녀가 성큼성큼 걸어들어왔다. 검은색 반팔 티셔츠와 검은 바지에 흰색 마스크를 쓰고 있었다. 마스크에 가려서 표정은 볼 수 없었다.

"교수님, 나 누군지 알죠?"

알고 있다고 나는 대답했다.

"우리 엄마도 알죠? 우리 엄마 기억하죠?"

기억한다고 말했다. 정적이 흘렀다. 여자의 머리칼은 그사이 많이 자라 덥수룩했고, 샛노랗던 색깔도 정수리 부분부터 거무스름하게 변해 지저분해 보였다. 술냄새는 나지 않았다. 마스크 덕분인지도 몰랐다. 마스크는 많은 것들을 가려주었다. 그녀는 갑자기 불룩한 가방에서 무언가를 꺼내 진료 책상 위에 올려놓았다. 캔커피 두 개였다. 그중 하나를 내 쪽으로 밀었다.

"고맙다고, 인사하러 왔어요."

그녀가 말했다.

"엄마가 그때 퇴원하고서 계속 얘기했어요. 이 병원을 그렇게 오래 다녔는데 다음에 오면 또 입원시켜준다고 말한 의사는 교수님이 처음이라고."

나는 아무 대꾸도 하지 못했다.

"교수님만 자기를 믿어줬대요. 교수님이 준 약 먹었더니 화장실도 잘 간다고, 멋있다고 했어요."

그녀가 제 앞의 캔커피를 땄다.

"그냥 내가 오늘은 엄마가 너무 보고 싶어서, 교수님이랑 이거 같이 마시면서 엄마 생각하고 싶어서, 그래서 사왔어요. 이거 드세요. 나쁜 거 아니에요. 캔커피 중에서 제일 비싼 거예요."

나는 캔을 두 손으로 감싸쥐었다. 차가웠다. 마시려면 마스크를 벗어야 했다. 그녀는 주저하지 않고 마스크를 벗어 책상 위에 올려놓았다. 제대로 그녀의 얼굴을 보는 것은 처음이었다. 평범하고 지쳐 보이는 얼굴이었다. 나도 캔을 땄다. 마스크를 살짝 내려 턱에 걸쳤다. 그녀도 내 얼굴을 보는 게 처음일 것이다. 우리는 말없이 커피를 마셨다. 밖에서 아무 소리도 들려오지 않았다.

"그리고요, 교수님."

그녀가 불쑥 나를 불렀다.

"내가요, 옛날에 술을 좀 많이 먹었었거든요. 그래서 간이 안 좋은데, 이제부터 교수님한테 진료 다니려고요."

"아, 네."

나는 대답했다. 잠깐 미소 지은 것은 당혹스러운 감정이 드러나지 않기를 바라서였다. 남은 커피를 목구멍으로 흘려넣었다. 이윽고 다시 마스크를 쓰고 나는 김현숙 환자에게 간의 이상 증상에 관한 첫번째 질문을 던졌다.

5

목요일 외래진료는 오전 아홉시부터다. 오늘 예약된 환자 목록을 훑어본다. 명단 끄트머리에 김현숙이 있다. 수년 동안 그녀는 석 달에 한 번 외래 진료를 받으러 왔다. 그녀의 알코올성 간경변은 좀처럼 호전되지도 급속히 진행되지도 않고 있다.

자신의 차례가 오면 김현숙 환자는 언제나처럼 거침없는 걸음걸이로 진료실에 들어설 것이다. 꾸벅 인사를 하고 의자에 앉기까지 짧은 동작에 스민 쭈뼛거림과 긴장감을 나는 알아챌 것이다. 내면의 머뭇거림을 들키지 않기 위해, 그녀가 다른 말을 할 기회를 차단하기 위해 나는 단단하고 빠른 목소리로 물을 것이다.

"그동안 몸은 좀 어떠셨어요?"

오래전 젊은 의사였을 때는 재진 환자들에게 '그동안 어떻게 지내셨어요'라고 질문했다. 많은 사람들이 그사이 일상에서 일어난 일을 말하려 한다는 걸 깨달은 후론 그렇게 하지 않는다. 막내딸이 아들을 낳았는데 미숙아라는 것, 키우던 개가 노환으로 세상을 떠났다는 것, 경기가 너무 좋지 않아 아무래도 가게를 접어야 할 듯하다는 것. 그런 이야기들을 들어주기에 내가 가진 시간은 턱없이 부족하다.

김현숙 환자는 내가 모니터 위에 나열된 자신의 간 검사 수치를 확인하고, 주치의로서 의학적 판단을 내리는 과정을 불안정한 눈빛으로 지켜본다. 이 일은 그녀가 기적적으로 회복되거나 외래에 오지 못할 정도로 상태가 나빠지기 전까지 지

속될 것이다. 이렇게 상상하면 나는 궁지에 몰린 기분이 된다. 가느다란 실 같은 불안으로 우리는 이어져 있다. 이런 것도 연결감이라고 할 수 있을까.

"결과 괜찮습니다. 약 받아 가시고 석 달 후에 뵙죠."
 내 입술의 움직임을 바라보던 그녀가 비로소 조금 웃는다. 웃을 때 슬퍼 보이는 건 윗송곳니 하나가 없기 때문인지도 모른다. 떠나기 전에 그녀가 꾸벅 고개를 숙인다. 나도 조용히 맞인사를 한다. 우리는 다시 만날 것이다.

빛의 한가운데

만약 아무것도 없던 때로 돌아갈 수 있다면 인간을 세상에 태어나게 하는 일 같은 건 하지 않을 것이다. 절대로. 그건 자신이 낳은 인간을 사랑하지 않는다는 뜻과는 다르다. 안희는 몇 해 전 이토록 모순적인 마음을 미령에게 고백한 적이 있었다. 그런 말은 미령에게만 할 수 있었다. 가만히 듣고 있던 미령이 격렬하게 고개를 끄덕였다.
언니, 진심, 나도.
어깨에 얹힌 타인의 무게가 이 정도일 줄은 몰랐다고 안희와 미령은 경쟁하듯 토로했다. 그들은 한때 같은 아파트 단지에 살았다. 안희의 아들과 미령의 딸은 동갑이었다. 아이들은 어릴 때 같은 학교에 다닌 적이 있었지만 친구라고 할 만한 사이는 아니었다. 그런 것은 중요하지 않았다. 아이들 때문에 알게 되었으나 그들은 그와 상관없이 가까워졌다. 비슷한 일들은 어디서나 일어난다.

아이들이 진급할 때마다 안희와 미령은 손가락을 하나씩 접으며 이제 몇 년째, 라고 헤아리곤 했다. 십 년째가 되던 올해 초에 안희가 내년엔 열 손가락으로는 모자라겠다고 하자 미령이 그럼 발가락으로 세면 된다고 말해서 웃은 적이 있었다. 안희의 집에 놀러온 미령이 귤을 까려다 말고 갑자기 한쪽 양말을 벗었다. 오른쪽 엄지발가락부터 카운트를 하자면서 맨발을 꼼지락댔다. 그녀만큼 아무렇지 않은 순간에 아무렇지 않은 표정으로 안희를 웃겨주는 사람은 없었다. 또 없을 것이다.

언니가 늘 귀엽게 봐주니까.

미령은 안희를 언니라고 불렀고, 안희는 그녀를 이름으로 불렀다. 미령과의 관계에서 안희는 어떤 소속감과 안정감을 느꼈다. 미령을 나이가 몇 살 어린 친구라고 생각했다. 어디선가 걸려 온 전화를 받은 미령이 상대방에게 지금 친구랑 노는 중이라고 말했던 때부터였던 것 같다. 그런 말은 연장자가 하면 아무것도 아닐지 모르지만 나이가 어린 쪽에서 하면 꽤 근사하게 들린다. 안희가 보기에 미령은 근사한 것을 많이 가진 사람이었다.

같이 노는 사이가 친구가 아니면 누가 친구란 말인가.

*

 안희는 미령을 처음 본 순간을 기억했다. 혁이 초등학교에 입학하고 학교에서 신입생 학부모를 대상으로 하는 설명회가 열린 날이었다. 아직 스웨터 안에 히트텍을 입어야 하는 날씨였다. 안희는 두꺼운 머플러를 동여매고 그 속에 얼굴 절반을 파묻은 채 강당으로 갔다. 교장과 교감, 교무부장으로 이어지는 긴 인사말이 귀에 잘 들어오지 않았다. 마지막에 학생부장이 연사로 나와 학교폭력의 사례에 대해 설명했다. 휘말리지 않는 것만이 중요하다고 그는 열변을 토했다. 행사가 끝나자 학부모들이 일제히 밖으로 쏟아져나왔다. 참석자는 전원 여자였다. 그런 곳엔 언제나 엄마들뿐이었다.
 교정 여기저기에 삼삼오오 느슨한 원들이 만들어졌다. 안희는 곤혹스러웠다. 아이를 동네 유치원에 보내는 동안 알게 된 얼굴들이 꽤 눈에 띄었지만, 그들과 자신이 정말로 아는 사이라고 할 수 있을까. 막 형성된 그 원에 쏙 끼어들 만한 숫기도 의지도 없었다. 아무도 눈여겨보지 않기를 바라면서 바쁜 일이 생긴 양 잰걸음으로 교문을 향해 걸어갔다. 그와 비슷한 속도로 운동장을 혼자 가로질러가는 여자가 보였다. 종아리까지 오는 검정 더플코트를 걸친, 구불구불한 머리칼을 휘날리며 걷는 여자. 가까이 갔을 때 안희는 그 여자가 누구인지 알아보왔다. 처음 봤지만 아는 얼굴, 미령이었다.

나중에 안희가 왜 그렇게 서둘렀느냐고 장난스럽게 핀잔을 주자 미령은 억울해했다.

진짜 바쁜 일 있었던 거 맞거든요. 하필 날이 딱 겹쳐버려서.

그날은 미령의 이혼소송 두번째 조정 기일이었다.

오후 두시 시작인데 법원에 한시 오십오분에 도착해서 우사인 볼트처럼 뛰었다니까요.

하마터면 못 들어갈 뻔했다고 했다. 왜 설명회 중간에 일어나지 않았느냐고 물었더니 그녀는 웃으며 고개를 흔들었다.

어떤 간 큰 엄마가 장우산 사건 얘기 듣다 끊고 일어나요.

장우산 사건은 그날 학생부장이 들려준 일화였다. 두 아이가 쉬는 시간에 다투다가 우산을 휘둘렀는데 그중 한 명이 중요 부위를 터치'당'했다면서 성폭력으로 고발했다는 이야기였다. 그 부장 교사는 두 아이의 성별이나 중요 부위는 구체적으로 밝히지 않았다. 선입견을 방지하기 위해서라고 했다. 다만 가격이 아니라 터치임을, 그조차 터치 호소임을 재차 강조했다.

그냥 외우시면 됩니다. 일반 학폭이 백번 낫지 '성'이 붙어서 학폭위에 올라가면 해결이 백배 복잡해진다는 사실을요.

그 교사는 입담 좋은 이야기꾼이었다. 그런 이들이 대개 그렇듯 세간에서 주워모은 이야기들을 편의대로 각색하여 좌중의 흥미를 돋우는 땔감처럼 사용했을 것이다. 하지만 안희는 장우산 사건을 오랫동안 잊지 못했다. 혁이 올해 기숙사형 자사고에 입학하게 되었을 땐 '그런 문제'에 대해 단단히 주의를 줄 필요가 있다는 생각에 사로잡혔다. 남편이게 부탁해야겠다고 결심했다. 그런 것조차 하지 않는다면 그가 이 집에 부모라는 이름으로 존재할 이유가 뭐란 말인가. 안희의 남편은 비교적 평범한 중년남성이었다. 그는 이 문제에 대해 이율배반적인 자세를 보였다. 마땅히 신경써야 한다는 걸 알고 있으면서도 한편으론 별것 아니라는 듯 굴었는데 그런 이중적인 태도를 안희로서는 이해하기 어려웠다. 혁과 이야기를 나누고 와서 남편이 한 말은 이랬다.

여자 조심하랬더니 자기도 이미 안다는데?

논리적으로 맞지 않는 문장이라고 안희는 생각했다.

무슨 소리야? 스스로를 조심하라고 해야지. 본인 자신을.

그게 그거라면서 남편은 짜증을 냈다. 말문이 턱 막혔다. 안희가 하려던 말을 도리어 그가 먼저 했다.

당신은 왜 항상 본질을 흐리는 거야?

잘못한 게 아무것도 없는 아이에게 자꾸 예비 가해자 프레임을 씌우고 있다며 남편은 안희를 공격하기 시작했다.

당신의 걱정이 정말 혁 때문이야, 아니면 내 자식이 남한테 피해를 줄까봐 그러는 거야? 그러면 당신이 비난받을까봐 불안한 건 아니고?

그는 안희가 내면의 불안감을 공연히 아이에게 투사하고 있다고 주장했다. 학교측에서 남녀를 엄격하게 분리한다고 하지 않았느냐면서, 시스템을 신뢰하라고 충고했다.

그리고 혁은 당신이 크게 걱정할 만한 녀석이 아니야.

소심한데다 현실적인 아이라 큰 사고는 치지 않을 거라고, 다만 이상한 세상이니까 재수없게 휘말리는 일만을 요령껏 피하면 된다고 덧붙였다. '휘말리는'이라는 표현이 언젠가처럼 안희의 귀에 불편하게 감겨왔다.

얼마 뒤 미령을 만나 스몰토크를 하다가 안희는 남편과의 대화를 언급했다. 미령과는 시시콜콜한 이야기를 자주 하는 사이였으므로 그날 역시 남편을 가볍게 흉볼 요량이었다. 미령은 안희의 의도와 달리 불안감이라는 단어에 관심을 보였다. 그들은 불안감을 주제로, 고등학생의 엄마가 되는 일에 대해 한동안 이야기를 나누었다. 아들은 아들이라서 불안하고 딸은 딸이라서 불안하고 집에 데리고 있으면 그래서 불안하고, 기숙사에 넣으면 또 그래서 불안하다는 결론 없는 결론이 이어졌다. 자식이라는 존재는 그냥 그런 것 같다고, 이 불안감이 끝나는 날이 과연 올지 모르겠다고 하면서 미령이 얕은 한숨을 내쉬었다. 그러곤 말했다.

아들들 엄마가 언니 같기만 하다면 얼마나 좋아요.

그건 무슨 뜻이었을까. 집에 돌아와서도 한동안 안희는 골똘히 그 말을 곱씹었다. 혹시 미령은 딸의 엄마이고 자신은 아들의 엄마라고 선을 긋는 것일까. 자신이 무심히 꺼낸 화제가 미령의 기분을 상하게 했을 수도 있었다. 단 그렇다면 기분을 상하게 한 정확한 원인이 무엇인지 안희 자신은 영원히 알지 못할지도 몰랐다. 어떤 얘기를 꺼낼 때 상대에 따라 더 조심스러울 필요가 있음은 익히 알고 있었다. 이젠 그 기준을 미령에게도 적용할 필요가 있다고, 아니 진즉에 그랬어야 했다고 안희는 깨달았다. 그러자 한층 서글퍼졌다.

*

미령이 조금 멀리로 기도하러 가지 않겠느냐고 안희에게 제안했다. 안희와 미령은 둘 다 종교를 가지고 있지 않았다. 그즈음 안희는 역류성식도염 환자처럼 시도 때도 없이 뜨거운 덩어리가 목구멍으로 울컥 치밀어오르는 증상에 시달리고 있었다. 동네 내과에서는 소화기 문제는 아니라고 하면서 여성호르몬 검사를 받아보라는 소견을 전했다. 갱년기의 증상과 유사하다고 했다.

의외로 모든 게 호르몬의 문제일 수 있습니다. 만약 그렇게 밝혀진다면 행운에 가깝죠. 쉽게 해결 가능하다는 뜻이니까요.

미령의 말 중에 '기도'라는 단어보다 '조금 멀리'가 안희에게 더 절실했는데, 통화를 하면서 미령은 기도에 대해서만 자꾸 설명했다. 아주 오래전에 알던 분이 있다고, 그분이 기도드릴 만한 좋은 곳을 소개해주었다고 말했다.

거기 가면 마음이 씻은듯이 평온해진대요. 언니, 우리한테 평온, 진짜 필요하잖아.

미령이 킥킥 웃었다.

그분은 내가 한때 많이 믿었던 분인데, 좀 뭐라고 하지, 기도를 자주 하는 분이에요. 내가 언니한테 얘기한 적 없었나?

없었다. 안희는 얼마간 쓸쓸한 심정이 되었는데 섭섭함과는 다른 결의 마음이었다.

종교인도 아니고 무속인도 아닌데 신기하게 꿈도 잘 맞고 앞날을 기막히게 맞히는 그런 사람 있잖아요. 그분이 얼마 전에 새벽 기도를 하는데, 희끄무레한 어둠 속에서 갑자기 내 모습이 환하게 떠오르더래요.

미령이 활짝 웃고 있더라고 했다. 옅은 분홍—페일핑크와 인디핑크 사이의, 아무튼 그렇게 '잔치할 때 입는 한복 같은' 원피스를 입고서 말이다. 거기까지 전하고 미령은 다시 한번 웃음을 터뜨렸다. 안희는 페일핑크와 인디핑크 색을 차례로 떠올려보았다. 두 색 사이의 색이 잡힐 듯 잡히지 않았다. 피부색이 희다못해 창백한 미령에게는 무엇이든 무척 잘 어울릴

터였다.

 어떤 일, 아마도 새로운 일이 있을 징조르고 하더라고요. 괜한 소리 할 분은 아니라서 뭐가 있기는 있을 건가 싶고. 그런데 꼭 정성을 바쳐서 기도를 하라고 하네요? 보시? 그걸 하라고. 아끼는 걸 바치며 기도하는 건데, 이럴 때 하면 운이 더 좋은 쪽으로 풀린대요.

 미령은 반드시 토요일 아침에 가야 한다고 고집했다. 안희가 아는 그녀의 평소 스타일과는 달랐다. 미령은 '반드시' 같은 부사와는 거리가 먼 사람이었다. 미령은 누구보다 유연했으며 종종 융통성이 지나쳐 문제를 만들고는 했다. 오늘 아니면 내일 하면 되고, 사는 동안 언젠가 또 기회가 있겠지, 그것도 아니면 인연이 아니겠지, 라는 게 미령의 방식이었다. 그러다 갑자기 기회는 바로 지금뿐이라며 번갯불에 콩 볶아 먹듯 후다닥 일을 추진하고, 이내 후회하고, 잠시 낙담했다가는 곧 털고 일어나기도 잘했다. 그런 면모야말로 안희만 아는 미령의 고유한 매력이었다.

 토요일 아침은 안희에게 썩 편한 시간이 아니었다. 기숙사형 자사고에 다니는 혁은 매주 금요일 저녁부터 월요일 아침까지 외출을 나와 집에 머물렀다. 혁이 그곳에 합격했을 때 미령은 제 일처럼 기뻐했다.

 세상에, 삼 년간 기숙사라니, 언니, 정말이지 이젠 자유네!

금요일 저녁 집에 온 혁에게 안희는 학교에서 별일 없었는지를 물었다. 혁이 안희를 쓱 쳐다봤다. 감정이라곤 없는 눈빛이었다. 안희의 심장이 덜컥 내려앉았다.

에? 뭐라고 했어요?

그는 귀에서 에어팟을 빼지 않고 되물었다. 안희가 다시 묻자, 별일 없는데, 라며 어깨를 으쓱했다.

혁의 학교 남학생들 몇이 동급 여학생의 얼굴을 딥페이크로 합성한 이미지를 만들었다가 적발당했다는 소식을 들은 건 며칠 전이었다. 안희와 인사를 나누고 지내는 여자아이 엄마에게서 전화가 왔다. 가해자들이 특정되지 않았다면서 학교측에서 비밀에 부치고 있는데 혹시 안희가 아는 바는 없는지 물었다. 안희가 그 사건 자체를 아예 모르고 있다는 것에 그녀는 놀랐다.

아, 남자애들은 집에다 그런 얘기를 잘 하지 않아서요.

그럴 의도는 아니었는데 결과적으로 전형적인 핑계처럼 들렸을 것이다. 그걸 깨닫자 안희는 못 견디게 면구스러웠다.

피해자가 더 있을 수도 있대요. 음, 일단 저희 애는 아니지만. 여학생 엄마들 다 부들거리고 있어요. 학교에서 이렇게 미온적으로 나올 줄은 몰랐거든요. 피해자는 학폭위도 진행하면서 동시에 형사 고발할 것 같아요.

전화를 끊자마자 약통을 뒤져 진통제를 입에 넣고 삼켰다.

관자놀이의 통증은 사라지지 않았다. 마지막 대화가 계속 마음에 남았다.

걸린 게 몇 명인 거지, 기숙사에서 다 같이 지내는데 누군 보고 누군 못 봤다는 것도 말이 안 되고요.

충분히 신빙성 있는 말이었다. 학부모 전체가 모인 단체 대화방은 쥐죽은듯 조용했다. 다들 물밑에서 움직이고 있는가 보았다. 혁은 책가방만 바꿔 들고 학원으로 갔다. 기숙학교의 아이들은 주말이면 경쟁적으로 오랜 시간 학원에 머물렀다. 금요일은 밤늦게까지, 토요일은 아침 일찍부터 밤 열시까지 수업이 있었다. 금요일 자정이 다 되어서야 귀가해 야식으로 컵라면을 먹는 혁의 뒤통수를 안희는 한참 바라보았다. 입이 떨어지지 않았다. 내일 아침 뭘 먹고 싶으냐는 말만 겨우 나왔다. 혁은 대답이 없었다.

야, 귓구멍에 그거 좀 빼고.

지나가던 남편이 소리쳤다. 혁이 느린 동작으로 한쪽 귀에서 에어팟을 뺐다. 뭘 먹겠느냐고 다시 묻자 작게 웅얼거렸다. 아무거나, 라고 한 것 같았다. 안희의 예상에서 한 글자도 벗어나지 않은 대답이었다. 혁은 언젠가부터 선택의 순간에 '아무거나'라고 했다. '귀찮으니까 말 시키지 말아요'를 축약한 것이었다.

뭐 제대로 된 걸 먹고 가야지. 따뜻한 것 중에 뭐 먹고 싶은 거 없어?

　남편이 이런저런 음식 이름을 댔다. 떡국, 불고기전골, 황태미역국, 순두부계란탕. 안희는 얼굴을 찌푸렸다.

　차려주는 거 꼭 먹고 가. 공부는 체력이다.

　혁이 고개를 까딱했다. 남편의 말에서 '차려주는'의 주체는 안희였다. 자기 손으로 차리는 게 아닌데 그는 왜 주어를 생략하는 어법을 사용하는가. 그러나 안희는 그 생각을 밖으로 표출하지도 언성을 높이지도 않았다. 그런 데 낭비할 에너지와 시간이 없었다. 기계적으로 냉동칸을 열었다. 내일 아침을 위해 녹여둘 무언가가 있는지 살펴보았다. 꽝꽝 언 검정 비닐봉지들은 원래의 내용물이 무엇이었는지 감도 잡히지 않았다. 그중 하나에 손을 갖다대자 딱딱한 덩어리가 만져졌다. 꺼내어 한참 들여다보았다. 멸치였다. 아주 오래전, 미령에게서 받은 멸치가 아직도 남아 있었다.

　안희와 미령이 친해지기 전이었다. 혁을 등교시키고 돌아서는 교문 앞에서 미령을 만났다. 미령은 안희에게 멸치를 좋아하느냐고 물었다. 멸치에 대해 안희는 특별한 입장을 갖고 있지 않았다. 싫어하지는 않는다고 대답했다. 그러면 혹시 제가 나눠드려도 될까요, 라고 묻는 미령의 목소리는 조심스러웠다. 그때 그들은 이천 세대가 넘는 대단지 아파트의 끝과 끝에 살고 있었다. 안희는 미령을 따라 집으로 갔다. 미령의 집은 안희의 집과 같은 구조였다. 현관에 크고 작은 몇 개의 신발들이 가지런히 정리되어 있었다. 지비츠가 붙어 있는 아이의 크록스, 지비츠가 붙어 있지 않은 어른의 크록스, 아이의 운동화, 어른의 스니커즈. 서향인 주방 싱크대 앞에 성인 손바닥 두 개를 합친 크기의 창문이 나 있었다. 안희의 주방 창문에서는 앞 동 건물이 보이는데 미령의 창문에서는 멀리 산등성이가 보였다. 커다란 종이 상자가 주방 바닥 한가운데에 놓여 있었다. 안희와 미령은 그 앞에 쪼그려앉았다. 미령이 상자를 열었다. 꽤 굵은 국물용 멸치가 가득 들어 있었다. 혹시 전부 다 필요하진 않은지 미령이 물어왔다.

전부요?

네. 만약 필요하시면요.

눈빛에 깃든 이상한 절박함을 안희는 알아챘다. 말을 돌리기 위해 멸치가 싱싱해 보인다고 했다. 하나 마나 한 말이었다. 아이 친할머니가 보냈다고 미령이 말했다. 멸치가 많이 잡히는 곳에 산다고 했다.

아이 아빠랑 헤어지고 나서, 못 찾을 만한 데로 도망 왔거든요. 그런데 이사 축하 선물이라면서 어제 보냈더라고요.

미령이 하는 말을 바로 이해하지는 못했지만 상관없었다. 멸치의 존재 이유가 무엇이든 안희가 결정해야 할 사안은 상자째 가져갈 것인가, 일부만 가져갈 것인가 하는 문제였다. 왜 나인가에 대해서는 한동안 궁금했다. 미령이 왜 하필 잘 모르는 사이인 나를 택했는가 하고.

내가 다 가져갈 수 있어요.

안희가 말하자 미령이 짧은 감탄사를 뱉었다. 정말 고맙다면서 미령은 상자 뚜껑을 꼼꼼히 닫았다. 그녀의 움직임을 안희는 가만히 바라보고 있었다. 어디 나눠줘도 되고 그냥 버려도 된다고 미령이 말했다.

거리끼면요.

내 거리낌까지 왜 신경을 써요.

안희의 말에 미령이 조금 웃었다. 안희는 짐짓 쾌활한 척 말했다.

이제 내 거니까 내가 알아서 할게요.

미령이 아까보다 조금 더 활짝 웃었다. 안희는 멸치 상자를 두 손으로 들고 일어섰다. 예상보다 가벼웠다. 그 무렵 안희는 삶에서 예상과 다른 일들이 얼마나 많이 일어나는지 알아가는 시기라고 생각했다.

힘이 왜 이렇게 세세요.

미령이 상자의 한쪽을 떠받았다. 그때였다. 미령이 갑자기 자신은 멸치를 만지지 못한다고 고백한 것은. 눈 때문이라고 했다. 멸치의 눈. 그 순간 안희는 미령이 말하는 바를 완벽하게 이해하고 있다는 기분에 휩싸였다. 초점 없이 박제된, 깨소금 한 알 같은 동공. 그것을 똑바로 바라보지 못하는 마음을 자신은 그때껏 가져본 적 없으면서도.

멸치 상자를 집에 가져와 비닐봉지 여러 개에 대충 나눠 담은 뒤 냉동실에 집어넣었다. 냉동실이 죽은 멸치로 꽉 찼다. 그중 한 봉지가 지금껏 남아 있을 줄을 미령은 알지 못할 것이다.

다음날 아침 혁은 속이 안 좋다면서 아무것도 먹지 않았다. 안희는 파자마 위에 면 원피스를 푹 뒤집어쓰고서 주차장으로 내려갔다. 혁이 터덜터덜 따라왔다. 학원까지 차에 태우고 가는 동안 혁은 고개를 잔뜩 수그린 자세로 후대폰만을 보았다. 안희에겐 익숙한 모습이었다. 신호에 걸려 차가 잠시 멈췄을 때였다. 뒷자리의 혁이 별안간 커다란 소리를 뱉으며 하품을 했다. 애니메이션 속 켄트로사우루스가 낼 법한 괴성 같기도 하고 부주의한 술꾼의 트림 소리 같기도 했다. 안희는 처음 듣는 것이었다. 잠시 후 신호가 바뀌고 차는 다시 출발했다. 단 한 번뿐인 일이었다. 왜인지 안희는 겁이 났다. 눈물이 나는 것도 아닌데 자꾸 눈앞이 뿌예졌다.

밤 열시에 데리러 올게.

암기한 주문처럼 중얼거렸다. 혁이 고개를 한번 까딱했다. 빨리 출발하라고 뒤차가 클랙슨을 울렸다.

집에 돌아와 기계적으로 남편을 위한 간단한 아침을 차리고 외출복으로 갈아입었다. 미령의 집까지는 차로 십여 분 거리였다. 안희가 미령을 픽업하여 도시고속화도로를 타기로 했다. 눈앞이 계속 흐려서인지, 좀전까지 보이던 자동차 키가 눈에 띄지 않았다. 안희는 한쪽 팔로 외투를 든 채 온 집안을 헤집으며 키를 찾았다. 식탁에서 오트밀을 시답잖게 떠먹던 남편이 아침부터 어딜 가느냐고 물었다. 기도하러 간다고 하자, 한쪽 입꼬리를 올리고 비웃었다. 미령이 이젠 전도도 하느냐고 물었다. 안희는 대답하지 않고 주방 찬장을 열어보았다. 국간장과 굴소스, 비니거 오일과 요리용 청주 같은 것이 들어 있는 칸이었다. 사흘 전엔 잃어버린 줄 알았던 카드지갑을 후추통 옆에서 발견했다.

사이비 아니야? 누구 하나 데리고 가면 인센티브 받고 막.

남편이 삶은 달걀을 우물거리면서 이죽거렸다. 찬장 안을 살펴보았지만 자동차 키는 보이지 않았다.

근데 진짜 거기는 요새 뭐 먹고 살아?

잘 모른다고 대꾸했다. 아주 틀린 말은 아니었다. 지난 십 년간 미령은 여러 차례 직업을 바꾸었다. 커피숍, 키즈 카페, 샤브샤브 체인점 등을 창업하거나 동업의 형식으로 참여했다. 한때는 친구가 한다는 모델 에이전시에서 근무한 적도 있었고, 부동산 대행사에도 잠시 출근한 적이 있었다. 애쓴다는 말이 저절로 나오는 시간들이었다. 안희가 알고 있는 미령의 마지막 직업은 아이스크림 할인판매점의 사장이었다. 코로나19로 인한 비대면 시대에 야심 차게 연 그 무인점포가 문을 닫은 지도 벌써 몇 개월이 지났다. 가게에 종일 앉아 있는 편이 낫지, 계속 CCTV 모니터만 지켜보게 되는 일은 도저히 못해먹겠다며 미령은 불만을 토로했다.

언니, 제일 미칠 것 같은 순간이 언젠지 알아요?

실제라면 그냥 넘어갈 만한 일인데 집에서 화상으로 보고 있으면 화가 치솟을 때라고 했다.

며칠 전엔 어떤 손님이 아이스크림을 오단원어치도 넘게 잔뜩 샀거든요. 그런데 냉장고 슬라이딩 문을 조금 덜 닫고 간 거예요. 정신없이 닫으러 갔는데 하마터면 어쩔 뻔했어. 생각할수록 분이 안 풀리는 거예요. 언니, 언니는 알잖아요. 내가 원래 억울해도 막 원한 갖고 그러는 사람 아니라는 거.

그랬다. 미령은 툭툭 잘 털고 일어나는 사람, 억울하게 만든 이를 진심으로 용서하는지는 몰라도 자신이 편히 살려면 잊어야겠다 마음먹는 사람이었다.

그런데 화면만 보고 앉아 있으니까 인간이 점점 변해가요. 결국 카드사에 전화해서 그 손님 번호 알아냈잖아요. 전화해서 따졌지.

카드사가 번호를 알려주더냐고 안희가 물었다.

그냥은 안 알려주죠. 계산이 잘못되어서 급히 연락해야 된다고 했지.

냉장고 문을 닫기 위해 집에서 뛰쳐나온 자영업자보다, 아이스크림을 오만원어치 넘게 구매한 뒤 항의 전화를 받은 손님 쪽에 감정이입 되었기 때문에 안희는 스스로가 당혹스러웠다. 그 손님이 그후에 다시 온 적 있는지 물었다. 미령은 고개를 저었다.

진짜 안 오네. 이제 안 오려나? 근처에 할인점은 여기뿐인데.

안희는 자신이 그 손님이라면 어떻게 할 것인지 생각해보다가 그만두었다. 그뒤에 미령이 새로 가게를 차렸다는 이야기는 듣지 못했다. 안희는 가방 속을 한번 더 뒤집어보았다. 지갑과 화장품 파우치, 물티슈, 구겨진 영수증 등속이 바닥으로 쏟아졌다. 등뒤에서 남편이 중얼거렸다.

설마 그새 또 재혼한 건 아니지?

그런 식으로 말하지 말라고 쏘아붙였다. 남편이 간혹 농담이랍시고 던지는 그런 식의 말들이 무척 부적절하게 느껴지는 순간이 있었다. 농담이 아니라면서 남편은 작년에 상처한 자신의 거래처 황사장과 미령을 만나보게 하면 어떻겠느냐고 했다. 그 말을 듣자마자 안희는 소리를 꽥 질렀다. 남편이 말하는 사람은 미령보다 한참, 어쩌면 띠동갑보다 더 연상이었다.

그 사람은 할아버지잖아.

이른 나이에 결혼해 손자가 일찍 생겼을 뿐이라고, 실제론 환갑이 안 지났다고 남편이 반박했다. 그러지 않아도 얼마 전 황사장에게 미령의 사진을 보여준 적이 있다고 했다.

근데 그 형님은 누군지 모르더라고. 우리랑 세대가 달라서 그런가. 아예 처음 본대.

그들이 미령의 사진을 어떻게 보았다는 건지 알 수 없었다.

도촬이라도 했을까봐? 검색하면 다 나오는 걸 뭐. 수십 년 전 얼굴이지만. 형님이 이쁘다고 좋아하길래 실물은 세월이 많이 흐른 걸 감안해서 봐야 된다고 했지.

안희는 언젠가 비슷한 이야기를 들은 적이 있었다. 혁이 초등학교 저학년이었을 무렵이었다. 혁이 같은 반 남자아이들로 구성된 축구팀에 합류하게 되었다. 아이들이 그라운드를 뛸 동안 엄마들은 관람석에서 커피를 마셨다. 안희가 처음 얼굴을 비춘 날, 한 아이의 엄마가 직설적으로 물었다.

옆 반에 그 친한 분 있잖아요. 눈 크고 예쁘신 분. 옛날에 그 아이스크림 모델 맞죠?

갑작스러운 질문이었다.

아, 역시 맞구나. 긴가민가했어요.

딱히 악의는 없지만 선의라고 하기에도 대매한 말들이 오갔다. 한 여자가 그 자리에서 휴대폰으로 검색을 했다.

엄청 예쁘네. 이 모델이 진짜 그 엄마라고요?

그게 벌써 언제 적인데. 세월이 흐른 건 감안해서 봐야죠. 우리 다 그럴 텐데요.

안희는 그때 자신이 어떤 표정을 지었는지 기억나지 않았다. 잠시 후 시답잖은 평계를 대고 자리에서 일어선 것은 기억했다. 그 모임에는 다시 나가지 않았다.

미령의 의사를 한번 타진해보라며 남편이 채근했다. 말도 안 되는 소리 하지 말라고 안희는 딱 잘랐다.

당사자는 당신하고 생각이 다를 수도 있잖아.

안희는 대답 대신 바닥에 떨어진 것들을 하나하나 다시 가방 속에 주워 담았다. 지갑과 화장품 파우치, 물티슈, 구겨진 영수증까지. 자동차 키는 어디에도 보이지 않았다.

*

미령이 안희를 태우러 왔다. 흰색 중형차의 차창 밖으로 미령이 손을 내밀어 흔들었다. 멋지다거나 신형이라는 느낌은 들지 않지만 그렇다고 구식이라는 인상도 주지 않는 흰색 차였다. 안희가 미령이 운전하는 차에 타는 일은 처음이었다. 그렇게 오랫동안 가까이 지냈음에도 말이다. 안희는 미령이 언제 운전을 다시 시작했는지도 몰랐다. 미령은 안희에게 그런 말을 한 적이 없었다. 그들은 언제나 차가 필요 없는 장소에서 만나거나 어쩌다 조금 멀리 가야 할 때는 자연스레 안희가 운전을 했다. 알게 될 기회가 없었던 걸까, 아니면 미령이 일부러 알리지 않은 걸까.

언니 뭐 좀 먹고 나왔어요?

미령이 언제나처럼 다감하게 물어왔다. 안희는 운전석에 앉은 미령의 옆모습을 자꾸 흘낏거리게 되었다. 두 손으로 핸들을 잡은 채 정면을 응시하고 있는 미령은 일반적인 운전자의 모습과 다를 바 없었다. 그녀의 운전 솜씨는 무난했다. 운전중에 신호를 어기지도 과속을 하지도 않았으며 내비게이션이 알려주는 길을 간혹 헷갈리기는 해도 갈림길에서 실수를 범하진 않았다. 차는 외곽 순환도로를 빠져나와 이차선 국도로 접어들었다.

이제 삼십오 분 남았어요, 언니.

미령은 오늘 은은하게 들떠 보였다. 연한 살구색 스웨터가 눈에 띄었다. 안희는 처음 보는 옷이었다. 새로 산 것일까. 아니면 그 오래전에 알았다던 사람의 꿈에 나온 옷과 비슷한 색의 옷을 찾기 위해 온라인 사이트를 뒤지기라도 한 것일까. 미령이 카 오디오를 켰다. 미령은 스피커에서 나오는 단조로운 리듬의 트럼펫 연주를 따라 낮게 허밍했다. 무인점포를 정리하고 난 뒤에 그녀는 한결 이완된 태도를 가지게 된 것도 같았다. 차가 긴 커브를 돈 뒤에 미령은 음악의 볼륨을 조금 줄이고는 새로 일을 하게 됐다고 말했다. 라이브 커머스의 쇼호스트라고 했다.

그러니까 네이버 같은 곳 있잖아요. 거기도 홈쇼핑이 있거든. 그걸 라이브로 진행하는 거라고 생각하면 돼요.

안희는 미령과 정말 잘 어울리는 일 같다고 말하면서 조그맣게 박수를 두 번 쳤다.

고마워요, 언니. 만약에 일이 더 잘 풀리면 아예 홈쇼핑 채널에 출연할 수도 있을 것 같은데. 아 어쩌면, 진짜 운이 좋으면요.

미령의 목소리에는 어떤 희망과 기대와 동시에 불안감과 조심스러움이 섞여 있었다.

그런데 내가 과연 할 수 있을까 싶긴 해요. 영 자신이 없네.

도로 바닥이 울퉁불퉁한지 차체가 좌우로 기우뚱 흔들렸다.

지난 세기 말 미령은 소녀 잡지의 뷰티 모델로 방송 연예계 경력을 시작했다. 잡지 커버나 지면광고 위주로 평범하게 커리어를 쌓다가 2000년대 초반 한 제과회사의 광고 모델로 발탁되면서 지명도가 높아졌다. 포니테일로 머리칼을 치켜 묶고, 눈꼬리를 적당한 각도로 내리고 입꼬리를 적당한 각도로 올린 채 입술에 아이스크림콘을 갖다댄 미령의 앳된 얼굴이 종로의 대형 옥외광고판에 몇 해간 붙어 있었다. 카피 문구는 '당신을 위하여, 감미롭게'였다. 안희는 출퇴근길마다 그 앞을 지나쳤다. 광고판을 쳐다볼 때도 있었고 그냥 지나칠 때도 있었다. 언젠가, 당시 남자친구였던 지금의 남편과 함께 남쪽 도시에 갔을 때 기차역 앞 광고판에 같은 사진이 붙어 있는 것을 보았다. 외국의 낯선 슈퍼마켓에서 국내 브랜드의 아이스크림을 마주친 듯한 반가움이 들었다. 안희가 그 말을 하자 남편이 한심하다는 표정을 지었다. 자본주의의 그림자가 이 세계 전부를 집어삼켰다는 증거가 아니겠느냐고 그는 빈정댔다.

아무튼 이놈의 세상 어디로든 도망칠 곳이 없다니까.

자신에게 한 말도 아닌데 안희는 기분이 상했다. 그뒤에 이어진 미령의 연예계 행보에 특별한 관심을 가졌던 것은 아니다. 크지 않은 배역으로 두어 번 드라마에 출연했지만 결과적으로 연예계 활동은 흐지부지 끝났으며, 몇 년 뒤에는 음주운전 단속에 적발되었다는 내용의 단신 뉴스가 전해졌다. 종로의 광고판 사진이 다른 모델의 얼굴로 교체된 게 언제쯤인지는 명확하지 않았다. 미령의 공식적인 흔적은 더이상 찾아보기 어려웠다. 그에 관해 안희는 미령에게 물어본 적이 없었다.

언니, 이제 구 분. 다 와가요. 생각보다 금방이죠?

그러네, 금방이네.

미령은 길을 놓치지 않으려고 애쓰며 앞으로 운전해 나아갔다.

내비게이션이 알려준 목적지는 꼬불꼬불한 언덕길을 따라 한참 올라가서야 나왔다. 창고 같은 단층 건물의 뒷마당이었다. 좁은 마당에 몇 개의 가스통과 대형 음식물 쓰레기통 두 개가 놓여 있었다. 어디선가 컹컹 개 짖는 소리가 들려왔다. 사람은 보이지 않았다. 미령은 차를 돌리기 위해 몇 번이나 후진과 전진을 반복해야 했다.

내비가 가끔 이러더라고요. 제멋대로야, 못 믿어.

미령이 툴툴거렸다. 언덕 아래쪽으로 이어진 좁다란 길을 따라 얼마를 내려가니 갑자기 눈앞에 바다가 펼쳐졌다. 그 중턱에 진짜 목적지가 있었다. 양기와로 지붕을 올린 작은 집이었다. 절이라는 뜻으로 '卍'이라고 적힌 표지가 있었으나 안희는 그곳이 진짜 절인지 아닌지 판별하기 어려웠다. 집 바로 맞은편에 대형 유리 수조가 있었다. 그들은 그쪽으로 다가갔다. 수조는 더러웠다. 유리를 제대로 닦지 않아서인지, 물을 갈아주지 않아서인지 알 수 없었다. 그 차이를 알아낼 만큼 자세히 쳐다볼 수 없었다. 그 안의 물고기들 때문이었다. 눈을 부릅뜬 여러 마리가 물속을 떠다니고 있었다. 횟집 수조와 다를 바 없었다. 바로 옆에 붙은 종이 한 장이 바람에 펄럭였다. '우럭 1마리 만원, 잡어 3마리 만원. (카드 불가)'

미령은 잡어 세 마리를 골랐다.

같은 값이면 여러 생명을 구하는 게 낫잖아요.

그녀가 안희의 귀에 대고 속삭였다. 고무장화를 신은 사내가 개중 작은 것들을 뜰채로 건져 양동이에 담았다. 잡어들이 양동이 속에서 퍼덕거렸다.

이쪽 보살님은요?

안희에게 묻는 말이었다. 안희는 우럭으로 결정했다. 가격이 비싸게 매겨졌다고 살아날 기회를 놓치는 것도 억울한 일이니까. 남자의 뜰채가 이번에는 더 크고 넓적한 우럭을 겨냥했다. 그는 한 마리를 휙 건졌다. 안희의 물고기는 안희의 양동이에 담겼다. 우럭은 양동이 안에서 연신 크게 움직이며 파닥였다. 분명코 살아 숨쉬는 생명이었다. 장화 신은 남자가 손가락으로 바다 쪽을 가리켰다. 저 아래 내려가면 방생터가 바로 있다고 했다.

거기 놓아주시면서 극락왕생을 빌면 됩니다.

남자가 가리키는 곳에 쭈그려앉은 사람들의 뒷모습이 보였다. 그 곁에서 바닷새들 몇 마리가 낮게 날았다. 바닷가로 이어진 흙길에는 계단이 조성되어 있었다. 사방이 고즈넉했다. 안희는 안희의 용기를, 미령은 미령의 용기를 각각 들고 조심스레 걸음을 옮겼다.

방생터라 부르는 곳은 크고 작은 바위들이 있는 모래톱으로, 마치 바닷물이 사방에 가둬진 듯 보이는 자리였다. 그들은 큼지막한 바위 위에 올라섰다.

언니.

미령이 다급한 목소리로 안희를 불렀다. 안희는 그녀 쪽을 돌아보았다. 미령은 서지도 앉지도 못한 엉거주춤한 자세로 하얗게 질려 있었다. 금방이라도 울 것 같은 얼굴이었다.

난 도저히 못할 것 같아요. 언니가 대신 좀 어떻게……

안희는 자신의 양동이를 내려놓고 미령의 것을 받아들었다. 미령이 멸치를 만지지 못한다는 걸 잠시 잊었다. 안희는 미령의 잡어들을 바닷물에 천천히 흘려보냈다. 미령은 눈을 감고 두 손을 깍지 낀 채, 마치 묵념이라도 하는 듯 안희 옆에 꼭 붙어 있었다. 그토록 정성스러운 표정으로 그녀는 무얼 기원하는 걸까. 안희도 잠시 눈을 감았다 떴다.

그때였다. 나지막하게 하늘을 빙빙 돌던 갈매기가 순간 바닷속에 부리를 집어넣어 물고기를 낚아챘다. 방금 안희가 방생한 새끼 잡어였다. 순식간에 일어난 일이었다. 미령이 헙, 숨을 들이마시며 제 입을 틀어막았다. 하늘은 흐리고 바다는 마냥 검푸르렀다.

돌아오는 차 안에서 미령이 말했다.

물고기의 극락왕생을 빌어야 한다는데 나는 그냥 나를 빌었어요. 내가 잘되게 해달라고. 웃기죠?

고개를 젓고서 안희는 흔들리며 멀어지는 차창 밖 풍경을 잠자코 바라보았다. 그러다 자신이 구출한 우럭이 아까 그 바위 위에 양동이째 그대로 남겨져 있다는 걸 뒤늦게 깨달았다.

*

휴대폰에 혁의 학교로 추정되는 발신자 번호가 떴다. 안희는 하나, 둘, 셋까지 세고 심호흡을 한 뒤 전화를 받았다. 어째서인지 올 게 왔다는 생각이 들었다. 자신이 마치 이 전화를 기다리고 있었다는 착각마저 들었다. 상대가 비교적 담담한 어조로 말했기 때문에 안희도 지나치게 흥분하지 않고 통화를 이어나갈 수 있었.

최근 학생들 사이에 불미스러운 사건이 있었기에 학교 차원에서 전수조사를 하고 있습니다.

안희는 학교측이 이번 일을 '학생들 사이의, 개인적인, 불미스러운 사건' 정도로 정리하여 처리하고 싶어한다는 의중을 감지했다.

전교생의 집에 다 전화한다는 말씀이신가요.

다는 아니에요. 아이들 전체를 대상으로 한 조사는 이미 끝냈고요.

연루된 부분이나 문제의 소지가 있는 학생들을 걸러내 2차 조사를 벌일 예정이라고 했다. 이 연락은, 그 두번째 조사가 예정된 학생들의 보호자에게 돌리는 것이었다. 그와 관련된 보다 자세한 설명을 할 테니 가까운 시일 내에, 가능하면 부모가 함께 학교로 나와달라고 했다.

흰 방이었다. 담당자들이 오기를 기다리는 동안 남편은 연거푸 작게 헛기침을 했다. 그가 얼마나 긴장하고 있는지가 완연히 느껴졌다. 남편은 여기 오기 전 변호사에게 유료 전화 상담을 받았다. 학폭 전문을 찾을지 성범죄 전문을 찾을지 한참 고민했다는 말은 눈치깨나 없는 농담처럼 들렸다. 변호사로부터 결정적 순간까지는 최대한 말을 아끼라는 조언을 받았다고 했다. 이윽고 교감과 학생부장이 들어왔다. 투명 파일 케이스와 태블릿 PC가 탁자 위에 놓였다. 그들은 여학생 A와 B의 딥페이크 합성 사진을 만든 범인은 동학년 남학생 C와 D임이 밝혀졌다고, 특정할 수 없는 이니셜을 사용하여 말했다.

피해 학생측에서 엄벌을 원하기 때문에 곧 학폭위에서 처벌 수위가 결정날 겁니다. 동시에 경찰 조사도 진행될 것이고요.

한마디 한마디 들을 때마다 안희는 검지 손톱 끝으로 반대편 손등을 꾹꾹, 깊이 눌렀다.

문제의 합성 이미지를 직접 전송하고 전송받은 경우는 범죄 혐의가 인정될 것 같고, 오며 가며 스치듯 보았다는 다수는 휴대폰에 증거가 남아 있지 않으면 적극적으로 가담한 혐의를 묻기가 어렵지 않을까 저희는 일단 그렇게 판단하고 있습니다.

남편이 무슨 말을 하려는지 입술을 달싹거렸다. 교감이 먼저 말했다. 그런데 혁의 경우는 그보다 일이 복잡하다고 했다. 그의 휴대폰에서 딥페이크로 추정되는 다른 합성 이미지가 나왔기 때문이었다. 여성의 나체 사진이었다. 지금 그걸 저희 아이가 만들었다는 말씀이냐고, 확실한 증거가 있느냐고, 변호사의 조언을 까맣게 잊었는지 남편이 따지듯 물었다.

본인은 자기가 만든 게 아니라고는 합니다. 온라인 사이트에서 합성본을 우연히 발견하고 저장했을 뿐이라고는 하는데, 어쨌든 혁을 통해 친구들이 돌려보게 된 것은 맞습니다.

같은 학교 여학생의 얼굴이 아니라는 것은 판명되었으나, 피해자라고 주장하는 이가 나타나지 않고 있었다. 우선은 음란물 소지 및 유포 혐의로 교내 생활교육위원회가 열리는 일은 피할 수 없을 것 같다고 그들은 말했다. 유기정학을 받을 수도 있다는 설명까지 듣고서 안희의 남편은 그야말로 넋이 나간 표정이 되었다.

그러면 생기부에도?

그는 잠시 침묵했다가 이어서 다시 입을 열었다.

저희 아이가 어딘가에 휘, 휘말렸을 수도 있는 거 아닙니까.

남편은 기어이 휘말렸다는 표현을 사용했다. 더 조사해볼 예정이라고 교감이 대답했다.

혹시 나중에 피해자가 정말 나타나기도 하면, 일이 여기서 끝나지 않고 확대될 수 있음을 알려드립니다.

안희는 그들의 말을 한 글자도 놓치지 않기 위해, 똑똑히 듣기 위해 줄곧 입술을 깨물고 있었다. 피가 맺히도록. 남편은

빛의 한가운데 151

혁이 가지고 있었다는 문제의 이미지를 볼 수 있느냐고 요청했다.

건물 밖으로 나오자마자 안희는 구역질을 시작했다. 혁을 임신하고서 지독한 입덧을 겪었었다. 그때처럼 내장 전체가 목구멍 밖으로 빠져나오는 것만 같이 끔찍한 헛구역질이었다. 학생부장이 내려받아놓은 그 합성사진을 흘깃 보는 순간, 안희는 힘이 풀리며 무너져내렸다. 그것이 누구의 얼굴인지 모를 수는 없었다. 그건 오래전 그 아이스크림 광고 소녀의 얼굴이었다.

안희와 남편은 텅 빈 운동장을 천천히 걸었다. 마치 허공 위를 걷는 듯 모든 게 터무니없이 느껴졌다.

어떻게 하지.

남편의 목소리가 진공상태에서처럼 귀에 웅웅거렸다.

모르겠어. 신고, 해야 하나.

가장 먼저 떠오른 문장이 안희의 입에서 흘러나왔다.

미쳤어?

남편이 갑자기 소리쳤다.

네가 엄마야?

그렇지, 내가 엄마지, 그 사실을 안희는 몸서리치도록 자각했다.

영화 〈마더〉 몰라? 그게 엄마야. 자식을 끝까지 지키는 게.

남편이 자신의 공포를 이런 방식으로 터뜨리고 있다는 걸 안희는 느낄 수 있었다.

아니야. 나는 그런 엄마가, 아니야.

몸이 덜덜 떨려서 말이 잘 나오지 않았다.

그런 엄마가 따로 있냐. 신고하기만 해봐. 진짜 다 죽여버릴 거야.

남편은 자기가 무슨 소리를 하고 있는지 나중에 기억할까. 그러지 못하리라고 안희는 짐작했다. 안희는 자신의 몸을 두 팔로 감싸안았다. 자신을 진정시키는 것이 무엇보다 먼저임을 알았다.

아니야. 나는 아니야.

안희는 정신을 차리기 위해, 또박또박 말하기 위해 죽을힘을 다했다. 남편이 혀를 차는 소리가 들렸다.

네가 뼛속까지 이기적인 건 알았지만 진짜 너무한다. 그 여자는 연예인이라고. 원래 그런 거야, 그럴 수 있는 거야.

아니야, 그럴 수 없는 거야, 그럴 수 없어, 미령은.

안희는 한사코 그럴 수 없다고 중얼거렸다. 뜨거운 볕이 정수리에 내리쬤다. 그들은 아직 운동장 한가운데에 서 있었다. 빛은 머지않아 사라질 것이다. 희미한 깜빡임조차 없는 어두움을 안희는 몰랐으나 거기서도 끝내 보아야 할 것을 알고 있었다.

빛의 한가운데

단 하나의 아이

누구나 어린이를 좋아하는 것은 아니다. 한나는 좋아하는 쪽도, 좋아하지 않는 쪽도 아니었다. 한나는 어린이라는 대상에게 아무 관심이 없었다. '당신도 한때는 아이였다'라거나 '모든 어른의 내면에는 자라지 못한 아이가 웅크리고 있다' 같은 문장을 들으면 바나나 껍질을 삼키다 만 듯한 기분이 될 뿐이었다.

노 키즈 존 문제가 사회적 이슈가 되었을 때 이런 생각을 해본 적은 있다. 지나치게 소란스러워서 타인에게 방해가 되는 인간이라면 그게 누구든 얼마나 어리든 또는 얼마나 늙었든 자신이 있는 곳에는 들어오지 않았으면 좋겠다고. 노 피플 존. 나와 내 일행 외에는 아무도 없거나, 있어도 눈에 띄지 않는 곳. 타인의 존재가 내 신경을 거슬리게 하지 않는. 한나가 궁극적으로 원하는 세계는 거기에 가까웠다. 그 일을 시작하기 전까지는.

케이 파라디소를 알게 된 건 우연이었다. 한나가 새로 일하게 된 이탈리안 레스토랑은 근방에서 가장 큰 곳이었다. 이십대 초중반 몇이 파트타임으로 일하고 있었다. 막 군복무를 마치고 복학하기 전에 사회 경험을 쌓으려고 왔다는 남학생도 그중 하나였다. 그는 손이 빠르고 성격이 싹싹해서 금세 매장의 핵심 인력이 되었다. 여기선 네가 에이스야. 알바생들이 다 모인 자리에서 매니저가 농담이랍시고 그런 말을 던질 때 모두 못 들은 척했다. 한나는 그 말에 상처를 받지는 않았지만 나머지는 상대적으로 쓸모없다는 뜻인가 하는 불안감을 지우기 힘들었다. 바깥의 모든 곳과 마찬가지로 그곳 역시 냉정한 세계였다.

어느 날, 브레이크 타임에 주방 한구석에서 와인 잔의 물기를 닦다가 그와 사담을 나누게 되었다. 그는 다른 지역의 관광전문대를 다니다가 지금은 휴학중이라고 했다. 한나도 휴학중이라고만 말했는데 그는 굳이 학교 이름을 물어왔다.

"와, 한나씨 공부 잘했네. 그런데 왜 여기서 일하는 거예요?"

한나는 조그맣게 어깨를 으쓱해 보였다. 무슨 대답을 해야 할지 알 수 없었다. 그녀가 다니다 휴학중인 대학은 사 년제였고 행정구역상 서울에 위치했다. 그리고 그녀가 보기에 그것이 그 학교가 가진 유일한 장점이었다.

"과외라거나 학원이라거나 그런 자리 있지 않아요?"

"구하기가 쉽지도 않고."

한나는 덤덤하게 말을 잘랐다.

"왜요? 요즘엔 과외 연결해주는 사이트도 많은데."

"저 같은 경우는 뭐랄까, 좀 애매해서 뜨히 경쟁력이 없더라고요."

사실에 가까웠다. 간간이 과외 사이트나 앱을 훑어보지 않는 것은 아니었으나 먼저 적극적으로 나서지는 않았다. 중학생에게 영어를 가르치기 위해 수능 영어 시험에서 몇 등급을 받았는지 명기하고 대학에 어떤 전형으로 합격했는지 밝히는 게 썩 내키지 않았다. 자존심이 아니라 자신감과 관련된 문제였다. 그럼에도 한나는 가장 이용자가 많다는 과외 사이트에 등록했지만, 그때까지 한 군데서도 연락을 받지 못한 상태였다. 그가 이해한다는 듯 중얼거렸다.

"하긴 나도 여기 오기 전에 비슷한 데 지원했다가 서류 탈락했잖아요. 과외 업체는 아니고 개인 플레이 튜터 연결해주는 업체요."

'플레이 튜터'라는 조합의 단어를 한나는 그전에 들어본 적이 없었다.

"그런 게 있어요?"

"몰라요? 놀이 가정교사예요. 일대일로 하는 개인 돌봄 같은 건데, 아이하고 같이 있어주는 거예요. 숙제 봐주고 운동해주고 책 읽어줘도 되고."

시급도 높고 편하다는 말을 하다 말고 그는 얼굴을 확 찡그렸다. 매장에서 일할 때는 한 번도 지은 적 없는 표정이었다. 그가 앞치마 주머니에서 휴대폰을 꺼냈다. 케이 파라디소 앱의 로고는 진한 초록색의 대문자 'K'였다.

"생각 있으면 한번 지원해봐요. 사범대라면서요. 한나씨는 인상도 좋으니까."

그가 앱을 클릭하자 화면 상단에 적힌 홍보 문구가 보였다. '단 하나의 어린이를 위한 단 하나의 선생님. 고품격 보육 서비스.' 그 문장이 하늘에 촘촘히 박힌 별들처럼 반짝이고 있었다. 집에 오는 길, 한나는 버스 안에서 케이 파라디소 앱을 다운받았다.

업체가 추천하는 선생님의 얼굴과 실명, 출신 대학명은 떴지만 그 외 다른 개인정보는 일반 이용자의 눈에 보이지 않았다. 유료 회원으로 가입한 이용자들만 볼 수 있는 것 같았는데 그 비용이 꽤 높았다. 이용 방법 페이지를 읽으니 유료 회원으로 가입한 부모가 제 아이의 튜터로 원하는 조건을 제시하면 업체로부터 그에 걸맞은 후보 몇 명을 추천받아 그중에서 선택하는 시스템인 모양이었다. 고용자와 피고용자가 연결되면 업체가 중간에서 계약서를 작성해주고 수수료를 받았다. 잘은 모르지만 결혼정보회사의 시스템이 이렇지 않을까 한나는 추측해보았다. 시급이 높다던 그의 말이 떠올랐다. 홈페이지 어디에도 튜터의 시급은 나와 있지 않았다. 구글 검색을 해보았다. 케이 파라디소의 면접을 본 적이 있다는 후기, 케이 파라디소의 면접에 통과하려면 어떻게 하면 되느냐는 질문들이 여럿 떴다. 인서울 중위권, 착해 보이는 외모의 여학생이 가장 유리하다는 글이 보였다. 명문대? 별로 안 좋아해요. 오래 일할 것처럼 보이는 게 제일 중요해요. 이런 글도 있었다. 너무 튀는 염색 안 되고 네일아트, 타투 안 됨. 화려하고 세 보이면 탈락. 성형 티 나면 탈락. 재학생보다 휴학생 우대. 복학 시점은 최대한 뒤로 얘기할 것. 복학 안 할 수도 있다고 하면 더 좋아함. 검색으로 알아낸 케이 파라디소의 시급은 한나가 레스토랑에서 받는 액수의 1.5배였다.

  원서를 내고 며칠 지나지 않아 면접을 보러 오라는 연락이 왔다. 알바 시간과 겹치는 바람에 레스토랑에는 집에 급한 일이 생겨 한 시간 늦겠다고 둘러댔다. 케이 파라디소의 본사는 판교의 고층 오피스 건물에 있었다. 천장이 높고 창이 많아서 실내가 무척 환했다. 헤어숍의 대기실과 비슷한 방에 한나 말고도 예닐곱 명이 앉아서 면접을 기다리고 있었다. 모두들 단정한 셔츠 차림이었다. 한나는 아침에 무심코 흰 라운드 티셔츠에 청바지를 입고 나온 걸 후회했다. 실내에는 은은한 향기가 감돌았다. 교보문고 매장에서 나는 것과 비슷한 우드향이었다. 곡선이 우아한 청보라색 소파는 쿠션이 딱딱해서 앉아 있으면 저절로 허리가 꼿꼿하게 펴졌다. 그 등받이에 허리를 곧추세우고 앉아 이름이 불리기를 기다리는 동안 한나는 이런 곳의 정규직이 되기 위해서는 뭐가 필요할지 골똘히 생각했다.

면접관은 삼십대 중반쯤으로 보이는 여자였다. 긴 머리칼을 하나로 질끈 묶었고 짙은 다크서클이 눈 밑을 뒤덮은 상태였다. 탁자 위에는 그녀가 마신 듯한 일회용 플라스틱 컵이 세 개나 널브러져 있었다. 면접 시간은 짧았다. 지원서의 사진과 실제 얼굴을 대조하는 것이 이 대면 면접의 주목적인지도 몰랐다. 면접관이 한나에게 던진 질문은 한 가지뿐이었다.

"아이들이 한나씨의 어떤 면을 좋아할까요?"

그것은 예상을 완전히 비킨 질문이었다. 한나가 예상했던 질문은 왜 이 일을 하려고 하는가, 정도가 고작이었다. 면접관은 아이를 좋아하느냐는 질문은 결코 하지 않았다. 한나는 재빨리 깨달았다. 이것은 고용인과 피고용인의 위치가 확고한 계약이며, 선택은 피고용인의 몫이 아니라는 사실을.

"저는 인내심이 강한 편이라는 얘기를 많이 듣기 때문에……"

한나는 조심스럽게 입을 뗐다. 머릿속이 텅 빈 것 같았지만 정신을 차리고 말을 이어나갔다. 항상 변함없이 아이가 필요한 자리에 있을 것이고, 아이가 즐거울 때나 어려울 때나 지켜주고 힘이 되어줄 거라고 말했다. 평소에는 그런 생각을 해보지 않았는데 입을 여니 기계처럼 술술 말이 흘러나왔다.

"알겠습니다. 나가보세요."

면접관은 어떤 감정도 실리지 않은 목소리로 말했다. 며칠 후 알리오올리오 접시를 나르다가 합격 메시지를 받았다. 재학증명서를 조속히 제출하라는 내용이었다. 최종 합격자를 대상으로 하는 교육도 예정되어 있다고 했다.

본사 회의실에 모인 합격자들 중 여자는 열다섯 명, 남자는 다섯 명쯤 되었다. 신입 교육을 맡은 담당자는 지난번의 그 면접관으로 자신을 김소라 과장이라고 소개했다. 여전히 많이 피곤해 보였다. 김과장은 합격 축하 인사 같은 것은 생략한 채 바로 화면에 피피티를 켰다. 그날 교육받은 내용의 많은 부분은 한나의 기억 속에서 사라졌다. 그러나 몇 가지만은 잊을 수 없었다. 아이들의 신체에 직접적으로 접촉하면 안 된다는 것도 그중 하나였다. 김과장의 설명에 누군가가 아이와 같이 길을 걸을 때 손을 잡아줘야 하지 않느냐고 물었다.

"가능하면 그런 상황은 만들지 마세요."

김과장이 단호하게 대답했다. 학부모의 특별한 요청이 있지 않는 한, 아이와 외출하는 일은 삼가야 한다고 했다. 특히 아이와 단둘이 있는 상황에서 즉흥적으로 함께 밖에 나가는 일은 즉각적인 계약 해지 사유에 해당했다.

"아파트 단지 안 됩니다. 단지 내 놀이터 안 됩니다. 아예 그냥 현관문 밖을 나가면 안 된다고 기억하세요. 아셨죠?"

또하나 심각한 문제가 되는 것은, 본사를 배제한 채 튜터가 학부모와 개인적인 고용 관계를 맺는 상황이었다. 시종 일관된 말투를 구사하던 김과장의 목소리가 한 톤 높아졌다.

"수수료 몇 푼 아끼려는 차원에서 부탁하는 어머니들이 간혹 계십니다. 몰래 일하면 누가 아느냐고 말이죠."

비밀은 없다고 김과장은 강조했다.

"무엇보다 회사는 여러분의 안전망입니다. 중간에 회사가 빠지면 자신을 지킬 수가 없게 되는 거예요."

만약 그런 제안을 해오는 학부모가 있으면 바로 알리라고 했다. 플랫폼이 두려워하는 건 자신이 배제되는 것인지도 모른다는 생각이 한나를 스쳐갔다. 교육이 끝난 후, 참석자들 앞에 계약서가 한 장씩 배부되었다. 다들 거기에 서명을 하고 제출했다.

곧 케이 파라디소 앱의 새로운 추천 교사 명단에 한나의 이름이 정식 등록되었다. 입술을 다물고 양쪽 입꼬리를 희미하게 올린 제 표정이 한나는 우습기도 하고 쑥스럽기도 했다. 여하튼 실물보다 나은 건 분명했다. 사진을 클릭하자 회사가 작성한 짤막한 추천 평을 읽을 수 있었다.

―사범대에 재학중인 예비 교사 이한나 선생님은 성실하고 인내심이 강한 분입니다. 어떤 상황에서도 항상 우리 아이 곁을 변함없이 지켜주고 힘이 되어주신다고 약속했습니다.

한나가 하지 않은 말은 결코 아니었다.

다수의 서울 시민처럼 한나 역시 이 도시의 모든 위치를 지하철 기준으로 파악했다. 첫번째로 파견된 집은 3호선 라인이었다. 지하철역에서 오 분쯤 걸어야 했다. 십팔층이었는데, 승강기에서 내리자 마주보고 있는 두 개의 문이 있었다. 한나는 그중 어느 쪽인지 금방 알 수 있었다. 문가에 어린이용 자전거와 유아용 킥보드들이 늘어선 쪽이었다. 문을 열어준 사람은 푸근한 인상의 장년 여성이었다. 아이의 외할머니였다.

"선생님 오셨다!"

할머니가 소리치자 내복 차림의 두 아이가 거의 동시에 뛰어나왔다. 긴 머리칼을 풀어헤친 여자아이, 그리고 흥분해서 펄쩍펄쩍 제자리 뛰기를 하는 그보다 한참 작은 남자아이였다. 한나가 미리 전달받은 바로는, 오늘 그녀의 플레이 메이트는 일곱 살의 여아 한 명뿐이었다. 일주일에 세 번씩, 오후 다섯시부터 일곱시까지 총 두 시간 동안 아이의 영어학원 숙제를 도와주고, 같이 그림을 그리거나 종이접기와 슬라임 만들기 등을 하면 된다고 했다. 아이에게 세 살이 안 돼 보이는 남동생이 있다는 얘기는 듣지 못했다. 정작 여자아이는 멀뚱멀뚱 서 있기만 했는데, 남동생이 그녀의 오른쪽 다리에 매미처럼 달라붙었다. 아이와 신체 접촉을 하면 안 된다는 교육 내용이 퍼뜩 떠올랐다. 한나는 엉거주춤 선 채 움직이지 못했다. 실은, 실내에 들어서는 순간부터 자신도 모르게 정신이 혼곤해져버린 참이었다.

문을 열었을 때 사 인용 식탁과 패브릭 소파가 한눈에 들어왔다. 바닥에는 적당히 때 탄 소음 방지 매트가 깔려 있고, 식탁 위엔 뚜껑 열린 토마토케첩 병과 껍질을 반쯤 까다 만 오렌지가 놓여 있었다. 그리고 뭐라고 해야 할까, 몇 시간 전에 요리한 생선구이, 타기 직전까지 오래 볶은 양파, 인공적인 라벤더향의 섬유유연제, 그런 것들이 뒤죽박죽 섞인, 생활의 냄새라고밖에 표현할 수 없는 냄새가 났다. 낯설고 어지러운 냄새였다. 어쩌면 이것이 평범한 가정집의 냄새인지도 모른다. 아닐지도 모른다. 한나는 자신에게는 그 차이를 분간할 만한 능력이 없다고 생각했다.

"이 녀석이 낯을 하나도 안 가려요. 손님만 오면 강아지처럼 마냥 좋아서."

할머니의 음성에 왠지 모를 흐뭇함이 묻어났다. 여자아이는 그새 소파에 달랑 올라가 양반다리를 하고 앉아 있었다.

"안녕. 네가 지우구나."

한나는 지우의 동생을 다리에 매단 채 인사했다. 지우가 갑자기 울음을 터뜨렸다.

"내 선생님이잖아. 네가 왜 뺏어가. 왜 자꾸 뺏어가."

한나는 구원을 바라는 눈길로 할머니 쪽을 쳐다보았다. 지우 할머니가 쯧, 혀를 찼다.

"또 저러네. 남매간에 네 거 내 거가 어디 있어. 콩 한 알도 사이좋게 나눠 먹는 거지."

지우의 울음소리가 더욱 격렬해졌다. 한나의 등줄기에서 땀이 흘렀다. 그뒤로 그들은 주어진 시간의 거의 대부분을 추격전으로 보냈다. 지우는 동생으로부터 한나를 독점하기 위해 한나를 데리고 이 방 저 방으로 도망쳤고, 동생은 악착같이 따라붙었다. 지우 할머니는 이 모든 것이 범속한 일상이라는 듯 심드렁히 관망하다가 이내 주방에서 요리를 시작했다.

약속된 일곱시까지 삼십 분쯤 남았을 때 아이들의 저녁식사가 차려졌다. 지우 할머니는 딸과 사위가 퇴근하기 전에 일찌감치 아이들의 저녁을 먹여둔다고 했다. 한나에게도 함께 먹자고 했다. 한나가 사양해도 연신 권했다. 선생님이랑 같이 밥을 먹으면 편식쟁이 지우에게 도움이 될 거라고 주장했다. 남의 집에서 밥을 먹을 계획은 전혀 없었고, 두 아이에게 시달리

느라 기진맥진해서 식욕도 없었지만 그녀는 할 수 없이 식탁에 앉았다. 된장국과 삼치구이, 오이지, 멸치볶음. 모두 한나가 싫어하는 반찬이었다.

"저녁 먹고 간다고 어머니께 연락드려야겠네요."

지우 할머니가 삼치 한 토막을 한나의 앞접시에 덜어주면서 말했다. 그 식탁에 앉아 밥 한 공기를 억지로 비우는 사이 한나는 지우의 부모가 서울대를 졸업한 캠퍼스 커플이며 각자 내로라하는 대기업에 근무하고 있다는 사실을 알게 되었다. 이 아파트가 전세가 아니라 자가라는 것도 알게 되었고 매달 적지 않은 주택담보대출금을 상환하고 있지만 둘의 연봉이 워낙 높아서 별 무리가 아니라는 것도 알게 되었다. 한나는 그들의 연봉 액수까지 알게 될까봐 조마조마했다. 지우 할머니가 알게 된 것도 적지 않았다. 지우 할머니는 한나가 열두 살 때 부모의 이혼을 겪었으며, 그후 아빠와 살다가 대학 입학과 동시에 혼자 지내기 시작했다는 것을 알게 되었다. 한나는 자신의 부모가 각자 재혼을 했다는 것까지는 정확하게 밝히지 않았지만 할머니는 그쯤은 충분히 짐작하고도 남는다는 듯이 굴었다. 장하고 기특하다면서 그녀의 등을 두어 차례 도닥이기도 했다. 신체접촉 불가라는 조항이 보호자와 튜터 사이에는 해당되지 않는 것일까 한나는 궁금해졌다. 지우 할머니가 멸치볶음과 오이지를 싸주겠다고 하는 바람에 거절하느라 애를 먹었다.

다음날 일찍 케이 파라디소의 김과장에게서 전화가 왔다. 이제 지우의 집에 가지 않아도 된다고 했다. 이미 레스토랑을 그만둔 후였으므로 한나는 당황했고 이내 화가 났다. 이유를 물었지만 알려줄 수 없다는 답변이 돌아왔다. 회사에서는 한나의 실책은 아니라고 판단하고 있다고 덧붙였다. 다만 이렇게 조언할 수는 있다고 했다. 개인적인 배경에 대해서는 되도록 오픈하지 않기를 권한다고.

"업무중이니까요."

한나는 무기력하게 수긍했다. 회사는 새로운 집을 소개해주었다. 첫날은 시범 삼아 일단 한번 만나보고, 서로 괜찮으면 계약을 맺는 것으로 하자고 했다. 나쁘지 않은 제안이었다. 이번 집은 7호선 라인이었다. 지상에 차가 다니지 못하도록 설계된 대단지 아파트였다. 보이지 않는 것은 차뿐만이 아니었다. 걸어 다니는 사람도 눈에 띄지 않았다. 지하철역에서 아파트 정문 입구까지 가는 것보다 정문 입구에서 아이의 집을 찾아가는 길이 더 멀고 어려웠다. 가까스로 공동 출입문 앞에 도착했을 때 마침 택배 배달원이 밖으로 나왔다. 자동문이 열린 사이 한나는 재빨리 안쪽으로 몸을 밀어넣었다. 작은 횡재를 한 기분이었다. 옷매무새를 가다듬고 엘리베이터에 올라탔다.

초인종을 눌러도 아무 기척이 없었다. 다시 상세 주소를 확인했다. 십일층이 맞았다. 약속 시간 삼 분 전이었다. 다시 한 번, 이번엔 좀더 힘껏 벨을 눌렀다. 몇 분이 흘렀을까, 달칵 출입문이 잠금 해제되는 소리가 들렸다. 가만히 손잡이를 잡아당겨보았다. 문이 열렸다. 현관이 신발 하나 없이 휑했다. 중문이 열렸다. 한 여자가 서 있었다. 보브 단발에 민소매 원피스를 입은, 외출하기 직전의 차림새였다.

"어머, 너무 젊은 샘이 오셨네!"

높고 활기찬 목소리였다. 여자는 박수 치듯이 자신의 두 손뼉을 한 번 마주쳤다. 갑작스러운 동작에 당황했지만, 하여튼 당신을 환영한다는 뜻인 것 같았다. 그 뒤에 있는 여자아이를 보았다. 그애가 하유인 듯했다. 첫눈에 조그맣다는 생각이 드는 아이였다. 사실 한나는 초등학교 3학년 여자아이의 평균키가 어느 정도인지 알지 못했다. 그리고 나중에 안 것이지만 하유의 키는 별로 작은 편이 아니었다. 보통 체구였는데 한나가 그렇게 느꼈을 뿐이었다.

"안녕하세요!"

아이도 엄마 못지않게 또랑또랑한 목소리로 인사했다.

"안녕!"

한나 역시 비슷한 어조로 인사를 건넸다. 하유의 집은 지우의 집과 비슷한 구조였다. 지우네와 달리 가구라고는 검은색 가죽소파와 흰 테이블뿐이어서 한결 넓어 보였다. 지우의 집에서 났던 생활의 냄새는 나지 않았다. 케이 파라디소 사무실에서보다 짙고 강렬한 향기가 실내 공기를 뒤덮고 있었다. 한나가 손을 씻고 나오자 아이 엄마가 커다란 가방을 멘 채 기다리고 있었다. 바로 나가봐야 한다고 했다.

"너 오늘 뭐지, 수학인가?"

아이가 턱을 까딱 흔들었다.

"네시쯤 셔틀이 오거든요."

그때 차를 태워주고 나서 한나는 바로 퇴근하면 된다고 했다.

"네시 아니고 세시 사십팔분."

아이가 정정했다.

"얘가 저보다 더 잘 알아요. 어디서 타는지도 얘가 알고요."

한나는 그저 네네, 라고 할 수밖에 없었다. 문이 닫히고 나서 아이에게 집안에 또 누가 있는지 물었다.

"아뇨. 우리 둘밖에 없어요."

아까보다 차분해진 음성이었다. 처음 간 집에 처음 만난 아이와 단둘이 남겨졌다. 한나는 이 상황이 이해되지 않았다. 저 분은 도대체 자신을 어떻게 믿고 집과 아이를 다 맡기고 나가 버린 걸까. 이 아파트 건물 전체를 짊어진 것처럼 어깨가 무거웠다. 초등학교 3학년, 여아, 오전 열시부터 오후 네시까지, 라는 것 말고 한나에게 미리 고지된 다른 정보는 없었다.

"이제 뭘 할까?"

단 하나의 아이

아이가 눈을 두 번 깜빡거렸다. 수학학원 숙제가 남아서 지금부터 해야 된다고 했다. 한나가 봐주겠다고 하자 다시 눈을 깜빡였다.

"괜찮아요. 저 혼자 해야지 누가 도와주면 안 되는 거라서."

난감했다. 자신이 왜 여기 있어야 하는지 알 수 없었다. 곤란해하는 걸 눈치챘는지 아이가 말했다.

"그냥 여기 계시면 돼요."

무엇이든 해도 되고 아무것도 안 해도 된다니. 이토록 이상한 알바는 처음이었다. 그건 한나가 가진 상상의 영역을 넘어서는 것이었다. 열아홉 살 이후 그녀는 여러 일을 해왔다. 원칙은 하나였다. 무노동 무임금. 하유가 숙제를 하는 동안 한나는 아이 방과 거실을 일없이 오가며 시간을 때웠다. 책꽂이의 책들을 키를 맞춰 정렬해보았지만 고작 십 분이 흘렀을 따름이었다. 숙제를 한다던 아이는 어느새 휴대폰 화면에 눈을 박고 있었다. 누군가와 바쁘게 메시지를 주고받는지 알림음이 연신 울렸다. 아이는 화면에 시선을 고정한 채 미소를 짓기도 하고 찌푸리기도 하고 키득거리기도 했다. 시간이 한참 흘러도 그대로였다.

"친구야?"

아이가 손가락의 움직임을 멈추고 한나를 바라보았다.

"네."

"그래도 지금은 숙제를 하기로 했으니까 폰은 이따 하는 게 어떨까?"

입 밖에 내고 나니 굉장한 꼰대가 된 것 같았다.

"나쁜 거 하는 거 아닌데."

"응?"

"전 공신폰이라서요. 유튜브도 카톡도 안 된다고요. 문자만 되니까 나쁜 거 하는 거 아니에요."

그렇게 말하면서도 아이는 휴대폰을 엎어놓고 다시 연필을 잡았다. 수학 숙제는 열두시가 다 되어서야 끝났다. 아이는 태블릿 PC를 꺼내더니 음식 배달 앱에 들어가 능숙하게 주문을 했다. 쌀국수가 도착하자 한나에게 부엌 왼쪽 하부장에 면기가 있다고 말했다.

"그냥 먹어도 되는데, 환경호르몬 때문에, 엄마가."

괜히 번거롭게 만들어 미안하다는 투였다. 한나는 아니라고 손사래를 쳤다. 할일이 생겨서 다행이었다. 쌀국수 국물이 무척 뜨거워서 어른의 손이 필요할 것도 같았다. 그들은 각자 국수를 먹었다. 특별히 할말이 없었으므로 한나는 조하유라는 이름이 독특하고 예쁘다고 칭찬했다. 하유가 반문했다.

"정말 그렇게 생각하세요?"

또릿또릿한 눈망울이 사람을 꿰뚫어보는 듯했다.

"음, '좋아요'라고 들리기도 하고 또 어쩐지 리듬감이 있잖

단 하나의 아이

아."

 하유가 눈을 깜빡이지도 않고 말했다.

 "난 아닌데."

 "응?"

 "한숨 소리잖아요. 하유……"

 그것은 정말로 힘들 때 뱉어내는 깊은 한숨 소리처럼 들렸다.

 "엄마가 많이 해요. 하유야, 하유…… 좀."

 "음, 자기 이름에 만족하는 사람이 많지는 않을걸. 사실 나도 내 이름이 별로야."

 "이름이 뭔데요?"

 "이한나."

 아이가 젓가락으로 국수 가락을 돌돌 감았다 풀었다 하다가 불쑥 말했다.

 "근데요, 내 베프도 이씨예요."

 "그래?"

 "네. 그리고요, 저도 원래 이씨였어요."

 "응?"

 "원래 내 이름은 이하유라고요."

 하유의 고백을 듣고서 한나의 머릿속에 즉각적으로 어떤 추측 하나가 떠올랐다. 상투적이고 통속적인 내용이었다. 그 추측은 맞을 수도 있고 맞지 않을 수도 있을 것이다. 한나의 경험으로 미루어보아 현대사회의 가정은 알고 보면 모두가 저마다 복잡한 사정을 가지고 있었다.

"이건 사실 비밀인데요. 아빠가 이씨였대요, 원래."

부자연스러운 이야기일수록 자연스러운 척 대응하는 게 좋을 것이다. 한나는 아무렇지 않다는 듯 국물에 빠진 숙주 한 가닥을 건져 입으로 가져갔다.

"그리고요. 이건 진짜 진짜 비밀인데요. 바뀌었어요."

한나는 숙주 한 가닥을 삼켰다. 아빠가 다른 사람으로 바뀌었다는 건지, 아빠가 성을 바꿨다는 건지 불확실하고 모호했다. 며칠 전까지 이 세상에 존재하는지 알지도 못했던 소녀와 단둘이 마주앉아 이런 대화를 하고 있는 지금 이 순간이야말로 불확실하고 모호했다. 한나는 화제를 바꾸고 싶었다.

"그런데 하유는 어떤 아이돌 좋아해?"

아이가 한나를 물끄러미 바라보았다. 정적이 흘렀다.

"안 좋아하는데요?"

끝맺음은 명백히 물음표였다. 마침표나 말줄임표였다면 한나의 마음이 조금 나았을 것이다. 한나가 점심 먹은 그릇을 치우는 내내 하유는 소파에 엎드려서 휴대폰을 했다. 아까 그 친구와 문자메시지를 하는 것 같았다. 하유는 간간이 환하게 웃었고, 이마를 살짝 찌푸렸다가는 언제 그랬냐는 듯 쿡쿡거렸다.

셔틀버스를 타는 곳은 아파트 단지 서문이었다. 천천히 가도 십 분이면 충분하다고 하유가 말했기 때문에 그들은 세시 삼십오분에 집을 나섰다. 아이와 함께 절대로 외출하지 말라던 교육 내용이 퍼뜩 떠올랐다. 한나는 하유와 약간의 간격을 두고 떨어져 걸었다. 하유는 열심히 걸었다. 밖에서 보니 조그맣고 야무지고 반들반들한 아이였다. 어렸을 때 저녁의 강가에서 보았던 차돌맹이 같았다. 시간이 세시 사십칠분에서 사십팔분으로 바뀌자마자 저 멀리서 노란색 셔틀버스가 다가왔다. 버스에 오르면서 하유는 감사합니다, 안녕히 가세요, 라고 인사했다. 언제 또 보게 될지 몰라서 한나도 응, 안녕, 이라고 대답했다. 그들은 세시 사십팔분에 헤어졌다. 인사 결정권은 한나에게도 하유에게도 없었다.

한나는 하유의 담당 플레이 튜터로 채용되었다. 여름방학 한시 채용이었다. 일주일에 다섯 번, 오전 열시부터 오후 서너시 무렵까지 아이가 숙제하는 것을 지켜보고, 점심을 함께 먹고, 셔틀 버스를 타는 곳까지 데려다주는 게 주요 업무였다. 노동 강도가 매우 약한데다 급여가 상당히 높고, 안정된 근무 환경에 괜찮은 점심식사가 제공되는, 드문 직장이었다.

"자기 아이를 잠시라도 혼자 두지 않으려는 부모님들이 꽤 계세요."

그 집에서 어떤 일을 해야 할지 잘 모르겠다는 한나를 향해 김과장이 그렇게 말했다.

"그냥 아이 곁에 있어주는 게 한나 샘의 일입니다."

사실 처음부터 자신의 엄마가 한나의 사진을 보고서 점찍었다고 하유가 말해주었다.

"순해 보인댔어요."

순해 보인다는 표현은 갓난아기나 동물에게 쓰는 말이 아닌가. 한나는 의아했지만 길게 생각하지 않았다. 하유가 말을 다르게 전달했을지도 몰랐다. 그뒤로 매일 다를 바 없는 하루가 반복되었다. 하유 엄마와 한나가 현관 앞에서 배턴터치를 하는 것도 매일 똑같았다. 하유는 보통 오전에는 학원 숙제를 했다. 숙제가 끝나면 그들은 배달 앱을 이용해 돈가스, 김밥, 짜장면, 주먹밥과 우동 같은 메뉴를 번갈아가며 주문해 먹었다. 밥을 먹고 나서 학원에 가기 전까지는 자유 시간이었다. 하유는 친구 태리와 내내 문자를 주고받으며 그 시간을 보냈다. 흡사 천체 망원경으로 우주를 보는 과학자처럼 휴대폰 화면을 들여다보고 있는 하유는 무척 진지하고 행복해 보였다. 하유가 한나에게 하는 이야기의 대부분도 태리에 관한 것이었다.

"이태리. 이름 웃기죠? 그래도 태리는 자기 이름이 좋대요. 사람들이 한번 들으면 절대 안 까먹잖아요. 아, 태리는 영어 이름도 태리예요."

방학이라 많이 만나지 못해 섭섭하겠다고 말하자 하유는 어른스럽게 중얼거렸다.

단 하나의 아이 177

"어차피 서로 학원 땜에."

그리고 덧붙였다.

"그리고요. 어차피 지금은 미국 갔어요."

태리는 방학이 시작되자마자 하와이에 갔다고 했다. 태리의 할아버지가 상상도 할 수 없을 만큼 큰부자인데, 미국 전역에 여러 채의 저택이 있어 날씨와 기분에 따라 골라서 거주한다는 이야기를 전해주었다.

"하와이 집은 삼층인데요. 집에서 일 미터? 아니 십 미터인가, 아무튼 집에서 진짜 조금만 가면 바로 바다예요. 모래사장이 진짜 넓고요. 태리네 가족만 쓸 수 있는 전용 바다예요. 그리고 방이 일곱 개래요. 근데요, 화장실이 몇 갠 줄 알아요?"

"몰라."

"여덟 개요. 일곱 개는 방안에 있고요. 한 개는 손님 거요."

하유의 목소리는 무척 진지했다.

"이번 여름에는 사촌들이 하와이에 다 모여서 논대요. 사촌이 다 모이면 애들만 열두 명이래요. 대단하죠? 방이 모자란대요. 일곱 개인데도."

"그래, 대단하네."

"그죠? 어제는요, 서핑을 하러 갔는데요. 비치에서 돌고래를 봤대요. 돌고래한테 먹이를 줬는데요."

신나서 종알거리는 하유의 입 모양은 작은 새의 부리와 비숫했다. 입을 다물고 있을 때와는 완전히 다른 존재 같았다. 하유 엄마는 한나에게 따로 연락을 해오지는 않았다. 낮에 한 번씩 아이에게 전화를 걸어 잘 있는지 체크하는 눈치였다. 엄마는 바쁘다고, 아주 많이 바쁘다고 하유가 말했다. 엄마의 직업은 디자이너라고 했는데 어떤 업종의 디자이너인지는 설명하지 않았다. 아빠에 대해서는 그나마도 언급하지 않았다. 첫날의 대화 이후, 한나는 하유의 아빠라는 존재에게 미묘하게 신경이 쓰였다. 어느 날 점심에 집에 갑자기 들른 남자와 딱 마주쳤다. 그가 카드키로 문을 열고 들어왔기 때문에, 마침 그날의 점심 메뉴인 햄버거를 입안 가득 우물거리던 한나는 깜짝 놀랐다. 하유는 남자를 흘끗 보고도 아무렇지 않게 먹던 것을 계속 먹었다. 자연스러운 무관심의 태도였다. 적어도 도둑은 아니구나, 한나는 안도했고 한편으론 본의 아니게 주인 없는 집 식탁에 앉아 밥을 먹고 있던 것에 민망함을 느꼈다.

"아, 선생님이시구나."

놓고 간 게 있어서 잠시 들렀다며 남자는 다소 과장되게 인사했다.

"힘드시죠? 지밖에 모르는 애라서. 선생님이 세상을 좀 많이 알려주십시오."

'지밖에'는 한나의 귀에 '지바께'로 들렸다. 무슨 뜻인지 감이 잡히지 않아서 한참을 고민한 끝에 '자기밖에'라는 의미임을 깨달았다. 그녀가, 아닙니다, 라고 말하기 전에 남자는 나가버렸다. 남자는 이씨일까, 조씨일까. 하유와 닮았는지 좀더 유심히 볼 걸 그랬다고 한나는 후회했다. 손으로 빵 부스러기를 떼어내던 하유가 조그맣게 중얼거렸다.

"바이얼런스."

"응?"

"바이얼런스."

아까보다 살짝 더 큰 음성이었다. violence? 영어학원을 다니고는 있지만 하유가 정확한 뜻을 알기에는 어려운 단어였다.

"지금 혹시 아버지 얘기를 하는 거야?"

하유는 떼어낸 빵 부스러기를 손톱으로 꾹꾹 눌렀다.

"이건 진짜 비밀인데요, 아빠는 사람이 죽는 걸 본 적 있대요. 진짜예요."

한나는 자신이 한마디만 거든다면 하유의 이야기가 뒤로 이어지리라는 사실을 알고 있었다. 때마침 위층에서 무언가 무겁고 둔탁한 것을 떨어뜨리는 소리가 들렸고 한나는 어머, 이게 무슨 소리야, 라고 외치며 천장으로 시선을 돌릴 수 있었다. 윗집에서 가끔가다 그런다고, 엄청나게 큰 개가 있는데 아마도 높은 의자에서 힘껏 뛰어내리는 게 아닐까 싶다고 하유가 말했다.

"개는요, 진짜 엄청나게, 엄청, 엄청, 엄청나게 커요. 라브래브레트리버예요."

한나는 그 개의 종류가 래브라도리트리커라고 정정해주지 않았다. 아직 초등학교 3학년인 아이였다. 부정확하고 서툴게 표현하는 것이 당연했다. 한나는 햄버거를 다 먹고 포장 종이를 착착 접었다. 하유는 이내 휴대폰을 감싸쥐고 태리와의 대화에 몰두했다. 이제는 그들에게 익숙해진 오후의 풍경이었다.

며칠 후 한나가 출근했을 때, 집에는 아기 혼자 있었다. 무덥고 건조한 날이었다. 아이는 에어컨을 십팔 도에 맞춰둔 채 소파에 비스듬히 누워 휴대폰을 만지작거리고 있었다. 실내가 너무 서늘해서 한나는 소름이 돋았다. 하유는 엄마 아빠가 일찍 나갔다고 말했다. 아침을 먹지 않았다고 해서 한나는 냉장고를 열어 우유를 한 컵 따라주었다. 시리얼이나 식빵 같은 것은 찾을 수 없었다.

"내가 직접 따라 마실 수 있는데."

하유가 말했다. 그들은 아일랜드 식탁에 나란히 앉았다. 흰색 식탁 상판에 땅콩 껍질이 점점이 흩어져 붙어 있었다. 한나는 손가락 끝으로 그것들을 하나씩 떼어냈다. 아이는 우유를 두 모금쯤 마시고 나서 사실 엄마 아빠가 어젯밤 들어오지 않았다고 말했다.

"왜?"

"몰라요. 바쁘대요."

하유는 주방 너머 쪽창에 시선을 주고 있었다. 하늘이 깨끗했다.

"그럼 밤에 혼자 잤단 말이야?"

하유가 아랫입술로 윗입술을 핥았다. 윗입술에 묻어 있던 우유가 말끔히 닦였다. 자세히 살펴보니 눈가에 눈물 자국이 남아 있는 것도 같았다. 사람이 눈물을 흘리는 이유는 다양했다. 이제 자주 그러지는 않지만, 한나도 아직 혼자 울 때가 있었다.

"문 잠그고요. 태리랑 얘기하면서 잤어요."

나한테라도 연락하지 그랬어, 하는 한나의 중얼거림을 듣고서 하유가 대답했다.

"샘은 낮에 오시는 샘이잖아요."

"그래도 밤에 올 수 있어."

"괜찮아요. 저는 괜찮았어요."

하유는 눈을 두 번 깜빡였다.

"조용해서요. 저는 조용하기만 하면 안 무서워요, 샘."

조용하기만 하면, 이라는 말을 입안에서 굴려보다가 한나는 하유가 처음으로 자신을 샘이라는 호칭으로 불렀다는 것을 깨달았다. 신체 접촉을 금지하는 케이 파라디소의 조항이 아니었다면 하유를 안아주었을까? 많이 무서웠겠지만 이젠 아침이 되었다고, 너를 혼자 두지 않기 위해 내가 왔다고, 시간은 앞으로 흐르는 법이라고 아이의 연약한 어깨를 쓰다듬으며 말해주었을까? 하유가 탁자 위에 놓고 간 텅 빈 컵을 바라보며 한나는 누군지 모를 존재에게 질문했다.

계약 만료가 며칠 안 남은 시점, 한나는 퇴근길에 케이 파라디소로부터 연락을 받았다. 마지막 근무일을 재확인하는 메시지였다. 한나는 내심 하유가 개학을 한 후에도 자신의 고용이 이어지리라고 확신하고 있었다. 하교하는 아이를 학교 앞에서 집으로 데리고 오는 역할을 누군가는 해야 할 터였다. 하유의 친구 태리와 셋이 함께 걸어올 수도 있을 것이다. 하유가 원한다면 말이다. 아이에게 간단한 간식을 먹이고 숙제하는 모습을 지켜보고 학원 셔틀버스에 태워 보내는 것까지가 한나의 업무일 것이다. 근무시간이 줄어들고 따라서 급여도 줄어들겠지만 그 정도는 받아들일 의향이 있었다.

일을 시작하고 처음으로 한나는 하유 엄마에게 전화를 걸었다. 전화는 연결되지 않았다. 한 시간 후에 콜 백이 왔다. 하유 엄마는 여전히 밝고 활기찬 목소리였다.

"샘, 무슨 일 있으세요? 하유 학원 잘 갔죠?"

한나는 자신이 계속해서 하유를 돌볼 수 있다고 말했다. 2학기에 복학할 예정이 없고 다른 알바를 하고 있지도 않기 때문에 시간은 충분하다고 말했다. 부족한 부분이 있었으면 노력하겠다고 했다. 하유 엄마는 그런 게 아니라고 대답했다. 2학기에 하유의 스케줄이 변동되었을 뿐이라고, 하교시간에 맞춰 학교 앞으로 셔틀을 보내주는 체육관에 다니게 되었다고 했다. 체육관 수업이 끝난 후엔 셔틀이 다른 학원으로 데려다줄 거라고도 했다.

"그런데요, 어머니, 하유가 혼자 있는 것보단 누가 계속 곁에 있는 게 좋을 것 같아요."

그 말을 하자 하유 엄마가 방어적인 기색을 띠었다.

"그래서 여럿이 같이 있을 수 있는 학원을 보내려는 거예요. 공부가 목적이 아니라."

"그보다는요."

한나는 목을 좀 축이고 싶었다.

"진짜 친구가 필요한 것 같아요."

"선생님."

하유 엄마가 당혹스러울 정도로 진지하게 그녀를 불렀다.

"모르고 하는 말씀은 아닌 것 같은데요. 워낙 어렸을 때부터 기질적으로 친구 관계를 힘들어했던 아이예요. 지금 나이에는 병적인 거라기보다는 심심하고 상상력이 풍부해서 그럴 수 있으니까 가능한 한 여러 활동을 만들어주라고 했어요, 심리치료사가."

전화가 툭 끊겼다. 엄마도 알고 있었다는 것을 한나는 알았다. 하유와 태리가 주고받은 문자메시지 창에는 언제나, 보낸 메시지와 받은 메시지가 연달아 똑같은 내용으로 찍혀 있었다.

─거긴 밤이야?

─거긴 밤이야?

─응. 여긴 밤이야.

─응. 여긴 밤이야.

─별 많아?

─별 많아?

─아니. 오늘은 별로 없어.

─아니. 오늘은 별로 없어.

─여기는 아예 없는데.

─여기는 아예 없는데.

정확히 두 번씩 겹친 채 펼쳐진 문장들, 함께라 외롭지 않은 문장들, 반으로 쪼개면 비로소 하나가 될 문장들이었다.

하유와 마지막 인사는 하지 못했다. 하유의 보호자가 케이파라디소를 통해 내일부터는 출근하지 않아도 된다고 통보했다. 개학 전에 갑작스럽게 가족 여행이 잡혔다는 전언이었다. 급여는 약속한 날짜까지 쳐서 이미 회사 계좌에 입금되었다고 했다. 약간의 수수료를 제외한 금액이 한나의 통장에 들어왔다. 한나는 다음날 오후 세시 사십팔분에 맞춰 하유의 아파트

서문 쪽으로 가보았다. 하유가 처음 보는 중년여성의 배웅을 받으며 셔틀버스에 오르는 모습을 멀리서 지켜보았다. 하유의 습관적인 거짓말은 모방 학습의 결과인지도 모른다고 생각하다가, 한나는 금방 그 생각을 지웠다. 속이 상해서 무심코 한번 해본 생각일 뿐이었다. 새 돌보미가 좋은 분이면 좋겠다고 한나는 바랐다. 한나는 스물세 살이었고, 어른이었다. 차오르는 감정을 참을 수 있었다.

다음달부터 한나는 베이커리 카페에서 일하기 시작했다. 손님이 쟁반에 담아온 빵 하나하나의 가격을 계산하고, 한 개씩 폴리백에 담아주는 일이 주요 업무였다. 매장 안에서 파는 모든 빵의 이름을 외워야 했고 내내 서서 일해야 했지만 그전에 해왔던 일들에 비해 특별히 힘든 것은 아니었다. 케이 파라디소에서 몇 번 연락이 왔다. 저학년 아이의 하교 도우미 제안이 왔을 때는 잠깐 마음이 흔들렸으나 결국 하지 않았다. 이유를 설명하지는 않았다. 설명해도 이해할 사람은 없을 것이기에.

학습지와 참고서를 만드는 유명한 교육 출판 기업이 케이 파라디소를 인수했다는 소식을 일 년 뒤 뉴스 기사에서 보았다. 기사에는 유아동 보육 관련 스타트업 중 가장 유망하고 미래가 촉망되는 곳으로 판단되어 함께하게 되었다는 관계자의 코멘트도 실려 있었다. 한나는 오래간만에 케이 파라디소의 앱에 들어가보았다. 로그인을 하자 인증 오류라는 메시지창이

떴다.

―다른 기기로 로그인되었거나 인증 정보가 잘못되었습니다. 사용자 정보 보호를 위해 다시 로그인해주세요.

한나는 오른쪽 엄지로 지그시 눌러 앱을 삭제했다. 진한 초록색의 대문자 'K'가 시야에서 사라졌다. 존재하지 않아도 어딘가에 남아 있는 것, 단 하나의 아이에 대해 한나는 끝내 생각을 멈추지 못했다.

우리가 떠난 해변에

Y시로 출장을 떠나기 전날 밤 설은 뜻밖의 소식을 들었다. 10월 중순이었고 갑자기 기온이 떨어졌다는 느낌이 드는 저녁녘이었다. 문자메시지를 받았을 때 설은 소형 캐리어에 필요한 물건을 집어넣고 있었다. 발신인은 자신이 주영의 간병인이라고 밝혔다.
 ─한주영씨가 한번 보고싶다고 합니다. 오기전 연락바랍니다.
 문자에는 병원 이름과 병실 호수, 면회 가능한 시간이 적혀 있었다. '오기전 연락바랍니다'라는 문장을 설은 마치 한국어를 모르는 사람처럼 골똘히 들여다보았다. 그 문장이 내포하는 정보는 주영이 많이, 아주 많이, 그러니까 누군가 대신 입력한 문자의 띄어쓰기와 오타를 수정하지 못할 만큼 아프다는 것이었다. 그렇지 않다면 그런 상태의 문자메시지가 타인에게 전송되도록 방치할 리 없었다. 그 타인이 오래전 연락이 끊긴 애인이 아니더라도.

예전에 주영이 직장 상사에게서 온 메일의 일부를 설에게 보여준 적이 있었다. '몇일 내 해결 요망'이라는 문구였다. 여기는 다 이래. 주영은 우울한 목소리로 중얼거렸다. 주영은 당시 다니던 회사와 회사 사람들을 '여기'라고 뭉뚱그려 칭하곤 했다. 다들 머리가 88올림픽에서 멈춰버린 거지. 한글맞춤법 개정안에 의해 '몇일'이 '며칠'로 바뀐 해가 1988년이었다. 몇일과 며칠을 혼동하는 정도는 흔한 일이 아닌가 하고 설은 생각했지만 내색하지 않았다. 그들이 같이 보낸 마지막 몇 해 동안 설은 주영이 무슨 말을 해도 토를 달지 않았다. 고개를 끄덕이면서 내게는 너와 반목할 의사가 없음을, 우리는 같은 편임을 피력하려고만 했다. 긴 시간의 힘을 믿던, 거기에 매달리고만 싶던 날들이 있었다.

설은 휴대폰을 뒤집어 바닥에 내려놓았다. 다시 캐리어 옆에 다가앉았다. 꼭 가지고 가야 하는 물건을 판별하는 데에만 신경을 집중하려 애썼다. 가방 안은 이미 짐으로 꽉 찬 상태였다. 1박, 길어야 2박 일정이었다. 가지고 갈 물건을 결정하는 건 무엇을 두고 갈지 결정하는 일이었다. 부피가 큰 후드티를 도로 빼냈다. 언젠가 기온이 떨어진 촬영 현장에서 요긴하게 입었던 것이지만, 지금 추위를 느끼는 건 일시적인 일이었다. 혹시나 하는 불안감 때문에 불필요한 짐을 짊어지는 것은 어리석었다. 후드 티를 빼내자 가방 내부가 한결 넓어진 것 같았다. 다음날 아침 집을 나설 때까지 설은 주영의 간병인에게 어떤 답장도 하지 않았다.

  Y시에 가기 위해서는 일단 서울고속버스터미널로 가야 했다. 어딘가를 가기 위해 다른 방향의 어딘가로 가는 일이 설은 항상 이상하게 느껴졌다. Y시로 가는 직행버스는 한 시간에 한 대뿐이었다. 그렇지만 Y시에서 이십 킬로미터 떨어진 S시로 가는 버스는 십 분에 한 대꼴로 자주 있었다. 그중 절반이 Y시를 경유했다. 일단 S시행 버스에 올라 경유지인 Y시에서 내리는 것이 거기 가는 제일 빠르고 쉬운 방법이라고들 했다. 그러나 설은 Y시로 곧장 가는 직행버스를 예매했다. 느려도 어쩔 수 없다고 생각했다. 끝까지 가는 사람들 틈에서 혼자만 중간에 허둥지둥 하차하는 것보다는 나았다.

  터미널 대기실의 의자에 앉아 버스를 기다리는 동안 설은 주영과 주영의 간병인이 보낸 문자에 대해 생각하지 않으려고 노력했다. 영원히 풀리지 않도록 꽁꽁 묶인 운동화 매듭을 내려다보는 아이처럼 가슴이 서서히 조여들었다. 만약 자신이 받은 문자가 주영의 부고였다면 달랐을 것이다. 그랬다면 적어도 지금처럼 담담한 얼굴을 가장할 필요는 없을 테니까. 영정 앞에 엎어져 통곡할 수도 있고, 화장장까지 따라가 막 빻은 유골의 일부를 집에 가져가겠다고 우겨볼 수도 있을 것이다. 그렇지만 이건 상상해보지 못한 방식이었다. 역시 마지막까지, 마지막의 또 마지막까지 이기적이었다. 나쁜 ㄴ, 이라고 입속으로 중얼거리려다 급히 마지막 글자를 삼켰다. 달라지는 건 없었다.

버스가 예정된 시각에서 일 분의 어김도 없이 출발했을 때 선우에게서 연락이 왔다.

—선배, 언제 도착하세요?

뒤이어 이미지가 전송되었다. 선우는 그저께부터 Y시에 미리 내려가 있었다. Y시에서 이틀을 보내는 동안 선우는 카톡으로 용건을 나눌 때면 꼭 현지에서 찍은 사진 한두 장씩을 같이 전송했다. 선우의 오브제는 언제나 해변 풍경이었다. 텅 빈 모래사장과 그 뒤에 펼쳐진 무심한 바다, 그리고 너무 멀리 있어 빨간 점처럼 보이는 등대 같은 것들을 찍었다. 선우가 방금 보내온 사진 속에는 사람 없는 해변에 한 떼의 흰 물새들이 내려앉아 있었다. 선우는 그 새들이 일제히 뒤돌아앉은 순간을 포착했다. 그 순간을 위해 한참 기다렸을 것이다.

정작 일의 진척 상황에 대해서는 말하지 않았다. 선우가 노정훈씨나 이혜정씨, 혹은 그 두 사람을 같이 만나 수인사와 계약서 작성 등의 기본 세팅을 해놓으면, 설이 합류해 사전 기초 인터뷰를 진행한다는 것이 그들의 계획이었다. 노정훈씨와 메일을 주고받으며 다큐멘터리 출연에 대한 구두 승낙은 받아놓은 상태라고 지난 회의 때 선우가 전했다.

그래서 인터뷰 일정은 확실히 정해졌나요?

보내기 버튼을 누르려다 손가락을 멈추었다. 확실히, 라는 말의 무게 탓이었다. 설은 방금 자신이 만든 문장을 천천히 지웠다. 차창 밖으로 이름 모를 산자락들이 휙휙 지나갔다. 어떤 산 중턱에 무덤들 몇이 덩그러니 누워 있는 것이 보였다.

*

설과 선우는 한때의 동료였다. 몇 해 전 설이 종편 방송국 건강 정보 프로그램의 작가로 일할 때 선우는 막 경력을 시작한 막내 피디였다. 전임자가 중간에 갑자기 그만두게 되면서 선우를 급히 충원했다고 들었다. 주제가 단순하고 내용은 잡다한 전형적인 정보성 프로그램이었다. 매회 한 가지 질병을 테마로, 의료진과 연예인 패널이 함께 여러 해결책을 알려준다는 것이 기획 의도였다. 암이나 난치병 같은 건 다루지 않았음에도 소재가 부족한 적은 없었다. 인간의 몸과 정신은 다양한 방식으로 끝없이 고장났고, 인간들은 그 하나하나에 새로운 이름을 지어 붙였다. 그러면 마치 그것을 정복할 수 있기라도 하다는 듯이.

막내 피디의 일은 어딜 가나 비슷했다. 선우의 전임자는 프로그램의 전체적인 준비와 현장 VCR 영상의 기본 편집을 동시에 맡아 했다. 당일치기 지방 출장도 많았다. 그는 늘 피곤하고 지쳐 보였다. 파견 회사 출신의 그런 비정규직 피디들은 방송국 안팎에 매우 흔했다. 격무와 불안감 속에서 그들의 눈빛이 빠르게 총기를 잃어가는 모습을 설은 수없이 보아왔다. 그런데 선우는 무언가 달랐다. 복도에서 만나면, 식사 아직 안 하셨어요? 오늘 구내식당 콩나물밥 진짜 맛있는데! 라고 명랑하게 말을 걸어오는 막내 피디는 많지 않았다.

언젠가 이른아침 시간 방송국 화장실에서 그녀와 마주쳤다. 선우는 막 양치를 끝냈는지 한 손에 양치 컵을 들고 젖은 입가를 손등으로 닦아내는 중이었다. 편집실에서 밤을 새운 것 같았다.

힘들죠?

설은 아무 말도 하지 않기가 어색해서 그저 물었을 뿐이었다. 선우가 단번에, 아니요, 라고 대답했다.

저는, 음, 재미있어요!

설은 화장실의 얼룩진 거울 앞에서 '재미'라는 단어를 입안에 굴려보았다. 그러고 보니 선우는 거의 모든 문장의 끝에 느껌표를 붙이듯 말하는 것 같았다. 역시 좀 특이하네, 라고 생각했다. 그게 다였다. 삼 개월도 채 지나지 않아 개편이 있었고 그 프로그램은 전격 폐지되었다. 시청률이 낮아도 너무 낮다고 했다. 구성원들은 제각각의 길로 떠났다. 특별할 게 없는 방송국식 시절 인연의 흔한 결말이었다.

그로부터 몇 해가 지났다. 기획하는 작업이 있는데 한번 만날 수 있느냐는 연락을 받기 전까지 설은 선우가 자신의 전화번호를 가지고 있는 줄도 몰랐다. 실은 선우라는 존재 자체에 대해 까맣게 잊고 있었다. 분명히 지나왔는데 통째로 증발한 것처럼 느껴지는, 삶에는 그런 구간이 있었다. 설에게는 선우와 일했던 그 무렵이 그랬다.

그 시기는 주영과의 관계가 본격적인 끝을 향해 치닫던 때이기도 했다. 자정 너머까지 주영과 연락이 닿지 않던 어느 밤, 설이 사는 빌라의 창밖에서 시끄러운 소리가 들렸다. 무슨 다툼이 일어난 것 같았다. 설은 밖으로 나가 계단을 두 칸씩 뛰어내려갔다. 가랑비가 흩뿌리고 있었다. 택시 한 대가 빌라 주차장 입구를 반쯤 막은 채로 서 있었다. 택시 기사는 뒷자리에서 안 내리고 버티는 승객과 실랑이중이었다. 예상대로 주영이었다.

아, 하지 마시라고요.

만취한 목소리였다.

왜 남의 몸을 잡아요? 기사님 사과하세요. 기사님이 사과 안 하면 나도 안 내릴 거예요. 여기서 꼼짝도 안 할 거라고요.

설은 주영을 차에서 끌어내렸다. 주영이 화를 냈다.

야, 넌 누구 편이야? 왜 내 편 안 들고 남의 편을 드니?

주영의 팔을 질질 끌다시피 하며 계단을 올랐다. 영원히 끝나지 않을 것 같은 층계였다. 다음날 아침 주영은 숙취로 힘들어했다. 급격히 풀이 죽어 말없이 누워 있기만 했다. 술에 취해 길바닥에 늘어진 주영보다 소파에 모로 누워 뒷모습만을 보이는 주영이 설을 더 두렵게 했다.

요즘 무슨 일 있어?

겨우 물어보았다. 주영은 직장 때문이라고만 했다. 다른 이유들에 대해서는 말하지 않았다. 그래도 괜찮다고 생각했다. 아직 둘러댈 정도의 성의는 남아 있으니까. 자신도 일상의 모든 걸 주영과 나누는 건 아니니까. 그때 설에게 중요했던 건 '우리'가 '우리'로 또다시 한 시기를 지나는 것이었다. 열일곱 살 때부터 이십여 년 동안 언제나 그래왔던 것처럼. 아무 일 없이, 아무 일 아닌 것처럼.

*

　약속 장소인 커피숍에 들어섰을 때, 선우는 해가 지는 창문을 등지고 앉아 있었다. 자신의 뒤쪽에 유리창이 나 있으며 그곳을 통해 보이는 하늘에서 지금 어떤 일이 일어나고 있는지에는 전혀 관심이 없는 것 같았다. 그날 선우는 설에게 한 이야기를 들려주었다. 노정훈씨와 이혜정씨에 관한 이야기였다.

　노정훈씨는 지방의 바닷가 마을에서 다섯 남매 중 막내로 태어났다. 유도를 시작한 건 중학교 1학년 때였다. 출발이 늦은 편이었지만 체력과 끈기가 남다르다는 평가를 받았다. 특기생으로 고등학교에 진학했다. 전국체전 고등부 단체전에서 동메달을 땄다. 3학년, 도 대회 준결승전에서 다발성 늑골 골절을 입었다. 병원에서 그해 여름을 다 보냈다. 대학에는 가지 않았다. 제대하는 날부터 선배의 식당에서 일했다. 스물다섯이 되던 해에 가게를 열었다. 낮에는 스낵, 저녁에는 맥주를 파는 가게였다. 첫번째 폐업은 스물일곱이었다. 서른셋이 될 때까지 사업은 두 번 더 주저앉았지만 그는 매번 재기했다. 네번째 가게의 보증금을 벌기 위해 일 년 동안 동해의 해변들을 돌며 피자 푸드 트럭을 운영했다. 피자 트럭은 인근의 명물로 인기를 끌었다. 창문을 열면 바다가 쏟아져 들어올 것 같은 자리에 작은 화덕 피자 가게를 열어 간판을 달던 날, 그는 일생에서 가장 큰 행복을 느꼈다.

이혜정씨는 서울에서 무남독녀로 자랐다. 다섯 살에 처음 배운 악기는 피아노였다. 모계 친척들이 모두 악기를 전공한 환경에서 자연스러운 일이었다. 중간에 플루트로 바꾸었다가 열 살에 오보에로 전향했다. 전공자가 상대적으로 적어 유리한 면이 있으리라고 어머니가 판단했기 때문이었다. 예술고등학교와 음악대학을 졸업한 뒤 지방 시립교향악단의 연주자로 합격했지만 부모가 반대했다. 그들은 딸이 결혼과 유학에 동시에 성공하기를 바랐다. 유학지는 미국 동부였다. 그녀가 가고 싶어한 학교는 독일에 있었으나 결혼하기로 한 남자가 박사과정을 이수할 학교가 미국에 있었다. 출국 사흘 전 고속도로의 십중 추돌 사고에 휘말렸다. 사망자가 세 명이나 나온 큰 사고였다. 그녀는 한동안 차에 갇혀 있다 구조되었다. 병원에서 그해 여름을 다 보냈다. 몸이 조금 나아졌을 때 담당의를 만나고 온 어머니가, 연주는 계속할 수 있을 거래, 라며 기뻐했다. 하고 싶은 걸 하며 살겠다고 결심한 건 그때였다.

선우가 그 이야기를 하는 동안 하늘은 연극적으로 색깔을 바꾸었다. 흐릿하게 남았던 빛의 기운이 사라지고 어둠이 창밖을 덮었을 때 선우는 자신이 노정훈씨와 이혜정씨를 오랫동안 종종 생각해왔다고 말했다.

십사 년째예요.

십사 년. 십사 년 전에 무엇을 하고 있었더라. 설은 기억을 더듬을 필요가 없었다. 설의 인생에 아직 주영이 존재하던 시기였다. 주영과 설은 이십대를 앞두고 그랬던 것처럼 얼마 뒤 닥칠 삼십대에 대한 기대와 불안을 공유하고 있었다. 둘이 공유한 많은 것 중에는 서른이 되기 전에 서유럽을 여행하자는 꿈도 있었다. 십사 년 전 여름에 그들은 각자의 바쁜 일상을 잠시 멈추고 19박 20일의 여행을 감행했다. 이십 일간 내내 둘이서만 붙어 지냈다. 당장 숨이 멈춰도 좋을 정도로 충만한 순간과 또 그만큼 가혹한 순간이 공존하는 여행이었다. 여행이 끝난 뒤에 설은 충만함을, 주영은 가혹함을 중심으로 그 시간을 반추했다.

아는 분들인데 사실 모르는 사이예요.

선우는 자신이 노정훈씨와 이혜정씨를 실제로 만나본 적은 없다고 말했다. 그건 마치 수줍은 고백처럼 들렸다. 낮게 내려앉은 침묵 속에서 설은 차를 한 모금 마셨다. 떫은 뒷맛이 남았다. 마흔을 넘기면서 카페인을 섭취하지 않으려고 노력했다. 불면증에 시달린 지는 오래였지만 그동안은 아무것도 하지 않은 채 지내왔다. 만약 지금 무언가 한 잔을 더 마실 수 있다면 묵직하고 짙은 커피였으면 하고 바랐다. 선우의 말은 거기서 끝이 아니었다. 선우는 그들이 〈러브 애드벌룬〉의 5회 출연자들이라고 말했다.

러브, 애드벌룬?

잘 모르실 거예요.

선우의 목소리에서 미묘한 체념의 기운이 묻어났다.

어, 아니에요. 제목을 들어본 적 있는 것 같아요.

그 말에 선우의 표정이 확 밝아졌다.

정말요? 역시.

선우가 오른손 엄지를 치켜세워 보였다. 선우는 백칠십 센티미터에 가까운 키에 깡마른 삼십대 초반의 여성이었다. 무표정일 때는 자칫 날카로워 보이는 인상이었다. 예기치 않은 순간에 취하는 귀염성 있는 제스처와 무방비 상태의 파안대소가 그녀를 엉뚱하고 유머러스한 사람으로 보이게 하는 효과가 있었다. 설은 새삼 선우에 대해 아는 게 거의 없다는 생각을 했다.

선우에 의하면 〈러브 애드벌룬〉은 2008년 3월부터 한 케이블 방송 채널을 통해 방영된 리얼리티 예능 프로그램이었다. 프로그램은 총 10회로 종결되었다. 단명했다고 할 수도 있고, 처음부터 정규 편성이 아니었다고 추측할 수도 있었다. 매회 직접 출연을 신청한 싱글 남녀가 출연자로 참여했다는 것, 실제야 어떻든 그렇게 홍보되었다는 것, 처음 만나는 네 남자와

네 여자가 2박 3일간 같은 공간에서 합숙하는 형식으로 진행되었다는 것 등을 선우는 차례로 설명했다.

출연자들은 지붕이 둥근 돔 형태의 방갈로 몇 개를 공동 숙소로 사용했다. 제작진은 그곳을 캠프 애드벌룬이라고 칭했다. 사흘 동안 그들은 짝을 바꿔가며 일대일 데이트를 하기도 하고, 둘씩 짝지어 더블데이트를 하기도 하고, 게임과 요리, 운동경기 등을 함께하기도 하면서 서로를 탐색하는 시간을 가졌다. 그리고 마지막날, 그중에서 사랑을 시작하고 싶은 사람이 있는지 결정했다. 거기까지는 이른바 '연애 리얼리티 예능'이라고 불리는 여타 프로그램과 비슷했다. 선우가 이어서 말했다.

그런데 좀 특별한 부분이 있었어요.

출연자에게는 금지된 것들이 있었다. 음주, 흡연, 그리고 자기소개였다. 나이, 직업, 학력, 거주지 등을 서로에게 밝힐 수 없었다. 종교, 경제적 상황, 정치적 견해 드한 마찬가지였다. 그러니까 그들은 좋아하는 음악가와 즐겨 읽는 소설, 소울 푸드, 가장 행복했던 기억, 가장 슬펐던 기억에 대해서는 대화할 수 있어도 보유한 자동차 기종, 지지하는 정당, 대학 때 가입했던 동아리의 이름, 분양받은 아파트의 위치 같은 것에 대해서는 말할 수 없었다.

출연자들이 사흘 동안 서로의 신상에 대해 알게 되는 거라곤 이름이 전부였다. 노정훈씨, 이혜정씨, 그리고 다른 모든 출연자들도 캠프 애드벌룬 안에서 오직 한 명의 개인으로만 존재했다. '사회적 조건에 종속된 사랑이 진짜 사랑일까.' 선우는 공식 홈페이지의 기획 의도 칸에 그런 말이 적혀 있었다고 기억했다. 선우는 이런 표현도 기억하고 있었다. 〈러브 애드벌룬〉은 조건에 얽매인 결혼 상대자로서가 아니라 자유로운 인간 대 인간의 만남을 위해, 네이키드 상태에서 피어나는 진실한 사랑을 찾기 위해 기획되었다는 것. 유치하고 조악한 설명이었다. 주영이라면 이럴 때, 토할 것 같아, 라고 했을 텐데. 설은 불현듯 그런 생각이 들었다. 이내 논리적 인과관계도 없고 맥락도 이어지지 않는 순간에 아직도 불쑥 그 이름을 떠올린다는 사실에 침울해졌다. 혹시 캡처본이라도 남아 있느냐고 묻자 선우는 안타깝지만 그런 건 없다고 대답했다.

그 방송국 자체가 통폐합되었는걸요.

많은 것들이 완강하게 버티고 있어도 또 어떤 것들은 소리 없이 사라졌다. 그런데요, 제가 보기에는.

선우가 다시 말했다.

그 프로그램은 사실 일종의 사회 실험이었던 것 같아요.

선우의 얼굴에서 잠시 웃음기가 사라졌다.

모든 게임에는 규칙이 있다. 〈러브 애드벌룬〉의 세계도 그랬다. 첫번째 선택은 예선에 불과했을 뿐이고 결선은 그다음이었다. 예선전을 통과한 남녀는 미래의 연인 후보를 향해 상대방이 미리 적어서 낸 편지 형태의 자기소개서를 묵독으로 읽어야 했다. 그러면서 그/그녀를 둘러싼 의적인 환경을 비로소 알게 된다. 이제 그들은 정말로 마지막 결정을 내려야 한다. 제각각의 결정이었다. 이 사람이 나와 어울리는지, 어울리지 않는지, 어울리지 않음에도 사랑의 방향으로 계속 걸어갈 것인지 아니면 그냥 여기서 걸음을 멈출 것인지.

그건 좀 그렇네요.

설이 중얼거리자, 잔인하죠, 라고 선우가 대답했다.

약속 장소에 동시에 도착하면 성공, 한 명이라도 나오지 않으면 실패였다. 세간에서 이른바 사회적 조건이라고 부르는 환경이 서로 크게 다르지 않으면 대개 어려움 없이 성공에 이르렀다. 그런데 그게 쉽지 않은 경우들이 있었다.

그럴 땐 한쪽은 선택하지만 다른 한쪽은 포기하곤 했어요. 포기하는 쪽이 누구냐 하면.

듣지 않아도 짐작할 수 있었다. 선우도 굳이 말하지 않고 고개를 짧게 끄덕였다.

저는 한 회도 빼놓지 않고 다 봤거든요. 이상하지만 사람들이 결정하는 순간이면 심장이 터질 것 같았어요.

너무 떨려서일 수도 있고 너무 속상해서일 수도 있었다.

10회까지의 출연자들 가운데 선우의 심장 건강에 가장 심각한 영향을 미친 두 사람이 바로 노정훈씨와 이혜정씨였다.

그 사람들도 포기했나요?

아니요. 그분들은 포기하지 않았어요.

노정훈씨와 이혜정씨의 최종 선택은 캠프가 아니라 방송국 스튜디오에서 진행되었다. 먼저 이혜정씨가 나왔다. 그녀는 사회자에게 노정훈씨를 선택하겠다고 말했다. 혹시 선택을 앞두고 주저되지는 않았느냐는 질문에 그녀는 단정하지만 단호하게 그렇지 않았다고 대답했다. 이혜정씨는 스튜디오 한편에 마련된 의자에 앉아 노정훈씨를 기다렸다. 한참을 기다려도 그는 나오지 않았다. 지켜보던 이들이 포기하려 할 때쯤 사회자가 다시 이혜정씨에게 심경을 물었다. 그녀는 다만 믿고 있다고 말했다. 무엇을 믿는지에 대해서는 말하지 않았다. 사회자가 나직한 음성으로 카운트다운을 시작했다. 카운트다운이 끝나고 0.5초의 정적 후에 노정훈씨가 무대 앞으로 천천히 걸어나왔다.

두 분이 카메라 앞에서 부둥켜안거나 눈물을 흘렸던 건 아니에요.

그 말을 전하는 선우의 눈동자가 촉촉했다. 노정훈씨와 이혜정씨는 얼마간의 거리를 두고 서로를 묵묵히 바라보기만 했다. 이듬해 두 사람이 결혼했다는 소식이 전해졌다. 선우 친구의 이모가 미장원에서 넘겨보던 여성지에 커플 매칭 프로그램에 대한 기사가 실렸는데, 기사의 말미에 '화제를 모았던 전 유도선수-음악가 커플은 지난달 결혼식을 올렸다'라고 지나가듯 한 줄 적혀 있었다.

두 사람을 알게 되고 십사 년이 지났다. 이제 선우는 두 사람이 등장하는 육십 분짜리 휴먼 다큐멘터리를 준비하고 있었다. 선우는 설에게 작가가 되어달라고 부탁했다. 그것이 설에게 만나자고 한 용건이었다.

설은 선우가 건넨 명함을 가만히 내려다보았다. 기획 프로듀서 최선우. 선우의 회사는 콘텐츠 제작 업계의 신흥 공룡이라는 별칭으로 불리는, 드라마와 비드라마 콘텐츠를 지상파와 종편, OTT에 납품하는 대형 프로덕션이였다. 그동안 방송작가로 설이 쌓아온 경력은 다큐멘터리라는 장르와는 큰 접점이 없었다.

왜 하필 나를.

선우는 우물쭈물하지 않고 대답했다.

계속 생각했어요. 제가 만약 이 기획을 현실화할 순간이 온다면 선배랑 꼭 같이 하고 싶다고요.

그날 집에 돌아오는 길에 설은 선우가 휴대폰으로 보내준 유튜브 링크를 클릭해보았다. 어떤 경로에선지 유튜브에는 당시 방송분의 일부 영상이 올라와 있었다. 조회수는 이천 정도

되었고, 영상은 일 분이 좀 넘는 짧은 분량이었다.

텔레비전으로 송출되는 화면을 그대로 녹화했는지 화질이 좋지 않다. 야외, 낮, 푸른색 스웨터를 입은 한 남자가 서 있다. 눈썹이 짙고 이마가 정갈하다는 인상을 주는 사람이다. 남자는 무언가를 읽는 중이다. 그의 얼굴 위로 BGM이 깔린다. 피아노로 연주한 쇼팽의 〈발라드 1번〉. 카메라 줌 인. 남자의 미간이, 눈썹산과 입꼬리의 근육이 미세하게 떨리는 것 같다. 음악 볼륨 다운. 여자 음성의 내레이션이 나온다.

─안녕하세요. 이 편지를 받으실 분이 누구인지 저는 아직 알지 못합니다. 제가 어떤 사람인지 말씀드리고 싶어요.

영상은 거기까지다. 한 음절의 발음도 뭉개지 않고 차분하게 꼭꼭 눌러 말하는 이 여자가 이혜정씨구나, 라고 생각했다.

두 사람은 모든 게 달랐어요. 그냥 다른 세계의 사람들처럼 보였어요.

태어날 때도 자라는 동안에도 어른이 되어서 경험한 삶에서도 접점이 없는 사람들.

이런 두 사람이 사흘 만에 어떻게 사랑에 빠지게 되었을까요. 그게 경이롭고 끔찍하게 불가사의했어요!

선우의 그 말이 환청처럼 귓가에 부서졌다. 두 사람의 유튜브 영상에서 추천 수가 가장 많은 댓글은 다음과 같았다.

─보고 또 봅니다. 사랑의 첫 순간에 대해 생각하면 저는

항상 이 장면이 떠오릅니다.

그 여름, 열일곱 살의 설이 문예 캠프어 참석하게 된 데에 자의는 거의 섞여 있지 않았다. 모교에서는 전교생이 의무적으로 특별활동 하나를 해야 했다. 설이 처음에 지망한 것은 독서부였다. 학교도서관에서 책을 정리하며 시간을 흘려보낼 수 있어서 인기가 높은 부서였다. 하지만 설은 제비뽑기에서 탈락해 문예부로 가게 됐다. 문예부의 담당 교사는 유명하지 않은 시인이었는데 매사에 놀라울 만큼 무관심했다. 칠판에 잔뜩 흘려 쓴 글씨로 단어 하나를 적어놓는 것이 그가 수업을 위해 하는 유일한 일이었다. 지우개, 의자, 봄날, 횡단보도, 벽, 사랑, 그런 것들을 적었다. 그것들에 대해 쓰라는 말도, 어떻게 쓰라는 말도, 심지어 꼭 쓰라는 말도 없었기에 설은 아무것도 쓰지 않았다.

한 학기가 끝날 무렵 선생이 1학년들 곁을 따로 부르더니 종이 한 장을 나눠주며 부모님의 사인을 받아오라고 했다. 꼭 참가해야 한다고 신신당부하는 모습이 평소와 전혀 달랐다. 그 종이는 전국 고등학생 하계 문예 캠프 참가 신청서였다. 많다고는 할 수 없어도 가계 사정에 따라 부담스러울 수 있는 액수의 참가비와 입금처가 적혀 있었다. 설의 부모는 학교에서 시키는 일이라면 군말 없이 하는 게 지당하다고 여기는 사람들이었다. 내심 우리 애가 뭔가를 잘해서 뽑혔나보다는 착각을 품었을지도 몰랐다. 그때 부모가 좀 덜 고지식했더라면, 하고 한참의 시간이 흐른 뒤에 설은 간혹 생각하곤 했다. 그러면 주영을 만나지 않았을 텐데. 그러면 생이 어떻게 달라졌을까 하고.

그해 여름의 문예 캠프 참가자 중 시 한 줄 써본 적 없는 사람은 설 혼자였다. 캠프 숙소는 시골 분교를 개조하려는 목표로 공사를 시작했으나 예산이 부족해 중간에 중단된 곳이었다. 빈 교실이 방으로 사용되었다. 어떤 기준인지 모를 분류에 따라 참가자들이 예닐곱 개의 조로 나뉘었다. 한 조는 열 명 남짓. 모두 같은 성별끼리였다. 설이 속하게 된 조에는 전국 각지의 여자고등학교에서 온 1학년과 2학년이 반반씩 섞여 있었다. 2박 3일의 일정이 끝나고 일상으로 돌아가기 전에 조원들은 메일 주소와 전화번호를 교환했다. 익명으로 롤링 페이퍼도 썼다.

계속 같이 있고 싶어 영원히

마침표는 없었다. 초록색 하이테크 포인트 펜으로 또박또박 적은 열한 개의 글자가 주영의 것이기를 설이 얼마나 바랐는지. 그때가 사랑이라는 감정에 대해 생각할 때마다 반사적으로 떠오르는 첫 순간일 줄을 당시엔 알지 못했다.

버스는 정시에 Y시 터미널에 도착했다. 선우가 하차장에서 기다리고 있었다. 설은 선우의 차에 올라탔다. 운전을 하면서 선우는 쉴없이 떠들었다.

원래 터미널이 여기가 아니라 시내 한가운데 있었대요. 이전한 지 얼마 안 되어서 예전 위치로 가는 사람들이 아직 많다고 해요.

그녀는 계속 엉뚱한 이야기만 했다. 인터뷰를 위한 미팅 시간은 언제로 잡혔는지 같은 말은 하지 않았다. 어떻게 됐는지를 묻자 선우가 짧은 한숨을 쉬었다. 지난주의 회의에서 선우는 Y시행의 첫번째 목표가 노정훈씨를 만나는 것, 두번째 목표가 이혜정씨를 만나는 것, 그리고 세번째 목표가 그들을 함께 만나는 것이라고 했다. 네번째는 없느냐는 물음에 고개를 휘저으며 웃었다.

저 그렇게까지 욕심 많은 애는 아니에요. 음, 그래도 만약 목표를 딱 하나만 더 세워야 한다면!

그렇다면 노정훈씨와 이혜정씨의 아이를 만나고 싶다고 했다. 설은 자신도 모르게 감탄사를 뱉고 말았다. 사실 아이라는 단어를 듣는 순간 머릿속으로 이미 영상의 구도를 그리고 있었다. 오랫동안 일하며 생긴 직업병의 흔한 흔적이었다. 그러나 어쩌면 네 개의 목표 중 마지막이 가장 실현 가능할지도 몰랐다. 평범한 이름의 부모와 달리 그들의 아이는 한번 들으면 잊기 힘든 이름을 가졌다. 노이룩이라는 주별난 이름은 선우

우리가 떠난 해변에

가 오랜 시간에 걸쳐 노정훈씨와 이혜정씨의 이력을 추적하는 데에 중요한 실마리가 되어주었다.

노이룩의 이름은 2010년 봄, Y시 인근에서 유일한 돌 사진 전문 스튜디오의 웹 페이지에 처음 노출되었다. 반복 검색하면서 그들이 온라인에 남긴 생활의 작은 흔적을 싹싹 긁어모으는 동안 선우는 성인이 되고, 대학을 졸업하고, 사회인이 되었다. 선우가 모은 정보에 따르면 2013년 여름 이후 노정훈씨의 피자 가게에 대한 이용 후기가 더는 새로 올라오지 않고 있으며, 이혜정씨가 한때 Y시 시내에 차렸던 음악학원은 그 이듬해 겨울 이후 전화 연결이 되지 않았다.

최신 근황은 2019년 가을, 노이룩이 당시 재학중이던 초등학교와 인근 군부대의 자매결연식에 학교 대표 중 하나로 참석해 찍힌 사진이 지역 인터넷 신문에 실린 것이었다. 사진이 온라인에 아직 남아 있어서 설도 볼 수 있었다. 덩치는 큰데 얼굴은 아기 너구리처럼 귀여운 소년이었다. 선우는 이렇게 추정했다.

피지컬은 아빠, 성격이나 성향은 왠지 엄마 쪽일 것 같아요.

선우는 자신이 그렇게 정보를 모으는 일에 다른 뜻은 개입되어 있지 않았다고 했다. 미래에 유용하게 사용할 가능성이 있는 데이터는 아니었다는 것이다.

길티 플레저 같은 거였어요. 안 유명한 연예인 덕질 같은 거요. 이렇게 될 줄은 진짜 몰랐는데. 이런 게 '덕업일치'인가요.

선우도 자기 말이 황당한지 푸훗, 하는 싱거운 소리로 웃었다.

회사에서 휴먼 다큐 쪽을 강화하겠다면서, 주니어 피디들한테 감정을 테마로 하는 기획안을 되는대로 다 내라고 했거든요. 별별 게 다 나왔는데 위에서 이걸 딱 골랐어요. 시의성을 넘는 진정성이 있다면서요. 사람들 눈은 다 비슷한가봐요.

오랜 시간 비닐 랩에 싸인 채 냉동실에서 숨죽이고 있던 반죽 덩어리가 갑자기 셰프의 식재료로 발탁된 셈이었다. 다만 아직은 반죽의 형태로 존재했다. 막 실온에 꺼내진, 스스로도 얼떨떨한 희고 말랑말랑한 한 개의 큰 덩어리. 이제부터 길고 복잡한 과정이 기다리고 있었다.

결국은 사랑이란 무엇일까, 세속과 세월에도 견디는 사랑의 힘은 어떤 모양일까를 들여다보는 작업이 되지 않을까 한다는 선우의 말을 설은 잊지 않았다. 그런데 정작 선우는 여기까지 와서 바닷새들의 뒷모습만 들여다보고 있었다.

계약서는 보여드렸어요? 사인받고 시작하는 게 안전하지 않을까요?

채근으로 들리리라는 것을 알면서도 설은 자꾸 물었다. 가슴 한복판에 헤어 볼처럼 똘똘 뭉친 것이 어떻게 해도 사라지지 않았다.

선배, 잠깐만요. 조금만 천천히요.

선우가 느낌표라는 갑옷 없이 말하고 있다는 사실을 설은 눈치채지 못했다. 선우의 차는 양옆에 논과 밭과 비닐하우스들이 펼쳐진 사차선 도로를 달렸다. 아무리 눈을 비벼도 바다는 보이지 않았다.

노정훈씨하고 어제 통화는 했는데, 그런데…… 이상해요. 못 만나러 가겠어요.

선우가 말끝을 흐리는 모습은 처음 보았다.

아무래도 혼자서는 자신이 없어요.

선우의 표정은 단정하고 무구했다. 설은 창밖으로 시선을 돌렸다. 높은 하늘에 평범한 구름 몇 점뿐이었다. 선우가 찍었던 흰 새들은 어디쯤 날아가고 있을까 궁금했다.

*

노정훈씨의 새 가게는 해변가 안쪽 골목에 있었다. 협소한 골목 양옆으로 점포들 몇 개가 다닥다닥 붙어 있었다. 여름이면 서퍼들로 뒷길까지 가득찬다고 하는데 지금은 '영업중'이라는 표지가 어색할 만큼 인적이 없었다. 미닫이문 앞에서 선우가 설의 옷깃을 살짝 잡았다.

잠깐만요. 조금만 천천히요.

선우는 좀전에 차 안에서 했던 말을 똑같이 반복했다. 어쩔 줄 몰라하고 있다는 게 느껴졌다. 설은 선우의 등을 가볍게 한 번 도닥였다. 선뜻 안으로 들어가지 못하는 그 마음을 이해할 것도 같았다. 환상을 실행에 옮기는 것의 낙차에 대해서도. 설이 문을 열었다. 한쪽 벽에 동글동글한 손글씨로 커피와 술 등의 메뉴를 써붙여두고 또다른 벽에는 드라이플라워 꽃다발을 거꾸로 매달아둔 소박한 공간이었다. 화덕 피자는 이제 팔지 않는 것 같았다. 검은색 등산복 상의에 같은 색 바지를 입은 중년 남성이 그들을 맞았다.

노정훈씨는 체구가 그렇게 큰 사람은 아니었다. 유튜브에서 본 십사 년 전의 그 청년과는 사뭇 달랐다. 머리숱 때문일 수도 있고 시간의 풍화작용 때문인지도 몰랐다. 앞자리에 마주 앉고서야 설은 비로소 또다른 이유를 짐작할 수 있었다. 활력 또는 생기라고 부르는 것이 느껴지지 않았다. 한 사람의 젊음이 사그라든다는 건 그 활력과 생기가 사그라든다는 것과 같은 뜻이었다.

어떻게, 저쪽 바다는 보고 오셨어요?

노정훈씨는 꽤 붙임성이 좋은 사람이기도 했다.

아니요. 아직 못 봤어요.

아, 보고 오시지. 이맘때 바다가 참 좋아요.

그는 진심으로 아쉬워하는 듯했다.

저기 뒤로 나가서 길 하나만 건너가면 바로 나오는데요.

이따 가는 길에 꼭 보겠습니다.

선우가 대답하지 않아서 설이 대답했다. 선우는 무언가 불편한 사람처럼 계속 꼿꼿하게 허리를 펴고 앉아 정면만을 응시했다.

피디 선생님들 멀리서 오셨는데 식사는 하셨어요?

노정훈씨가 또 물었다. 그제야 그가 핵심으로부터 빙빙 돌고 싶어 이런다는 사실을 알아차렸다. 설은 조심스럽게 촬영에 관한 실무적인 내용 몇 가지를 전달했다.

저희는 두 분 외에 가족도 촬영하고 싶습니다만 자녀분은 아직 미성년자이니까요. 그 부분은 전적으로 부모님 의견을 따르겠습니다. 계약서를 준비해봤는데 한번 보시겠어요?

노정훈씨가 말없이 일어나 커피머신 앞으로 갔다. 커피 두 잔을 내려 설과 선우 앞에 놓았다. 카페인을 삼가는 중이라는 말을 할 틈은 없었다.

사모님하고는 좀 상의해보셨나요?

아이 엄마요?

네. 이혜정님에게는 따로 연락을 드리지 않아서요.

노정훈씨가 양 손바닥을 두어 번 빠른 속도로 비볐다.

제가 깜빡하고 아직 말을 못한 것 같은데 그 사람 지금 여기 없습니다.

네?

다른 나라에서 지내고 있어요. 집안에 사정이 좀 있고, 일도 있고 해서 설명하자면 조금 복잡한데요, 어쨌든 당분간 그렇게 지내기로 했습니다. 그래서 촬영하신다는 얘기도, 오늘 오신다는 얘기도 못했어요.

노정훈씨는 답안지를 외운 아이처럼 기계적으로 읊었다. 유감이라고 해야 할지 안타깝다고 해야 할지 알 수 없었다. 설이 무슨 대꾸를 해야 할지 몰라 입술에 마른침을 묻히는 사이 선우가 나섰다. 여기 들어와 처음 말문을 트는 거였다.

그러면, 실례지만, 두 분이 혹시 헤어지셨다는 말씀일까요?

서류상으로는 뭐 그렇다고 해야지요.

모두가 잠자코 있어야 할 순간이었다. 선우가 침묵을 깼다.

메일에는 그런 말씀 없으셨잖아요.

평소 그녀답지 않은 건조한 목소리였다.

그래서 저희는 당연히 같이하시는 줄 알고 이런저런 준비를 해왔는데요.

죄송하게 되었다고 그가 말했다. 이 시점에 누군가 죄송하다고 해야 한다면 이쪽에서 하는 게 도의상 나을 것이었다. 설이 그만하라는 눈빛을 보냈지만, 선우는 보이지 않는 것처럼 굴었다.

진작 말씀을 해주셨어야죠.

그렇게 얘기를 하시니까 그럼 저도 솔직히 말씀드릴게요.

노정훈씨의 언성이 아까보다 높아졌다.

만약 제가 이 말을 진작에 했으면요, 우리 부부가 지금 이런 상태다, 라고 했으면 두 분 여기까지 오셨을 겁니까? 그냥 안 한다, 하고 안 내려오셨을 거 아닙니까? 그렇지요?

일이 이상하게 돌아가고 있다는 생각이 들었다. 카페인이든 뭐든 설은 눈앞의 커피를 들이켰다. 산미가 심하고 엄청나게 맛이 없는 커피였다.

피디 선생님들, 그러니까 오해하지 마시고 제 말 한번 끝까지 들어보세요. 제가 언제 촬영 안 하겠다고 했나요?

설은 어안이 벙벙해졌다. 노정훈씨는 이 휴먼 다큐멘터리의 주인공으로 촬영에 참여하겠다는 의사를 분명히 밝혔다. 시간을 주면 자신이 아내를 설득해 같이 출연하겠다는 것이 그의 입장이었다. 그런데 예상치 못한 전개였다. 설이 흘끗 선우 쪽을 보았다. 그녀의 안색도 이미 창백했다. 우리도 기획안이 있으므로 그 부분에 대해서는 좀더 내부적 고민이 필요할 것 같다고, 설은 작가 생활의 연륜을 그러모아 간신히 대답했다.

그 보내주신 기획안이라는 거 저도 읽어봤는데 결국 사랑에 대한 내용이지 않습니까?

이제 노정훈씨가 그들을 설득하려 했다.

사랑이 고정불변한 틀 안에서 존재한다는 것도 착각 아닌가요? 사랑은 감정인데 네모 통에 담으면 네모가 되고 원형 통에 담으면 또 원형이 되는 거죠. ……애엄마가 떠났어도 저는 우리가 완전히 끝났다고 생각 안 합니다. 같이 애 낳고 살아온 세월을 그렇게 무 자르듯 끊어낼 수 있는 것도 아니고요.

노정훈씨는 오픈 주방으로 가더니 생맥주를 한 잔 따라와 꿀꺽꿀꺽 마셨다.

그렇잖아요? 우리 부부가 지금 이렇게 됐다고 해서, 그때의 특별한 사랑이 사라지나요, 없어지나요?

아니요, 사라지지도, 없어지지도 않아요, 하고 설은 속으로 중얼거렸다. 그런데 그 자리에 있다고 정말 그대로 있는 걸까요, 라고도.

모든 멈춘 것은 퇴색하고 틈이 벌어지고 낡아간다. 움직이지 않는 바위는 제자리에서 조금씩 바스러지고 있다. 어느 날 회색 재로 풀썩 무너져내려 실체조차 없어질 때까지. 움직이지 않는 사랑도 언젠가 그처럼 소멸하리라는 희망만이 그동안 설을 버티게 했다.

그리고 이번 기회에 저희가 다시 화해를 할 수도 있잖아요. 촬영하면서 대화도 하고 오해도 풀면서요. 저희 부부가 방송에서 만난 사이니까 방송으로 다시 회복하면 그만큼 의미도 있을 거고.

설은 대답하지 않았다.

그런데 선생님, 만약에 말이에요.

우리가 떠난 해변에

선우가 말했다.

이혜정님은 촬영을 원하지 않으시면 어떻게 하죠?

역시 미리 준비해둔 답변인지 노정훈씨는 망설이지 않고 대답했다.

그러면 저 혼자도 할 수 있어요. 싱글 대디와 사춘기 아들이 좌충우돌 살아가는 얘기도 그림 괜찮을 겁니다. 그쪽이 더 감동적인 사랑일 수도 있어요.

설은 남자의 눈을 보았다. 퀭한 눈, 퀭해서 슬픈 눈이었다. 누구나 자신의 방식으로, 이 사람은 이 사람의 방식으로 풍화를 견디는 중이었다.

네, 알겠습니다.

선우는 커피를 입에 대지도 않고 그대로 남긴 채 일어섰다. 저희가 이혜정님 입장도 따로 들어보고 다시 연락드리겠습니다.

설과 선우는 밖으로 나왔다. 차 옆에 서서 선우는 손등으로 눈가를 훔쳤다. 날이 제법 서늘했으니 땀이라고 둘러대기엔 무리가 있었다. Y시는 멀찍이 험준한 산자락과 너른 바다로 둘러싸인 지형이었다. 그러나 지금 여기서는 사방을 둘러봐도 산자락과 바다는 보이지 않았다. 설은 깊고 큰 숨을 내쉬었다.

선배, 저 우는 거 아니에요.

선우가 두 손으로 얼굴을 가린 채 중얼거렸다.

저 지금 실망해서 이러는 거 아니에요. 그냥 다 제 문제예요. 저분들 문제가 아니라.

　설은 다시금 선우의 등을 도닥여줄까 하다가 그렇게 하지 않았다. 잠시 후에 선우는 감정을 수습하고 운전석에 올랐다.

　뭐라도 먹으러 갈까요. 차가운 거.

　설은 고개를 끄덕였다.

　선배 국수 좋아하시면 여기 진짜 맛있는 메밀국숫집 있거든요!

　좋아요.

　선우를 따라 느낌표를 붙여보려고 했지만 잘되지 않았다. 그들은 노정훈씨가 일러준 바다 방향으로는 가지 않았다. 의도적인 것은 아니었다. 메밀국수를 다 먹고 나서 설은 주영과 주영의 간병인과 그의 문자메시지에 대해 일시적으로 잊고 있었음을 알았다. 그 또한 의도는 아니었다.

*

　서울로 돌아온 뒤 회의를 한번 더 했다. 선우의 회사 건물 일층의 커피숍에서였다. 의외로 회사에서는 노정훈씨와 이혜정씨의 현재 서사에 관심을 보였다고 했다.

　팀장이 그러더라고요. 설마 아직도 잘살고 있을 줄 알았느냐고. 둘을 따로 촬영해서 반씩 붙이면 어떻겠냐고도 하고요. 남들이 영원히 사랑한다는 얘기가 재미있겠냐, 그 반대가 재미있겠냐고, 당연한 걸 왜 모르냐는데, 글쎄 전 잘 모르겠어요.

모르겠는 것은 설도 마찬가지였다. 며칠 뒤 설은 선우와 다시 커피숍에 마주앉았다. 선우가 기획이 무산되었다는 소식을 전했다. 이혜정씨 쪽에서 단호하게 거절했기 때문이다. 그녀는 진행중인 양육권 소송에 영향을 미칠 수 있는 어떤 방식의 촬영도 불가하며, 만일 자신과 가족의 실명 혹은 특정할 수 있는 정보가 미디어에 거론될 시에는 법적 조치를 취하겠다고 말했다.

우리가 사실 뭘 특별히 한 것도 없는데.

선우가 들릴락 말락 중얼거렸다. 무엇보다 설에게 미안하다고 반복해 사과했다. 어떤 표정을 지어야 할지 난감해서 설은 희미하게 웃었다. 헤어지기 전에 선우가 물어보고 싶은 게 하나 있다고 했다.

저 지금 굉장히 용기 내서 여쭤보는 건데요, 앞으로 제가 혹시 언니라고 부르면 불편하실까요?

집으로 돌아가는 길에 설은 주영이 입원해 있다는 병원에 들렀다. 주영의 간병인에게서 메시지를 받은 지 꼭 열흘이 지났다. 개인정보보호법이 엄격한 시대였다. 한주영이라는 이름의 환자가 아직도 입원중인지 아닌지, 죽었는지 살았는지 데스크에 문의했지만 알려주지 않았고, 그걸 알 수 있는 다른 방법은 없었다. 설은 주영의 간병인에게도, 그 누구에게도 연락하지 않았다.

대형병원의 지하층은 마치 복합 쇼핑몰의 아케이드처럼 꾸며져 있었다. 프랜차이즈 아이스크림 가게와 죽집, 꽃집, 편의점, 그리고 종교별 기도실들이 차례로 있였다. 필요한 사람은 기도실 중 아무 문이나 열고 들어가 눈을 감고 두 손을 모을 수 있을 것이다. 설은 기도 대신 아이스크림을 택했다. 체리쥬빌레 컵을 사들고 유리창 안쪽에 앉았다. 환자복을 입고 지나가는 여자들을 하나하나 유심히 보았다. 저중에 혹시 주영이 있을까. 저기 저 휠체어를 스스로 밀고 가는 여자가 주영일까. 주영이 그사이 머리가 저렇게 하얗게 세버린 걸까. 이루 표현할 수 없을 만큼 가슴이 저렸다. 어딘가 고여 있을 눈물이 밖으로 떨어지지 않았다. 좋은 징조였다.

---

* 이 소설의 제목은 오션 브엉의 시 「텔레마코스」(『총상 입은 밤하늘』, 안톤 허 옮김, 문학과지성사, 2022)의 한 대목에서 따왔다.

가속 궤도

시동을 걸었을 때 특별한 일은 아무것도 일어나지 않았다. 소진은 자동변속기의 레버를 P에서 D로 옮겼다. 오른발로 액셀러레이터를 살짝 밟자 차가 움직이기 시작했다. 지하주차장에서 지상으로 연결되는 경사로 양편에 평소처럼 차들이 빽빽이 주차되어 있었다. 사이드미러를 접고 주의를 기울여 지나야 했다. 지하주차장을 나와 뒷동 화단을 끼고 돌면 곧바로 단지 후문이었다. 후문을 통과해 양옆으로 근린상가 건물들이 늘어선 이면도로를 지나면 T자형 삼거리였다. 정면은 초등학교 운동장의 축대 담장이었고, 왼쪽과 오른쪽은 각각 왕복 사차선 도로로 이어져 있었다. 아파트 단지를 막 벗어난 순간, 휴대폰에 생각이 미쳤다. 아무래도 집에 두고 온 것 같았다. 길 한옆에 차를 세웠다. 브레이크를 밟은 채로 자동변속기를 N에 놓고 조수석에 던져둔 가방 안을 뒤졌다. 지갑, 휴대용 물티슈, 쓰다 벗어둔 일회용 마스크, 머리칼을 묶는 헝겊 밴드…… 아무리 뒤져도 휴대폰은 보이지 않았다. 소진은 급격한 불안 속에 빠져들었다.

차를 돌려야 했다. 변속기를 D로 옮기고 브레이크에서 발을 뗐다. 그때 소진의 오른발은 잠시 허공에 머물렀을 것이다. 아주 잠깐 동안이었다. 차가 앞으로 미끄러지고 있다는 느낌이 들었다. 급히 브레이크를 밟았다. 브레이크가 말을 듣지 않았다. 차는 거센 굉음과 함께 순식간에 앞으로 달려나갔다. 다시 온 힘을 다해 브레이크를 깊게 밟았다. 차는 멈추지 않고 계속 정면으로 돌진했다. 롤러코스터에 올라탄 것 같았다. 이 차가 지금 자신의 손으로 제어되고 있지 않다는 사실을 소진은 겨우 깨달았다. 이것이 꿈이 아니라는 것도.

*

매주 수요일과 금요일에는 밤 열시까지 과학고 준비반을 위한 원장 직강이 있었다. 소진이 수업을 끝내고 강의실 밖으로 나왔을 때 한 남학생이 따라 나왔다. 소진의 경험에 의하면 이 나이대 남학생들은 대략 세 부류로 나뉘었다. 무표정한 채 꼭 할말이 있을 때 외에는 입을 열지 않거나, 선생이고 누구고 가릴 것 없이 예의를 지키지 않고 까불거나, 용건을 말해야 할 때면 수줍고 부끄러운 기색을 감추지 못하거나. 이 아이는 세번째였다. 금요일에 일이 있어 결석하고 싶다는 말을 쑥스러워하며 꺼냈다. 소진은 어머님께서 직접 확인 전화를 해주셔야 된다고 말하고는 아이를 돌려보냈다. 뒷장실에 돌아와 휴대폰을 열어보니 내일 병원에 들렀다 늦게 등원한다는 다른 학생의 카톡도 와 있었다. 역시 부모님께서 직접 연락을 주시기 바란다는 내용의 답을 보냈다.

어쩌다 한 번씩인데 뭘 그렇게 빡빡하게 해요. 부원장인 윤성이 농담조로 말했다. 옛날에 땡땡이 안 쳤어요? 글쎄, 나는 그냥 원칙대로 하는 게 좋아요. 한 번씩 봐주기 시작하면 다들 봐달라고 할 텐데. 소진의 대답에 윤성이 어깨를 으쓱해 보였다. 윤성과 함께 학원 문을 잠그고 나왔다. 계단참에서 윤성이 오늘은 야식으로 족발 어떠냐고 물어왔다. 며칠 전에 소진의 아파트에서 배달시켜 먹은 메뉴였다. 글쎄, 오늘은 다른 게 먹고 싶은데. 소진은 급히 말을 돌렸다. 어떤 거요? 소진은 집에서 시켜 먹거나 포장해가서 먹기 어려운 음식 종류를 재빨리 생각해보았다. 숯불구이? 종류는 뭐라도 좋았다. 오늘은 윤성을 집에 데려가고 싶지 않았다. 요즈음 그가 자신의 아파트에 오는 횟수가 잦아졌다. 윤성은 소진보다 세 살 어렸다. 일로 만난 사이가 개인적으로 변하는 것을 경계해왔는데 뜻밖에 그렇게 되어버려서 마음이 복잡했다.

그들이 막 차에 올랐을 때 소진의 휴대폰에서 알림음이 울렸다. 블로그에 새로운 댓글이 달렸다는 알림이었다. 소진의 학원은 홈페이지 대신 블로그를 운영하고 있었다. 형식적이었다. 유용한 학습 정보, 입학 안내, 연락처 등 몇 가지 카테고리가 전부였고, 방문자도 거의 없었다. 광고가 아닌 댓글이 달리는 경우는 많지 않았다. 소진은 시동을 걸었다. 조수석에 앉은 윤성은 심야 영업을 하는 근처 숯불구이 식당을 검색하고 있었다. 소진은 블로그를 열어보았다. 댓글이 달린 곳은 원장 인사말 페이지였다. 재작년 개원 직후 올린 글이었다. 소진의 증명사진과 평범한 인사말이 전부였다. 지금까지 여기 댓글이 달린 적은 없었다.

'쓰레기 ㅋㅋ 왜 아직도 그러고 사냐.' 소진은 눈을 천천히 껌뻑거렸다. 멍한 상태로 그 문장을 복기해보았다. 쓰레기, 왜, 아직도, 그러고, 사냐. 한순간에 머릿속이 텅 비어버린 것 같았다. 윤성이 그녀 쪽으로 고개를 들이밀었다. 뭐 있어요? 화면을 넘겨다보고서 그가 말했다. 잉, 누가 장난친 거네. 지워요. 윤성은 너무도 대수롭지 않게 말했다. 애들 중 하나겠죠. 어떤 녀석이지? 오늘 누구 혼낸 놈 없어요? 급체한 듯 속이 갑갑하고 헛구역질이 올라왔다. 소진은 윤성을 그냥 집으로 돌려보냈다. 도로를 습관적으로 달리다 차가 신호에 걸렸을 때 소진은 블로그 앱을 다시 열었다. 댓글 1. 혹시 그사이 사라지지 않았을까 하는 것은 헛된 기대였다. 댓글 쓴 사람의 블로그로 넘어가보았다. 아무것도 없었다. 알파벳을 아무렇게나 조합해놓은 것 같은 아이디 뒤에 숫자 99가 붙어 있었다. 소진은 천천히 눈을 감았다 떴다.

*

  처음 운전면허를 취득하려고 시도했던 것은 스물세 살의 여름이었다. 소진은 가능하면 그 여름을 기억하지 않으려 애쓰면서 살아왔다. 면허 학원 접수창구에는 국방색 점퍼를 입은 중년 남자가 앉아 있었다. 신청서를 훑어보던 남자가 고개를 들었다. 아가씨가 트럭 모시게? 소진이 머뭇거린 이유는 남자의 말이 질문인지 아닌지 판단할 수 없어서였다. 2종이 쉽고 빠른데 그걸로 해요. 남자는 중요한 정보를 알려준다는 투였다. 여기 1종에다 가위표 하고 2종에 동그라미 쳐와요.
  반드시 1종 면허를 고집해야 하는 이유는 없었다. 처음 면허를 따겠다고 결심했을 때부터 그것이 합리적으로 보였을 뿐이다. 1종 보통면허를 소지하면 정원 열다섯 명 이하의 승합차와 십이 톤 미만의 화물차를 운전할 수 있고, 2종 보통면허를 소지하면 정원 열 명 이하의 승합차와 사 톤 이하의 화물차를 운전할 수 있었다. 그에 비해 1종과 2종을 취득하는 데 필요한 제반 비용에는 큰 차이가 없었다. 그렇다면 1종으로 하지 않을 이유가 없었다. 그것이 그때까지 그녀가 배워온 합리의 세계였다. 괜찮다는 말로 완곡한 거절 의사를 밝히자 남자는 한쪽 입꼬리를 조금 치켜올렸다. 내가 혹시 선의를 무시하고 상대를 불쾌하게 만든 게 아닐까, 소진은 걱정이 되었다.

운전 연습 시간은 이른아침으로 잡았다. 여름방학이 지나고 나면 4학년 2학기였다. 당시 소진은 임용고시를 준비하고 있었다. 전국 모든 지역의 중등 수학교사 임용 경쟁률은 십 대 일이 기본이었다. 마음이 조급했다. 운전학원이 끝나는 대로 학교도서관으로 가서 거의 종일을 보냈다. 담당 강사는 삼십 대 초중반으로 보였다. 별 특징 없는 인상이었는데 알고 보니 말수가 많은 사람이었다. 연습용 차량의 옆자리에 올라타서 내릴 때까지 주절주절 혼자 떠들어댔다. 그는 자신의 본업이 운전 강사가 아니라는 것을 강조했다. 중국에서 무슨 사업을 하다 잠시 돌아왔다고도 했고, 사업을 위해 중국에 가기 전 잠시 일하는 중이라고도 했다. 그때그때 말이 조금씩 달라졌지만 본인은 의식하지 못하는 것 같았다. 운전 연습은 재미있었다. 한 단계씩 배워가며 점층적으로 실력이 늘다 정점에 도달해가는 종류의 일이 그녀의 적성에 맞았다.

어느 날, T자 코스에 막 진입하려는 순간 강사가 그녀의 이름을 불렀다. 소진씨, 나 따라서 중국 안 갈래요? 범상한 말투였다. 소진은 방금 제안받은 것이 프러포즈인지 스카우트인지 혼란스러웠다. 어느 쪽이든 황당하기는 마찬가지였다. 차마 대답하지 못하고 운전대를 꽉 움켜쥐었다. 뭐해요? 핸들 틀어야죠. 조금 더 왼쪽, 왼쪽. 브레이크에서 발 떼고. 그렇지, 그렇지. T자를 무사히 빠져나온 후에 강사는 또다시 말을 이어갔다. 자기 공부 좋아한다면서. 내가 시켜줄게요. 중국에서 어학 공부해요. 중국어만 유창해도 앞으로 절대 안 굶어죽는다니까.

만약 항의를 한다면 어디에다 해야 하는지 가늠해보았다. 사무실에? 그 국방색 점퍼의 남자에게? 그러자 이것이 관리자에게 정식으로 따질 만한 일이 맞는지 자신이 없어졌다. 그 정도 말이 무슨 문제냐거나 네가 착각한 게 아니냐는 말을 들을 확률이 높다는 걸 익히 짐작할 수 있었다. 어쩌면 정말로 착각을 한 건지도 모른다는 생각도 들었다. 강사에게는 불순한 의도가 없었을지도 몰랐다. 평소처럼 그저 입에서 나오는 대로 아무 소리나 떠들어대다가 흘러나온 말일 수도 있었다. 강사는 여전히 아무렇지 않은 표정으로 옆자리에서 휘파람을 불고 있었다. 몇 계절 전에 유행하던 노래였다. 곡조는 익숙한데 제목이 기억나지 않았다. 자신의 귀와 머리 사이 어떤 복잡하고 예민한 부위가 순간적으로 고장을 일으켜 잘못 들은 건지도 몰랐다. 아니면 그가 중국에서 하려는 사업이 유학원 같은 것이라 자신에게 영업을 한 것일 수도 있었다.

아무리 생각을 돌려봐도 어깻죽지가 서늘한 느낌은 쉽게 사라지지 않았다. 민소매 티셔츠를 입고 있었다는 걸 소진은 그제야 깨달았다. 한여름이었다. 연습 차량도 학교도서관도 에어컨디셔너 성능이 형편없었다. 소진은 그 여름 내내 소매 없는 티셔츠를 자주 입었다. 왜 카디건이라도 걸치지 않았을까. 어려서부터 어머니로부터 부주의하다는 지적을 습관처럼 들어왔는데도. 그녀는 급격히 의기소침해졌다. 어깨를 옹송그리고, 두 손바닥으로 핸들을 꼭 감싸안았다. 오직 거기에만 의지할 수 있다는 듯이. 강습 시간이 빨리 지나가기를 기다렸다.

이제 소진은 두 갈래 길 앞에 놓인 것 같았다. 학원에 강사를 바꿔달라고 요청하거나 아무 일도 없었던 것처럼 행동하거나. 어느 쪽도 쉬워 보이지 않았다. 학교로 갔다. 기욱이 여느 때처럼 도서관 자리를 잡아두고 기다리고 있었다. 기욱은 체육교육과 99학번 복학생이었고 소진처럼 졸업을 앞두고 있었다. 그들은 몇 개월째 CC로 지내오고 있었다. 학교 근처에 사는 그는 늘 소진보다 먼저 도서관에 왔고, 둘이 나란히 앉을 열람실 좌석을 맡아두었다. 부탁한 적 없는데도 한사코 그렇게 했다. 그가 선호하는 곳은 삼층 제3열람실의 맨 안쪽 책상, 벽을 등지고 앉는 자리였다. 소진은 기욱의 성의가 고마웠지만 내심 부담스러웠다. 공부하는 동안 그가 자신의 손을 무릎 위에 올려놓고 한없이 만지작거리는 건 더 부담스러웠다. 친한 여자 동기들은 오층 열람실에 흩어져 있었다. 간혹 층계참에서 만나면 짧은 인사를 나누긴 했지만 곁에 늘 기욱이 붙어 있으니 편안히 수다를 떨게 되지는 않았다. 왠지 점점 친구들 볼 낯이 없었다. 그건 소진이 기욱을 좋아하는 것과는 다른 차원의 문제였다. 기욱에게 이 문제에 관해 상의해본 적은 없었다. 그는 소진과 따로 떨어져 앉는다는 가능성에 대해 상상조차 해보지 않은 것 같았다.

기욱이 소진의 안색이 어둡다고 걱정했다. 열람실에서 필담으로 대화를 나누었다. 왜 그래? 그냥 좀. 혹시 나 때문? 아냐, 왜 선배 때문. 그래도 그는 같은 말을 거듭 물었고, 아니라고 하는 말을 믿으려 들지 않았다. 그에게 끌리다시피 로비로 나갔다. 기욱은 자판기에서 커피 두 잔을 뽑은 다음 당연하다는 듯 그걸 양손에 나눠 들었다. 소진이 저 몫의 컵을 받아들려고 하자 뜨거워, 라고 소리쳤다. 위험해. 넌 조심성이 없잖아. 비슷한 상황에서 그는 늘 그렇게 말했다. 건물 밖으로 나와 벤치에 앉아서야 그는 소진의 손에 종이컵을 넘겨주었다. 가까스로 넘치지 않은 그 검은색 액체를 소진은 물끄러미 내려다보았다. 이 더운 날 우리는 왜 뜨거운 커피를 마시려는 걸까, 알 수 없었다. 그는 연인 사이에 숨기거나 감추는 게 있으면 거짓말하는 것과 마찬가지라는 논리를 폈다. 숨기고자 하는 것도 감추고자 하는 것도 없으며 거짓말을 할 의향 또한 전

가속 궤도

혀 없었으므로 소진은 아침의 일을 이야기했다. 기욱의 표정은 다소 무거워 보였다. 곧이어 그게 전부냐고 물었다.

대기가 건조하고 무더운 날이었다. 태양의 열기가 지표면을 달구고 있었다. 소진은 자신이 무엇을 놓쳤는지 생각해보았다. 기욱은 그녀에게 특별한 사람이었다. 분명히 그랬다. 그는, 네가 좋으면 나도 좋다고 입버릇처럼 말해서 본인의 취향이라곤 전혀 없는 사람으로 보일 정도였다. 그때까지 기욱은 소진으로 하여금 단둘만의 비밀 공동체에 속해 있다고 믿게 만든 최초의 애인이었다. 한 가지만 확인하고 싶다고 그가 말했다. 내 얘기는 안 한 거야? 그의 눈동자가 일렁이고 있었다. 소진은 당혹스러웠다. 급히 시선을 돌린 것은 본능적으로 그의 눈빛 속에 어린 감정들을 읽어서는 안 된다고 느꼈기 때문이었다. 왜 내 눈을 피하니, 라고 기욱이 중얼거렸다. 평소와 다른, 엄격한 말투였다. 소진은 갑자기 변한 기욱이 무서웠고 동시에 기욱이 자신에게 실망했을까봐 두려웠다. 그 두 가지는 멀리 떨어진 감정이 아니었다. 도서관 정문에서 학생회관까지는 긴 산책로가 조성되어 있었다. 길 양쪽으로 늘어선 플라타너스 나무에 이파리들이 무성했다. 소진은 할 수 있는 한 가장 먼 곳을 쳐다보았다. 너를 믿지만. 그는 말을 한 번 끊었다. 세상엔 보기보다 미친놈이 많아. 또 한번 말을 끊었다. 미친놈들이 길거리의 돌멩이를 괜히 막 발로 차는 줄 알아? 아니야. 찰 만하니까 그러는 거야. 만만하니까. 만만해 보이니까. 자기 발 다칠 거 같으면 절대로 안 건드리지. 생각해봐, 누가 널 그렇게 보는 거 너도 싫잖아?

그런데도 왜 자신의 존재를 밝히지 않았느냐는 것이 그의 확고부동한 의문이었다. 산책로 저 멀리로 천천히 걸어가는 한 사람의 뒷모습이 아스라했다. 타인의 세계는 더없이 평화로워 보였다. 계속 이유를 추궁하는 기욱을 향해 소진이 겨우 할 수 있었던 대답은, 그런 걸 물어보지도 않는데 어떻게 먼저 말하느냐는 것뿐이었다. 그는 커피 한 모금을 마시고서 천천히 아랫입술을 핥았다. 소진아, 변명하지 말고. 어느새 그는 윗니로 아랫입술을 깨물었다 뗐다 반복하고 있었다. 그 새끼의 착각을 네가 방치한 거잖아. 무의식적이든 그렇지 않든. 너도 나쁠 게 없으니까. 소진은 간신히 오해, 라는 단어를 생각해내 내뱉었다. 기욱은 준엄하게 놔까렸다. 오해라는 걸 입증할 수 있어? 소진의 입에서 자신도 모르게 탄식이 흘러나왔다. 그후로 오랫동안 그날의 장면이 떠오르려 할 적마다 소진은 마음속으로 도리질 쳤다. 기욱은 소진의 반응을 자신에 대한 무시라고 여기는 듯했고, 그것이 그의 의심과 화를 더욱 돋우는 듯했다. 소진은 큰일도 아닌데 선배는 왜 자꾸만 큰일로 만드느냐고 말했다. 그를 진정시킬 목적에서였다. 입 밖에 내고 보니, 자꾸 그렇게 믿으려고 노력하는 사람은 누구도 아닌 자신인 것 같았다. 출구 없는 미로에 갇힌 기분이었다. 하, 이게 큰일이 아니라고? 그렇게 생각하는 네가 정말 큰일이다. 기욱이 혀를 찼다. 그는 이어서 그렇다면 너의 순수를 증명하라고 요구했다. 순수, 라는 발음을 듣자 정신이 들었다. 왜 내가 증명을 하느냐고, 왜 피해 입은 나에게 이러느냐고, 어떤 경우라도 선배는 내 편을 들어야 하는 게 아니냐고 소진은 외쳤다. 목이 막혀서 소리가 잘 나오지 않았다.

그래서 지금 이렇게 널 지켜주려는 거잖아. 일단 같이 가자. 기욱이 소진의 손을 낚아채듯 잡았다. 한여름 오전 열한시의 해는 어이없이 강렬했다. 어느새 등과 겨드랑이에 축축이 땀이 뱄다. 하지만 기욱에게 잡힌 왼손과 팔뚝은 변온동물의 피부에 닿은 것처럼 소름이 돋았다. 호기롭게 학원 앞까지 갔으나 그는 안으로 한 발짝도 들어가지 않았다. 학원의 적갈색 벽돌담에 기대선 채 소진에게 다짐을 받았다. 나는 네가 앞으로 여기 안 왔으면 좋겠어. 다시는 그 새끼랑 단둘이 차에 있지 마. 그럴 수 있지? 아까보다 한결 차분해진 목소리였다. 그사이에 그는 다시 원래의 자신으로 거의 되돌아간 것처럼 보였다. 네가 너무 소중해서 그래.

완벽히 되돌릴 수 있는 게 세상에 있을 리 없었다. 다음날 아침, 소진은 운전학원에 가던 시간에 도서관으로 갔다. 기욱이 왔는지는 확인하지 않았다. 오층으로 가 친구들 사이에 앉왔다. 그로부터 몇 달 동안, 여러 일이 있었다. 기욱과 바로 헤어지지 못했다. 기욱이 그녀의 이별 통고를 받아들이지 못했기 때문이었다. 그는 소진이 시답잖은 이유로 토라졌다고 믿는 것 같았다. 그녀의 결심이 확고하다는 걸 알자 본격적으로 화를 냈다. 분노에 가까운 화였다. 네가 나한테 이럴 수는 없다, 이렇게 하면 안 된다는 말을 반복했다. 자신의 미래가 불확실하기 때문이냐며 엉뚱한 방향의 화살을 쏘기도 했다. 기욱이 소진의 집 앞 놀이터에서 다섯 시간 넘게 기다리고 있었던 날은 비가 많이 내렸다. 비에 쫄딱 젖은 채, 네가 없으면 차라리 죽는 게 낫다고 기욱이 엉엉 울던 밤, 하는 수 없이 소진은 마음이 조금 약해졌다.

*

개강을 하고 지지부진하게 관계가 이어지고 있을 때 그 일이 일어났다. 그날 기욱은 소진을 학교 앞 치킨집으로 이끌었다. 사이가 괜찮았을 때 몇 번 온 적 있는 곳이었다. 소진이 꺼리는 기색을 보이자 그는 오늘 한 끼도 먹지 못해 배가 고프다고, 정 그러면 앞에 앉아만 있어달라고 부탁했다. 기욱은 전보다 한결 더 다정하게 굴었다. 프라이드치킨은 눅눅했고 양념치킨에서는 군내가 났다. 예전엔 괜찮았는데 변했다고 그는 투덜거렸다. 어떻게 시간 지난다고 다 변하니. 소진아, 넌 그런 게 안 무섭니. 소진은 잠자코 있었다. 맥주를 한 모금 마시자 치킨맛이 조금이나마 낫게 느껴졌다. 그날 소진이 마신 맥주는 오백 시시 한 잔이었다. 평소 주량에 훨씬 못 미치는 양이었다. 어느 순간, 정신이 아슴아슴해졌다. 집에 가려고 일어서는데 하늘이 핑 돌았다. 무릎에 힘이 스르르 풀려 바닥에 그대로 주저앉았다. 기욱이 소진의 몸을 부축해 다시 의자에 앉혔다. 완전한 블랙아웃은 아니었다. 드문드문 몽롱한 기억의 파편들이 남아 있었다. 괜찮으냐고 연신 물어오던 기욱의 부자연스러운 표정, 기욱이 데려간 자취방의 짙은 먹색 매트리스 커버, 욕실의 자주색 타일과 흰색 타일 줄눈, 흰색 줄눈에 독버섯처럼 피어난 검푸른 곰팡이들, 바닥에 쪼그려앉은 채 손가락에 침을 묻혀 그것을 필사적으로 닦아내려 애쓰던, 무력하게 헛손질하던 자신의 모습. 그 기억들이 누군가 뒤집어 쏟아놓고 간 이천 피스짜리 지그소 퍼즐처럼 엉망으로 뒤섞인 채 박제되어 있었다. 현실 밖 무중력 공간에서 일어난 일인 것 같았다.

의심하지 않을 수 없었다. 한순간 정신을 놓게 하는 약물에 대해 들어본 적 있었다. 그게 아니고는 설명되지 않는 일이 너무 많았다. 그는 펄쩍 뛰었다. 기욱은 그들이 예전과 같은 밤을 보냈을 뿐이라고 주장했다. 그럴 리가 없잖아. 소진이 소리쳤다. 이럴 줄 알았어. 나중에 다른 소리 할 것 같아서 내가 끝까지 참으려고 했는데. 기욱의 말에 소진은 욕지기가 치밀었다. 고개를 좌우로 흔들면서 그녀는 목안의 것을 토해내고 싶다고 생각했다. 기욱이 소진의 눈을 빤히 바라봤다. 소진아, 네가 요새 스트레스가 많아서 그래. 꽉꽉 눌러서 참고 있다가 알코올이 들어가니까 긴장이 한꺼번에 확 풀린 거야. 기욱은 숱 많은 눈썹을 가졌고, 그 눈썹을 움직여 얼굴 표정을 풍부하게 만드는 법을 알고 있었다. 다 내 잘못이야, 소진아, 오빠가 앞으로 더 잘할게. 기욱이 그녀의 어깨를 껴안았다. 소진의 어깨도 마음도 플라스틱처럼 딱딱했다. 소진은 단호히 몸을 뺐다.

 소진과 연락이 되지 않자 그는 매일 강의실 앞에 찾아왔다. 사범대 일층 복도에서 수십여 명의 학생들이 보고 있는 가운데 그가 무릎을 꿇었을 때, 소진은 지금 기욱이 스스로를 비극적인 드라마의 주인공으로 착각하고 있다는 사실을 깨달았다. 애틋했다가 원망했다가 붙잡았다가 증오했다가, 소진을 향한 그의 감정 변화는 광폭하게 널뛰었다. 어떤 고전 비극의 히어로 역을 맡아도 손색없을, 훌륭한 배우였다. 그의 무대 위에서 소진은 혹시 자신은 상대역일 뿐이 아닐까 의심해야 했다. 상대역은 얼마든지 대체될 수 있었다. 비극의 여주인공은 죽어서야 퇴장할 자격을 얻는다. 오래지 않아 기욱은 소진에게 다른 남자가 생겼다고 확신하기에 이르렀다. 운전 강사와의 관계를 의심하기 시작하면서 그의 저주는 극에 달했다. 네가 임용될 수 있을 줄 알아? 내가 사진 다 뿌려버릴 거야. 너 같은 게 교단에서 애들 가르치는 걸 내가 가만히 보고 있을 것 같아? 따져보면 앞뒤가 맞지 않는 엄포였다.

경찰들은 대수롭지 않은 사건으로 취급했다. 왜 그래? 여기 이 학생이 이 아가씨를 너무 따라다녀서 그런대. 아이고, 좋으니까 그러겠지. 그들끼리의 대화는 소진이 듣든 말든 이어졌다. 경찰이 기욱에게 여자가 싫다고 하면 남자답게 포기하고 행복을 빌어줄 줄도 알아야 한다고 충고했다. 기욱은 고개를 숙이고 앉아, 네, 알겠습니다, 죄송합니다, 라고 대답했다. 비굴해 보일 만치 공손한 목소리였다. 다른 방법이 없었다. 소진은 휴학을 하고 전화번호를 바꾸었다. 그것이 그녀가 할 수 있는 가장 현실적인 선택이었다. 기차로 세 시간 걸리는 작은 도시에 이모 한 분이 살았다. 거기 머물면서 낮엔 시립도서관에서 공부를 하고, 저녁엔 동네 보습학원에서 초등학생을 가르쳤다. 기욱의 소식은 귀를 막고 있어도 간간이 전해져왔다. 소진의 가족이 사는 아파트 복도를 서성이다 이웃 주민의 신고로 경비원에게 붙잡혔다고 했다. 소진의 친구들에게 전화해 궤변을 늘어놓는다고도 했다. 친구 하나가 문자메시지로 물었다. 너 혼자 간 거 맞지? 기욱 선배가 자꾸 네가 누구랑 같이 있다고 얘기해서. 또다른 친구에게는, 전부 다 용서할 테니 제

발 돌아와달라는 전언을 남겼다고 했다. 용서라는 말을 듣자 발가락 사이에서 벌레가 스멀거리는 것 같았다. 일 년의 시간이 지난 후에야 소진은 서울로 올라왔다. 집이 다른 곳으로 이사를 했기에 가능한 일이었다. 복학 후에는 학점을 채우기 위해 최소한의 강의를 들을 때 외에는 학교 안에 오래 머물지 않았다. 학교에서는 화장실도 식당도 가지 않았다. 어딜 가든 주위를 꼼꼼히 둘러보고 움직이는 습관이 생겼다. 그날 이후 술은 한 방울도 입에 대지 않았다.

졸업 즈음에 이상한 문자메시지를 한 번 받았다. 나쁜 년. 발신번호는 0이었다. 이동통신사를 찾아가면 발신자 전화번호를 알 수 있다는 말을 들었지만 소진은 그러지 않았다. 당시 소진이 바란 것은 오직 한 가지, 완벽한 단절뿐이었다. 소진은 전화번호를 바꾸었다.

*

소진이 면허를 딴 것은 그로부터 오륙 년이 흐른 뒤였다. 당시 서른 즈음이던 그녀는 교육열 높기로 유명한 경기도 신도시의 입시학원에서 전임으로 일하고 있었다. 수업이 끝나면 이미 대중교통이 끊긴 시간이었다. 택시 말고는 집에 갈 수 있는 방법이 없었다. 매일같이 택시를 탔다. 택시에서 졸지 않기 위해 손등을 쥐어뜯거나 괜히 통화하는 척해야 했다. 직장 근처의 운전면허 학원에 등록했다. 등록할 때 여자 강사를 원한다고 말했지만, 강사 중에 여성은 하나도 없다는 대답이 돌아왔다. 수영과 운전은 잊어버리지 않는다는 속설이 맞았다. 한 번의 도전으로 1종 면허를 취득했다.

스스로 차를 운전하게 되면 이제까지와는 다른 세계가 열린다는 이야기를 그동안 종종 들어왔다. 가고 싶은 곳에 마음대로 갈 수 있다고 했다. 처음 차를 사고 나서 가장 좋았던 점은 그것과 비슷하면서도 약간 달랐다. 소진에게는 차가 방 같았다. 숨을 수 있는 방. 먹을 수 있는 방. 울 수 있는 방. 아무에게도 방해받지 않고, 누구와 나누지 않아도 되는 작은 공간이 생겼다는 게 좋았다. 강의 시간이 뜰 때는 차에 내려가 김밥이나 만두 같은 것을 먹었고, 속상한 일이 생겨도 차에 내려가 라디오를 틀고 좌석 등받이를 뒤로 젖힌 채 멍하니 누워 있었다. 눈물을 흘리는 대신 세게 코를 풀고 나면 조금쯤 감정이 차분해져서 그나마 견딜 만했다.

오너드라이버로 살아온 지난 시간 동안 소진은 비교적 모범적인 운전자였다고 자부했다. 음주운전을 한 적 없었고, 주차 위반과 속도위반 과태료를 각 두 번씩 발부받았을 뿐이었다. 얼마 전, 뒤차에 추돌당하기 전에는 사고 경험도 없었다. 시속

이십 킬로미터로 움직이던 러시아워의 강남대로에서 뒤따라오던 차가 그녀의 차를 들이받았다. 차에서 내린 운전자는 초로의 여성이었다. 뒤 범퍼의 파손 부분은 상대방의 대물보험으로 수리하기로 하고 헤어졌다. 주변 사람들은 처음부터 뒤통수를 부여잡고 차에서 내렸어야 한다고 말했다. 혹시 모르니 병원에 가서 엑스레이를 찍어보라는 이도 많았다. 소진은 그렇게 하지 않았다. 뒷목이 뻐근하거나 어깨뼈가 욱신거리거나 하는 증상이 없었기 때문이기도 했지만, 무엇보다 사고 당시 보았던 뒤차 운전자의 표정 때문이었다. 그날, 차로 뒤덮인 도로 한편에 서 있던 초로의 여성 운전자는 넋이 나간 얼굴을 하고 있었다. 사고 때문이 아니라는 걸 소진은 눈치챘다. 여자는 연신 중얼거렸다. 내가 정말 미쳤나봐요. 미안하다는 말을 계속했다. 미안해요. 내가 잠깐 딴생각을 했어요. 무슨 일이 좀 있어가지고. 정말 미안해요. 미안하다는 말을 그렇게 절박하게 하는 사람을 소진은 처음 보았다. 화장기 없는 여자의 얼굴은 깨질 듯이 창백했고 눈 밑은 거뭇거뭇했다. 브레이크를 밟으라는 뇌의 명령조차 잊게 만든, 처음 보는 여자의 '무슨 일'이 무엇인지 알 수 없었으나 소진은 어쩐지 비밀의 목격자가 된 것 같았다. 그리고 그것에 대해 자신도 곧 알게 될 것만 같은 느낌에 휩싸였다. 기이한 예감이었다.

*

풋브레이크도, 사이드브레이크도 전혀 말을 듣지 않았다. 차라리 시동을 끄려고 했다. 꺼지지 않았다. 소진은 할 수 있는 모든 시도를 다 했다. 이럴 때 사방이 깜깜해지고 아무것도 보이지 않는다는 말은 모두 거짓이었다. 낯익은 동네 상점 간판들이, 세탁소, 편의점, 채소가게 들이 창문 밖으로 빠르게 스쳐지나갔다. 정신이 너무도 맑고 또렷했다. 하늘이 얼굴 가까이로 훅훅 다가들었다. 곧 T자형 삼거리 교차로였다. 이대로라면 초등학교 담장을 뚫고 운동장으로 떨어질 것이다. 삼거리 직전에서 소진은 있는 힘껏 오른쪽으로 핸들을 꺾었다. 죽을힘을 다해 또다시 브레이크를 밟았다.

*

집 주차장에서 소진은 호흡을 가다듬고 블로그에 다시 접속했다. 소진에게는 관리자 권한이 있었다. 삭제 버튼을 누르기 전에 소진은 그것을 휴대폰으로 캡처해 저장했다. 그리고 지웠다. 그것은 사라졌다. 원래 없었던 것처럼. 학원 블로그 전체를 비공개로 바꾸었다.

현관문의 비밀번호를 누르면서 소진은 발밑이 꺼지는 기분을 느꼈다. 간절히 혼자 있고 싶은데, 혼자라는 것이 끔찍하게 무서웠다. 온 집안의 불을 다 켜고, 모든 창문에 롤스크린을 내렸다. 포털 사이트에 자신의 이름과 학원 이름을 함께 입력했다. 몇 해 전 근처 학원 원장 연합회에서 함께했던 봉사활동에 대한 지역신문 기사가 두 개 떴다. 독거노인 가정에 연탄 배달을 하고 찍은 기념사진 한구석에 그녀의 얼굴도 남아 있었다. 한 뉴스에는 댓글이 없었고, 다른 뉴스에는 '댓글 1'이라는 표시가 있었다. 2017년 11월의 기사에 댓글이 달린 것은 2018년 4월의 일이었다. 'ㅋㅋㅋ'. 그게 다였다. 알파벳을 아무렇게나 조합한 아이디라는 게 블로그 댓글 작성자와의 공통점이었다. 그 순간 소진에게는 그것이 어마어마한 동일점으로 느껴졌다. 명확한 근거 따위는 중요하지 않았다.

  학원의 인스타그램 계정에 생각이 미쳤다. 얼마 전 회의 때 강사들과 특목고 집중 대비반을 홍보할 방법에 대해 얘기하다가 즉흥적으로 만들어둔 것이었다. 팔로어는 그 자리에 있던 강사들 몇과 어떻게 알고 찾아온 학생들 몇이 다였다. 게시글은 #수학스타그램 #수학과학학원추천 #고등내신 #특목고입시 #수학완성 등의 해시태그가 달린 광고 하나뿐이었다. 그 밑에 댓글이 달려 있었다. '토 나와. 쓰레기, 왜 사니?' 작성 시간은 불과 십이 분 전이었다. 아까 소진이 엘리베이터에서 문 닫힘 버튼을 누르던 시간이었다. 엘리베이터가 십사층으로 오르던 시간이었는지도 몰랐다. 이것은 은밀하고 음험한 신호라고 소진은 생각했다. 느닷없어 보이지만 느닷없이 나타난 게 아니라는 확신마저 들었다. 대체 언제부터 지켜보고 있었던 걸까. 어디서 보고 있는 걸까. 지금까지 그 사실을 까맣게 잊은 척 살아왔다. 최소한의 대책도 세우지 않은 채 무방비로 생활해왔다. 소진은 울 수도 없었다.

흐리고 고요한 밤이었다. 가느다란 틈 하나 없이 꼭 닫힌 롤스크린이 밖으로부터의 기척을 막아주고 있었다. 바깥은 허공이었다. 불투명한 창 앞에 망연히 선 채 소진은 그 인스타그램의 댓글도 삭제했다. 명명할 수 없는 감정의 소용돌이가 밀어닥쳤다. 그날 밤의 치킨집으로부터 십오 년이 지났다. 충분한 시간인 줄만 알았다. 그동안 매일 조금씩 더 멀리로 도망치기 위해 살아온 것 같았다. 그런데도 아직 여기, 제자리를 맴돌고 있었다. 그때와 똑같이 소진은 맨바닥에 주저앉았다. 마룻바닥의 냉기가 서늘했다.

그날 이후 소진은 휴대폰을 내내 손에 들고 지냈다. 상상할 수 있는 가장 나쁜 일이 일어날 가능성에 대한 생각에 사로잡혔다. 미래를 알 수 없으므로 그 가능성은 더욱 두렵게 존재감을 과시했다. 이제 와 나타난 데에는 어떤 목적이 있을 터였다. 저주처럼 그가 내뱉었던, 사진을 뿌리겠다는 말이 기억났다. 자신의 원칙을 깨고 수업시간에도 휴대폰을 가지고 들어갔다. 아이들에게 문제를 풀게 하고 그사이에 인터넷 여기저기를 곰곰이 들여다보았다. 틈만 나면 SNS에 학원 이름과 자신의 이름을 번갈아 검색해보았다. 같은 이름의 학원이 서울에만 열 군데는 되는 것 같았다. 심소진이라는 이름을 가진 사람 중에 동화작가와 파티셰가 있다는 것을 알게 되었다. 동명이인 중에는 소진이 졸업한 대학에 다니는 학생도 있었다. 후배의 SNS는 셀카 사진들로 가득했다. 말갛게 웃는 얼굴이었다. 그녀가 이틀에 한 번꼴로, 대개 오전 아홉시 무렵에 셀카를 업로드한다는 사실도 알게 되었다. 젊은 소진은 아이스크림집에서, 엘리베이터 안에서, 학교도서관이 바라보이는 그 벤치에 앉아서 자신의 얼굴을 찍었다. 그녀의 일상을 넘겨다 볼 때면 소진은 왠지 자꾸만 애잔해지고 마음이 아렸다. 두려워하는 것이 무엇인지 그녀 자신도 정확히 알지 못했다. 간절히 지키고 싶은 것이 무엇인지에 대해서는 어렴풋이 알았다. 댓글러가 나타나기 전까지의 담담하고 고독한 삶. 그녀가 겨우 마련해놓은, 아무 일도 일어나지 않는 하루하루였다.

*

 최선의 방어는 공격이라고 말한 사람은 누구였을까. 소진은 얕은잠에서 깨어났다. 침대에 누워 바라보는 방은 이른아침의 희붐한 빛으로 차 있었다. 소진은 머리맡을 더듬어 태블릿PC

를 찾았다. 체육교육과 99학번 황기욱을 찾기 위해 쓸 수 있는 방법은 많지 않았다. 간접적으로 연결되어 있던 사람들과는 오래전에 연락이 끊겼다. 구글링으로는 칠십팔 세의 기업인과 촉망받는 극작가 황기욱이 나왔다. 그의 흔적은 보이지 않았다. 대충 기억나는 대로 그의 친구들 이름을 하나씩 페이스북 검색창에 적어넣었다. 드문 성을 가진 후배 하나가 떴다. 공개되어 있는 마지막 게시물은 오 년 전 여름에 올린 것이었다. 이미 오래전이었다. '민식이 형 개업식 뒤풀이'라는 설명과 함께 사진 아래 여러 이름이 나열되어 있었다. 그중에 기욱이 형이라는 이름도 보였다. 소진은 사진을 확대해보았다. 삼겹살집의 좌식 탁자에 비슷비슷하게 생긴 남자들 여남은 명이 마주앉아 있었다. 누구랄 것도 없이 확연한 중년들이었다. 실눈을 뜨고 찾아봐도 그중에 누가 기욱인지 얼른 구분할 수가 없었다. 제일 끝자리에, 흰 피케 티셔츠를 입고 머리칼을 짧게 치켜 깎은 통통한 남자의 옆얼굴이 있었다. 소진은 눈을 똑바로 뜨고, 그 얼굴을 뚫어져라 바라보았다.

  그 게시물에 반갑다고 댓글을 단 몇 사람의 페이스북을 다시 뒤졌다. 그중 하나가 친구 리스트를 공개로 해두었다. 목록을 훑었다. GU JAMES HWANG이라는 계정이 있었다. 계정의 프로필 사진이 태극 마크였다. 그가 맞는지 특정할 만한 다른 사진은 없었다. 태권도장 이름만 한 줄 적혀 있었다. 검색

결과 C시에 있는 도장임을 알 수 있었다. C시는 기욱의 고향과 꽤 가까운 곳이었다. 도장의 주소는 구시가지 아파트 단지의 상가건물 지하 일층이었다. 위성사진으로 확인하니 일층에 미장원과 정육점이 있는 단층 상가였다. 소진의 학원처럼 네이버 블로그를 홈페이지 대신 사용하고 있었다. 블로그 대문에 '대표 사범 황기욱'이라고 명기되어 있었다. 카테고리는 태권도장 소개, 교육철학, 수련 내용, 지도진, 사진첩 등으로 나뉘었다. 사진첩에는 수련생들의 수업 사진과 영상들이 여럿 올라와 있었다. 초등학생들이 대부분이었다. 지도진 게시판에 그의 사진이 있었다. 도복을 입고 무릎을 꿇고 앉아 찍은 흑백톤의 사진이었다. 두 손을 허공을 향해 모으고 눈마저 감고 있어 흡사 기도하는 자세처럼 보이기도 했다. 믿기지 않지만 그사이 종교에 귀의했는지도 모를 일이었다. '수련 목표는 어린이들을 몸과 마음이 건강하고 당당한 이 시대의 귀감으로 키우는 것입니다. 부모님들이 염려하지 않으시도록 안전한 등·하원까지 무한 책임지겠습니다.' 유사업계 종사자로서 소진은, 그가 나름대로 열심히 살아가고 있다고 짐작했다.

　로그인을 해야 글을 남길 수 있었다. 소진도 네이버에 새 아이디를 하나 만들었다. 자판 위에서 손가락이 움직이는 대로 아무렇게나 알파벳을 조합했다. 그래도 누구인지 모르지 않을 거라고 소진은 확신했다. 안부 게시판을 틀릭했다. 안부는 확인했으니 이제 돌려줘야 할 말이 있었다. 오래 잠가놓았던 말이었다. 소진은 또박또박 그것을 썼다. 오전의 빛이 이마 위로 휘어져 쏟아졌다. 잠시 눈을 붙이고 나면 출근할 시간이 될 것이다.

*

　벽을 들이받기 직전에 차가 멈추었다. 소진은 얼른 시동을 꺼야겠다는 생각밖에 들지 않았다. 시동을 끄는 손목이 덜덜 떨렸다. 핸들에 머리를 박고 한동안 일어서지 못한 것은 믿어지지 않아서였다. 소진은 믿을 수가 없었다. 조금 전의 그 굉음과 어마어마한 돌진을. 완전히 고장나버린 줄 알았던 브레이크의 급제동을. 자신이 지금 살아 있다는 사실을.
　누군가 차창을 똑똑 두드렸다. 주황색 조끼 차림의 환경미화원이었다. 소진은 차문을 열었다. 괜찮아요? 그가 물었다. 보셨, 어요? 소진은 간신히 되물었다. 그가 고개를 연달아 끄덕였다. 놀란 기색이 전해졌다. 아니 나는 차가 미쳤나 했어요. 대체 왜 그랬어요? 제가 그런 게, 아닌데, 제가, 그런 게, 아니라, 브레이크를, 계속, 밟았는데도, 차가 혼자서, 그냥. 한 문장이 여러 호흡으로 토막 나 나왔다. 소진은 비로소 긴 숨을 내쉬었다. 아, 급발진인가 그거였나보네. 미화원이 중얼거렸다. 그게 있기는 진짜 있나보네요. 근데 안 다쳤어요? 다친 데는 아무데도 없는 것 같았다. 눈에 보이는 곳은 그랬다. 다치게 한 사람도 없으니 진짜 천행이네요. 기화원이 감탄했다.

소진은 밖으로 내려섰다. 땅이 평평하다는 사실이 새삼스러웠다. 두 발로 바닥을 딛고 있다는 감각이 생소했다. 소진의 차는 벽 바로 앞에 멈춰 서 있었다. 여기에, 있었다. 무슨 일이 있었냐는 듯 환경미화원은 곧 작업을 재개했다. 보도블록 바닥에 흩어져 있던 간밤의 낙엽들이 빗자루에 쓸려 쓰레받기 속으로 들어가는 모습을 소진은 처음 보는 듯 바라보았다. 정적이 세계를 넓고 둥그렇게 뒤덮었다.

*

소진의 휴대폰은 조수석 시트에 있었다. 가방에 깔려 보이지 않았나보았다. 휴대폰은 깨끗했다. 부재중전화도, 메시지도, 카톡도, 어떤 댓글 알림도 없었다. 보험회사에서 불러준 견인차가 왔다. 견인차 운전사는 견인의 이유에 대해 궁금해하지 않았다. 담당자가 따로 전화를 할 거라고만 했다. 소진은 택시를 타고 학원으로 갔다. 윤성만 출근해 있었다. 그는 소진에게 전할 놀라운 소식이 있다고 했다. 걔 누군지 알았어요. 누구요? 며칠 전에 학원 블로그에 악플 쓴 애 말이에요. 소진은 그가 하는 말을 잠자코 들었다. 걔였어요, 과고 입시반의 현수. 누구요? 아니 원장님, 현수 몰라요? 그 K중 1등. 키 작고 만날 얼굴 빨개지는 애 있잖아요. 분명히 듣고 있는데 윤성의 음성이 귓속에 감겨들어오지 않았다. 다니는 학교의 젊은 여자 교사들 SNS에도 반복해서 악플을 달다가 잡혔다고 했다. K중 애들한테 톡이 왔는데 학교 뒤집히고 아주 난리였대요. 내용을 들어보니 그 교사들에게 쓴 악플과 학원 블로그에 남긴 악플이 거의 같더라고 했다. 금요일에 쉬겠다고 말하던, 수줍음 많은 소년의 얼굴이 떠올랐다. 요즘 애들은 아무튼 겉만 봐서는 몰라요. 윤성이 고개를 저으며 복사기 앞으로 갔다.

  소진의 휴대폰이 울렸다. 보험회사의 담당자였다. 소진은 깊게 숨을 들이마시고, 결코 의도하지 않았던 그 놀라운 가속도와 그것이 남긴 흔적에 대하여 차근차근 설명하기 시작했다.

이모에 관하여

재연이 지금껏 이모라고 불렸던 사람은 모두 네 명이었다.
　재연의 어머니에게는 세 명의 자매가 있었다. 큰이모는 1980년대 중반 가족과 함께 로스앤젤레스로 이민을 떠났다. 어릴 때부터 부지런하고 수완이 좋았다는 그녀는 잡화점의 점원으로 일하다 그것을 인수했다. 큰이모는 오륙 년에 한 번씩 한국을 방문했는데 그때마다 친척들에게 나눠줄 선물을 큰 트렁크에 가득 담아왔다. 아웃렛에서 대량 구매한 티셔츠, 영양크림과 립스틱, 비타민제와 샴푸, 후추, 인스턴트커피와 코코아파우더 같은 것들이었다. 2000년대에도 선물 목록은 변하지 않았다. 그 선물들은 더이상 한국에서 구하기 힘들거나 희귀한 품목이 아니었다. 큰이모의 고국 방문은 십여 년 전에 끊졌다. 뇌경색으로 쓰러진 뒤 혼자 힘으로는 일어서지 못하고 장거리 비행기도 탈 수 없게 되었기 때문이다.

둘째 이모는 직업군인과 결혼하여 전국을 돌아다니며 살았다. 군인 사회에서는 남편의 계급이 곧 아내들 사이의 서열이라는 이야기를 어머니는 종종 듣고 와 전했다. 사단장 집에서 김장을 한번 하면, 채썰기만 하는 사모부터 배추만 절이는 사모, 버무리기만 하는 사모까지 다 따로 있다더라. 네 이모는 작년까진 무만 깎다가 이번에 처음으로 버무릴 자격을 얻었다고 하더라. 그런 이야기들을 재연은 한 귀로 듣고 한 귀로 흘렸다. 아내의 조력 덕분인지 승승장구하던 둘째 이모부는 군납 비리 사건의 끄트머리에 연루되어 군복을 벗었다. 어머니의 전언에 의하면, 구속되지 않고 그 정도로 덮인 것이 천행이라고 했다. 평소에 네 이모가 덕을 잘 쌓아놓아서 그렇지. 그후 이모와 이모부는 지리산 자락에 양봉원을 열었다. 어머니의 집에 이따금 꿀을 보내오는데 투박한 플라스틱 꿀단지에는 터무니없이 촌스러운 서체로 '진짜 지리산 산꿀'이라고 쓰인 인쇄 스티커가 붙어 있었다. 재연은 제품 디자이너로서 포장만 좀 바꿔도 매출이 한결 나아질 거라는 의견을 어머니에게 전달했지만, 그럼 네가 좀 만들어줘보든가, 라는 답을 들은 후더는 언급하지 않았다.

막내 이모는 미술작가였다. 한지를 채색하고 잘라내어 붙이는 작업을 주로 하는데 대외적으로 그다지 유명하지는 않았다. 결혼을 한 적이 없으며 친구가 거의 없고 말수도 굉장히 적었다. 생계를 위해 학원 강사를 하기도 했지만 십 년 전부터는 그마저도 그만두고 오직 혼자서 작업해오고 있었다. 집안을 통틀어 미술을 전공한 사람은 막내 이모와 재연, 단둘뿐이었다. 재연이 미대에 가겠다고 했을 때 부모가 극심하게 반대한 이유는 전적으로 막내 이모 때문이었다. 재연이 막내 이모를 마지막으로 본 것은 자신의 결혼식 원판 사진 속에서였다. 친척과 함께 찍은 단체사진 속에 막내 이모도 있었다. 맨 앞줄, 제일 바깥쪽에 서 있었는데 치렁치렁한 한복을 차려입은 아주머니들 틈에서 다갈색 니트 모자와 연회색 통바지 차림에 화장기 없이 피로한 낯빛의 이모는 단연 눈에 띄었다. 도서관이나 시장, 유원지, 동네 병원, 그 밖에 어떤 장소에서도 수긍될 만한 복장이었다. 그러니 조카 결혼식장에서도 어울리지 않는다고는 할 수 없을 것이다. 재연은 막내 이모를 이해할 수 있을 것도 같았다.

그리고, 또 한 명의 이모가 있었다.

*

몸이 이상하다고 느낀 건 일 년의 육아휴직을 마치고 복직한 지 막 세 달째가 되었을 무렵이었다. 재연은 제품 패키지 디자인 회사에 다녔다. 주로 화장품과 뷰티 업계의 일감을 맡았다. 출산휴가와 유급 육아휴직을 마치고 복직하자마자 재연은 새로 만들어진 장기 프로젝트팀의 실무팀장이 되었다. 선임자인 안선배가 때맞춰 육휴로 자리를 비우게 되었기에 가능한 일이었다. 쌍둥이 아이를 두고도 거의 매일 야근을 할 정도로 일에 매진하던 안선배에게 육휴는 어울리지 않는 단어였다. 아이들을 봐주던 시어머니가 갑자기 암 진단을 받은데다 아이들이 초등학교에 입학하게 되는 바람에 더는 버틸 수 없었다는 얘기를 전해들었다.

새 팀에서는 내년에 출시될 화장품 브랜드의 디자인 전반을 함께 준비해가야 했다. 브랜드 콘셉트와 어울리는 제품의 이미지를 만드는 작업은 굉장히 중요한 일이었다. 디자이너 출신인 대표이사가 중간 결과물들을 일일이 챙겼다. 재연은 대표의 지시와 결재를 다이렉트로 받을 일이 많아졌다. 회사와 마찬가지로 그녀에게도 좋은 기회임은 분명해 보였다. 회사생활은 정신없이 바빴고 그만큼 재연은 자주 날카로워졌다.

그날따라 외근을 나간 직원들이 많아 상대적으로 조용한 오후였다. 재연은 모처럼 한숨을 돌리며 탁상달력을 보았다. 택배를 잊고 있었다는 게 갑자기 떠올랐다. 일요일에 주문한 기저귀 묶음이 수요일인데도 아직 배송되지 않고 있었다. 실시간 배송 시스템을 조회해보았다. 오십 개들이 기저귀 다섯 팩이 들어 있는 그 박스는 어제와 마찬가지로 경기도 하남시의 물류센터에 묶여 있었다. 택배 지연이나 분실 사고는 종종 일어났다. 기저귀가 오늘 도착하지 않으면 낭패였다. 재연은 자신이 간절히 기다리는 것이 기저귀가 아니라 기적인 것처럼 느껴졌고, 밑도 끝도 없이 억울함이 차올랐다. 찬에게 카톡을 보냈다. 혹시 마트에 들러 기저귀 한 팩만 사올 수 있는지를 물었다.

안 돼. 야근이야.

그의 대답은 간단명료했다.

다 떨어졌는데 큰일이네.

워워 릴랙스.

찬이 이렇게 나오면 재연은 대꾸할 말을 잊었다.

네가 퇴근 때 사면 되잖아.

재연은 눈을 부릅떴다. 그녀는 퇴근하고 집에 도착하기까지의 시간을 분 단위로 맞춰두고 있었다. 출산휴가와 육아휴직이 끝나고 복직할 때 은서를 어린이집에 보냈다. 어린이집과 하원 도우미 체제를 병행하는 것 말고 다른 방법은 고려할 여지가 없었다. 친정은 서울에서 차로 세 시간 거리였고 부모는 편의점을 운영하고 있었다. 특별한 일이 없는 한 어머니는 거의 매일 아침 여덟시부터 오후 네시까지 계산대를 지켰다. 찬의 본가는 집에서 멀지 않았지만 시어머니는 찬의 누나의 유치원생 아들을 도맡아 키우고 있었다. 시중은행에 다니는 찬의 누나는 아이를 낳자마자 친정 옆 동으로 이사를 했다. 찬은 늘 자신의 어머니를 안쓰러워했다. 누나는 자랄 때부터 이기적이었다는 것이 찬의 주장이었다.

내가 닭봉조림을 좋아했거든. 그런데 집에 늦게 들어오게 되면 엄마가 몇 개 따로 남겨놓잖아. 걔는 그걸 꼭 찾아서 먹었어. 별로 좋아하지도 않았으면서.

왜 자기는 누나한테 꼭 걔라고 해?

찬은 다섯 살짜리 아이처럼 혀를 쏙 내밀었다.

재연이 출근길에 은서를 어린이집에 맡기면 하원 도우미가 오후 네시에 찾아왔다. 재연은 도우미가 첫날 집안을 휘둘러보며, 집이 아담해서 애 하나 키우기에는 괜찮겠다고 말하던 순간을 기억했다. 그때 재연과 찬은 누가 먼저랄 것도 없이, 네 그렇죠, 라고 대답했다. 도우미가 은서에게 순한 편이라고 평가했을 때도 마찬가지였다. 그들은 동시에 감사합니다, 라고 했다. 돌이켜보면 도우미가 자신들을 마음에 들어하지 않을까봐 걱정했던 것 같다고, 재연은 생각했다. 회사의 공식 퇴근시간은 여섯시 삼십분이었고, 회사에서 집까지는 도어 투 도어로 약 사십 분이 걸렸다. 도우미의 퇴근시간은 일곱시였다. 여덟시까지만 더 있어줄 수 없겠느냐는 재연의 부탁을 도우미는 단칼에 거절했다. 아들 밥을 차려줘야 한다고 했다.

우리 애가 저녁 먹고 바로 학원엘 가야 하거든요.

도우미의 아들은 스물일곱 살이었다. 도우미는 미안한 듯 살짝 덧붙였다.

걔가 찬밥을 잘 안 먹어서.

재연은 곧바로 납득하고 포기했다. 자신이 일일이 이해할 필요 없이 그저 받아들여야 하는 일은 너무도 많았다. 일곱시까지 집 현관문을 열어젖히기 위해 그녀는 이십 분 빨리 출근하고 이십 분 빨리 퇴근하기로 회사와 협의했다. 용기가 필요한 일이었다. 찬은 잘했다고, 자기 권리는 그렇게 악착같이 찾아야 하는 법이라고 재연의 어깨를 두드렸다. 찬의 귀가 시간은 늦은 편이었다. 그는 경기도 서부의 연구소까지 편도 삼십 킬로미터의 거리를 운전해서 다녔다. 러시아워에는 도로가 너무 막힌다면서 회사 식당에서 저녁을 먹고 출발하곤 했다.

미안. 멀다고 회사를 그만둘 수는 없잖아.

그럴 수는 없었으므로 재연은 종종걸음쳤다. 어떤 행인보다 빠른 속도로 걸었고 때론 뛰었다. 지하철이 조금이라도 늦게 온다 싶으면 기다리는 동안 역 밖으로 뛰어올라가 택시를 잡아타고 싶어질 만큼. 그러다 차라리 선로 위를 달려서라도 가고 싶어질 만큼 초조했다.

찬에게서 톡이 하나 더 왔다.

자기야, 걱정 마. 그깟 기저귀 좀 없다고 세상이 무너지진 않아.

어쩔 수 없이 재연은 마음이 상했다. 답장을 보내는 대신 카톡 창을 닫고 새벽 배송 앱을 열었다. 새벽 세시 도착이라고 표시된 팬티형 기저귀 제품을 연달아 클릭했다.

무언가 잘못되었다는 생각이 든 것은 그때였다.

탁상달력을 뚫어져라 바라보았다. 이번달에, M이 없었다. 지난달에는 분명히 첫번째 목요일에 M이 표시되어 있었다. 생리가 시작된 날짜에 빨간색 볼펜으로 조그맣게 M이라는 글자를 써두는 것은 오랜 습관이었다. 지지난달 달력에도 역시 비슷한 날짜에 M이 있었다. 그것이 출산 후 첫 생리였다. 수유중에 생리가 끊긴다는 말도, 수유를 그만두면 다시 하게 된다는 말도 겪어보니 다 사실이었다. 재연은 손바닥으로 연거푸 마른세수를 했다. 그럴 리는 없을 것이다. 결단코 그럴 리가 없어야 했다. 퇴근길, 재연은 역 앞 약국에 들렀다.

열차 안은 혼잡했다. 겨우 손잡이 하나를 잡고 선 재연은 자신이 종일 입다 빨래통에 던져버린 셔츠 같다고 생각했다. 집안은 조용했다. 마루에서 케이블 채널을 보던 도우미가 재연에게 쉿, 하는 손짓을 했다.

피곤했는지 오자마자 졸더니 기어이 자네.

은서는 안방 침대에서 홑이불을 덮은 채 엎드려 잠들어 있었다. 이마에 땀이 송골송골 맺혀 있었다. 도우미는 신발을 신으며 덧붙였다.

그래도 자기 전에 사과랑 고구마 좀 먹었어요.

아직 저녁밥도 먹이지 않았고 목욕도 시키지 않았다는 뜻이었다. 그것들이 다 재연에게 남겨진 업무라는 의미이기도 했다. 초저녁에 잠든 아이는 리듬이 깨진 채 일어나 늦은 밤까지 초롱초롱할 것이다.

은서는 도우미가 가자마자 깨어났다. 돌이 지나면서 재연은 이유식을 끝내고 유아식을 먹였다. 평소라면 닭고기를 잘게 썰어 볶거나 두부라도 구울 텐데 그날은 엄두가 나지 않았다. 감잣국에 진밥을 말아 간단히 상을 차렸다. 푹 익은 감자를 숟가락 등으로 꾹 눌러 입가에 가져다대도 은서는 입을 벌리지 않았다. 아이의 입술에서 비어져나온 밥풀이 식탁 위로 떨어졌다. 재연은 무심결에 그것을 집어 자신의 입에 넣으려다 맥없이 내려놓았다. 은서에게 태블릿 PC를 틀어주고서야 화장실로 들어갈 수 있었다.

결과는 천천히 표시되었다. 두 줄이었다. 문밖에서 아이의 깔깔거리는 웃음소리가 들려왔다. 재연은 세면대의 물을 틀었다. 쏟아지는 찬물 속에 두 손을 집어넣은 채 한동안 가만히 있었다. 어떤 감각도 전해져오지 않았다. 지난달 부부관계는 한 번뿐이었다. 아이가 태어나고 나서 자연스럽게 그렇게 되었다. 큰방에서 같이 자는 은서는 잠이 많지 않은데다 잠귀가 밝은 아이였다. 아홉시경에 잠들어 자정에서 새벽 한시 사이쯤 꼭 한 번씩 깨어났다. 분유병에 담은 따뜻한 우유를 먹이고 한참을 다독여주어야 다시 잠들었다. 그 시간은 짧으면 십오 분, 길면 삼십 분가량이었는데 재연에게는 영겁의 시간처럼 느껴지곤 했다. 오늘도, 내일도, 모레도, 일 년 뒤에도, 몇 년이 흐를 동안에도 매일매일 영원히 이 한밤의 의식이 반복될 것 같아 두려웠다.

그 틈에, 또하나의 아기라니. 다시 갓난아기라니. 둘을 키우는 건 한 번도 가본 적 없는 길이었다.

*

포털 사이트에 '여의사'를 넣어 회사 근처의 산부인과를 검색했다. 걸어가기엔 먼 거리였다. 다음날 팀 점심 때 팀원들에게 감기 증상이 있어서 내과에 좀 다녀오겠다고 둘러댔다.

어머, 아가한테 옮으셨나보다. 요즘 소아과마다 감기 환자 엄청 많다던데요.

정은이 큰 소리로 말했다. 정은은 재연보다 세 살 어리고 결혼 계획이 없는 사람이었다. 일머리가 있고 감각이 좋았다. 자신이 일을 잘한다는 것을 분명하게 인지하고 있는 타입이었다. 밖으로 나오자 하늘에 희끄무레한 구름이 흘러갔다. 진료실에는 육십 살은 족히 넘어 보이는 여자 의사가 무감한 표정으로 앉아 있었다. 피검사를 한 뒤 초음파를 보자고 했다.

뭐가 보이기는 보이는 것도 같네요, 희미하게.

희미하게, 라는 수식에 재연은 기대를 접 뻔했다. 그 순간 의사가 쐐기를 박았다.

다음주에 오면 확실하게 보일 거예요.

두 시간 뒤, 산부인과의 전화번호로 문자메시지가 도착했다.

─이재연님, 피검사 결과 양성입니다.

축하한다는 문장은 없었다. 회사에는 말하지 않을 수 없을 때까지 말하지 않아야 할 것이다. 복직한 지 얼마나 되었다고 휴직을 하겠다는 소리를 다시 입 밖에 내야 한다는 게 믿기지 않았다. 자신이 모르는 일들, 자신만 모르는 일들은 사방에 얼마나 많은가. 슬며시 발톱을 감추고 있다가 결정적인 순간을 노려 호되게 뒷덜미를 할퀴는 그런 일들은.

아이가 잠든 밤, 재연은 찬과 사 인용 식탁에 마주앉았다. 찬은 놀라는 표정을 감추지 못했다. '와우, 어메이징'이라고 중얼거렸는데, 멀지도 가깝지도 않은 친구의 일이라면 재연도 그렇게 반응했을지 몰랐다.

어떡해?

재연의 말에 찬은 뭘 어떡하느냐고 되물었다.

하긴.

재연은 힘없이 대꾸했다. 원목 식탁은 행주질이 깨끗이 되어 있지 않아 번들거렸다. 재연과 찬은 앞으로 어떻게 해야 할지를 놓고 일종의 브레인스토밍 회의를 열었다.

회사에다 뭐라 하지?

말해야지.

아, 어떡해, 진짜.

재연의 혼잣말에 찬은 권리를 찾아야 한다는 주장을 폈다.

당연한 걸 미안해하지 마. 그거 나쁜 버릇이다.

찬은 오해하고 있었다. 재연은 미안해하고 있는 게 아니었다. 그녀는 중얼거렸다.

여기 오래 다니고 싶었는데.

오래 다니면 되지.

뭐?

애들 잘 키우고 금방 복직하면 돼.

금방 복직을 한다고?

그럼. 은서 크는 것 봐. 시간 금세 가잖아.

재연은 시선을 내리깔았다.

내가 중간에 빠지면 안 되는데.

찬이 픽 웃었다.

야, 회사 하루이틀 다니냐. 사람 비면 또 비는 대로 다 돌아가게 되어 있어. 그게 조직이야.

예정대로라면 아이는 내년 초여름께 태어날 것이다. 재연은 그때의 일을 생각해보았다. 안선배는 돌아올 것이고, 자신은 사라질 것이다. 새 브랜드의 론칭은 내년 10월로 잠정 결정되어 있었다. 자신이 떠난 자리는 안선배가 메꿀 것이다. 아니면 정은이 이어받을지도 몰랐다. 하나하나 차곡차곡 쌓아놓은 포트폴리오는 어떻게 될까. 자신의 이름이 어느 구석에 남기는 할까. 찬이 제 손바닥을 재연의 손등에 포갰다.

괜찮아. 잘될 거야.

재연은 의아해졌다. 혹시 그는 나를 위로하고 싶은 걸까. 그런 걸까. 그럴 수 있다고 믿는 걸까. 그런 위치에 자기가 있다고? 찬의 체온은 불쾌할 만큼 미지근했다. 재연은 슬그머니 손을 뺐다. 자신의 오른손으로 묵묵히 왼 손가락의 관절을 매만지다가 입을 열었다.

있잖아. 나는 애가 둘이라는 생각은 해본 적이 없어.

나도 그래. 하지만 어쩌겠어?

찬은 입가의 근육을 씰룩거렸다.

그리고 생각해본 적 없다 어쩌고 그런 소리 이제 하지 마.

뱃속의 애가 다 들어.

찬이 일어서더니 냉장고 앞으로 갔다. 냉장고 문을 열어 맥주 캔을 꺼냈다. 순간, 묵은 김치 냄새 같은 것이 역하게 풍겨왔다. 반사적으로 구역질이 솟구쳤다. 재연은 황급히 입을 틀어막으면서 이 상황이 너무도 전형적인 클리셰 같다고 생각했다.

이제야 좀, 사람으로 돌아가고 있었는데.

앞에 앉은 찬의 존재를 잊어버린 것처럼 재연은 뇌까렸다. 찬이 맥주를 쭉 들이켰다.

나중에 열심히 운동하면 돼. 다 빠져.

이 사람이 도대체 무슨 말을 하는 것인가. 멍한 상태에서 재연은 찬의 말을 되새김질했고 곧 무언가를 깨달았지만 아무 말도 할 수 없었다. 찬이 식탁 한쪽에 놓인 과자 한 봉지를 뜯더니 봉지째 입안에 털어 넣었다. 딸기를 급속 동결건조해 만든 스낵이었다. 아이를 낳기 전에는 지구상에 저런 제품이 존재하는지도 몰랐다. 재연은 단호하게 소리쳤다.

먹지 마. 은서 거야.

찬이 당혹스럽다는 듯이 입안의 과자를 우적 깨물었다.

재연은 또 소리쳤다.

그리고 아직 귀 없어. 아무것도 안 생겼다고!

찬의 눈이 튀어나올 듯 커다래졌다.

아무것도 모르면서, 아무렇게나, 아무 말이나, 함부로 하지 말라고!

재연은 멈추지 않았다. 가슴속의 단단하고 울울한 덩어리는 풀어지지 않았다.

임신 사실을 알리자 회사 사람들은 약속이라도 한 것처럼 잠깐의 간격을 둔 뒤에, 축하한다고 말했다. 애국자라는 표현을 사용한 사람도 둘이나 되었다.

임신한 지 칠 개월째가 되었을 때 대표가 재연을 따로 불렀다. 그는 캐모마일 티를 잔에 따라주며 불편한 데는 없는지를 찬찬히 물었다. 고등학생인 자신의 아들들 이야기도 한참 했다. 두 살 차이지만 연년생에 가깝다고, 키울 때는 정신없었는데 지나고 보니 낳기를 참 잘했다 싶다고도 했다. 고비가 많았음에도 자신의 아내가 일을 끝까지 그만두지 않았다는 말을 가장 하고 싶은 것 같았다. 그의 배우자는 미술대학의 교수로 재직중이었다. 장모가 상주하며 아이들을 다 키워줬다는 것을 그는 평소에 공공연히 얘기했었다. 지금 무슨 의도로 이런 이야기를 꺼내는지는 짐작이 갔다. 대표는 재연이 어떤 선택을 하든 믿고 지지하고 기다릴 거라고 말했다. 기다린다는 대목에서 재연은 저도 모르게 어깨를 움찔했다.

이건 정말로 그냥 개인적으로 아쉬워서 하는 얘긴데, 이 프로젝트는 이팀장이 씨 뿌리고 물 주면서 지금껏 잘 가꿔오고 있잖아요. 그런데 막상 꽃 피고 열매 맺을 때 이팀장이 없으면 서운할 것 같기는 해요.

재연은 찻잔을 만지작대기만 했다. 그는 믿고 맡길 만한 후배를 찾기가 점점 더 쉽지 않다고 부연했다. 직원이 아니라 후배라는 단어를 사용한 것은 다분히 의도적인 것일 터였다. 대표의 이야기가 모두 진심이기만 한 것은 아니겠지만 진심이 아니라고 단정할 수도 없었다. 재연은 감사하다고, 신중히 생각을 정리해 말씀드리겠다고 대답한 다음 방을 나왔다.

출산휴가 전에 입주 시터를 구할 것이며, 출산휴가가 끝나는 삼 개월 후에 아기를 맡기고 바로 출근하겠다는 결심을 밝히자 찬은 난색을 표했다. 불편하다는 것이 그의 첫마디였다. 코딱지만한 집에서 어떻게 생판 모르는 남과 같이 살겠느냐고 했다. 일 년간일 뿐이라는 재연의 설득에도 그는 흔쾌히 동의하지 않았다. 재연의 어머니가 올라와 아이들을 돌봐주는 건 정말 불가능하냐고 재차 물었다. 지방의 처가에 아이를 맡기고 주말마다 내려간다는 회사 동료를 예로 들기도 했다.

어쩔 수 없잖아. 포기할 건 포기하고 받아들일 건 받아들여야지.

그건 재연이 스스로에게 하는 다짐이기도 했다.

출산휴가 전에 입주 시터를 구해두고 얼마간 아이와 적응 기간을 거친다, 출산을 한다, 산후조리원에 있는 동안 입주 시터가 은서를 돌본다. 산후조리원을 나와 출산휴가 기간 동안 입주 시터 체제를 완벽하게 세팅한다. 석 달 후 출근을 한다. 프로젝트를 제대로 마무리한다.

그것이 재연이 세운 계획이었다. 머릿속으로 시뮬레이션을 여러 번 돌려보았다. 그렇게, 어떻게든 일 년만 버티면 둘째가 지금의 은서 월령이 될 것이다. 둘째를 어린이집에 보내는 대로 다시 하원 도우미 체제로 바꾸면 되었다. 아무리 머리를 짜내도 그보다 합리적인 타개책은 없는 듯했다.

재연은 먼저 베이비시터 구인 구직 사이트에 가입했다. 월 정액을 내면 시터의 프로필을 볼 수 있고 직접 시터를 구인할 수도 있었다. 구인 게시판에서 '아이 하나, 칠 세, 육십 평대 아파트, 이모님 화장실 및 개인 공간 따로 드립니다'라는 글을 보았다. 개인 공간이라는 단어가 눈길을 잡았다. 재연의 집은 이십오 평이었다. 방이 셋, 화장실이 하나였다. 방은 다 고만고만한 크기였지만 큰방에서 부부와 은서가 함께 잤다. 중간 방에는 원래 책상과 책장을 두었으나 이젠 옷장과 서랍장으로 꽉 차 있었다. 작은방은 아이의 옷과 잡동사니들이 뒤죽박죽 쌓여 있어 창고나 마찬가지였다. 이따금 의부와의 차단이 필요할 때 재연은 작은방에 들어가 문을 꼭 닫곤 했다. 엉덩이를 붙일 공간은 아주 좁았지만 방문에 등을 기대앉으면 그나마 아늑함을 느낄 수 있었다. 그곳을 개인 공간이라고 해도 될지 자신이 없었다. 입주 시터가 오면 그 방을 비워주어야 할 것이다. 아니면 중간 방을 내주어야 할지도 몰랐다.

'청결한 분, 음주와 흡연 안 하는 분, 건강하고 성실한 분 모십니다.'

재연은 마우스를 움직여 같은 글에 적혀 있는 그 문장을 복사했다. 글쓰기 버튼을 누르고 새 창에 붙여 넣으면서 저 글쓴이도 어디선가 가져온 문장이리라 추측했다. 사람들이 원하는 바는 다 비슷비슷할 테니까. 모니터를 물끄러미 바라보다가 '성실한 분'과 '모십니다' 사이에 '아이를 진심으로 사랑해주실 분'이라는 문장을 넣었다. 한참 있다가 '진심으로'를 지웠다. 물을 한잔 마시고 와서 방금 전 추가한 부분을 다 지웠다. 대신 '따뜻한 분'이라고 써 넣었다. 그러자 조금 나아진 것 같았다. 글도, 마음도. 휴대폰 번호를 적어넣고 게시 버튼을 눌렀다.

사이트에 글을 올린 지 하루가 지나도록 어디서도 연락이 오지 않았다. 그러던 이틀째 날, 밤 열한시가 넘은 시간에 모르는 번호로 전화가 왔다. 소파에 누워 잠들어 있던 재연은 휴대폰 진동에 놀라서 깼다. 조용조용하고 말투가 느린 중년여성이었다.

혹시 사람 구하셨나요?

아직이요.

잘됐어요. 그러면 제가 할게요.

여자는 다짜고짜 말했다. 재연은 눈을 비비면서, 지금은 늦었으니 날이 밝으면 다시 연락해달라고 말했다.

제가 다시 전화하기 어려워가지고.

재연이 전화를 끊으려 하자 여자는 긴박하게 어디로 가면 되느냐고 물었다.

네? 무슨 말씀이신지.

제가 오늘밤에 잘 곳이 없어가지고. 오늘부터 시작할게요. 제가 원래는 가족이 있었는데, 나만 놓고 다들 멀리 갔어요.

네?

하늘나라로 갔어요.

지금 이게 꿈속의 일인지 현실인지 분간할 수 없었다. 재연은 전화를 끊어버렸다. 아예 전원을 껐다. 그러고는 큰방으로 가 침대에서 자고 있는 남편을 깨웠다.

아, 나 내일 일찍 일어나야 된다고.

남편은 짜증을 내면서 이불을 머리끝까지 덮어썼다. 재연은 게시글에서 휴대폰 번호를 급히 삭제했다.

다음날, 댓글이 달렸다. '연락주세용. 믿고 돕는 장소장.'

업체인가보았다. 차라리 업체가 낫겠다는 생각에 재연은 전화를 걸었다. 목소리가 걸걸하고 말투가 빠른 남자였다. 남자는 자신을 대방동에서 인력 소개소를 운영하는 장소장이라고 소개했다. 그는 곧장, 그 댁에 오겠다는 사람 별로 없죠? 라고 물었다. 재연이 가진 조건, 즉 아이 둘에 그중 하나가 신생아인 집은 시터 구인 시장에서 악조건에 속한다고 했다. 그래서 자기 같은 베테랑의 도움이 필요하다는 거였다.

한국 이모를 고집하시는 건 아닐 거 아니에요?

재연은 멈칫했다. 조선족이라고들 부르는 중국 동포 베이비시터에 대한 여러 풍문을 들은 적이 있었다. 이때껏 그녀에게 그런 도시 괴담 같은 이야기는 일부러 신경쓰지 않아도 어딘가에서 무심하게 날아왔다 무심하게 날아가버리는 먼지 같은 것이었다. 이제는 좀 달랐다.

어떤 차이가 있을까요?

재연은 조심스레 물었다. 남자의 대답은 거리낌이 없었다.

국적이 다르죠. 그리고 결정적으로는……

남자가 말을 이었다.

월급 차이죠.

현실에서 한국인 입주 시터와 조선족 입주 시터의 월 급여 차이는 수십만원이라고 설명했다. 남자가 이모라는 호칭을 써가며 말하는 한국 이모와 중국 이모의 평균 임금액을 재연은 메모지에 받아 적었다. 엄청났다. 아이 둘을 돌보는 한국인 입주 시터의 월 급여는 재연의 그것과 별로 차이 나지 않았다.

그런데 그 댁은 한국 이모 구하기가 쉽지 않을 거예요. 현실적으로 못 구하지요.

소장은 단언했다.

요즘 한국 이모들은 더 편한 집 골라 갈 수 있으니까. 중국 이모 중에서도 F4 비자 가진 이모는 굳이 힘든 자리에 갈 이유가 없고.

F4 비자가 무엇인지 잘 알지도 못하면서 재연은 어쩐지 풀이 죽었다.

맞벌이죠?

네.

큰애는 유치원 종일반이고?

네. 종일반, 앞으로 할 거예요. 할 수 있어요.

엄마 아빠는 집에서 밥 안 드시고?

재연은 점점 지푸라기라도 잡는 심정이 되었다.

저희 잘 안 먹어요. 저희는, 신경 안 쓰셔도 돼요.

아예 안 먹어야지. 그렇게 들쑥날쑥하면 이모들 더 힘들어해요. 자, 정리해보자. 큰애는 종일반 갔다 와서 퇴근 후에 엄마가 맡으면 되겠고, 이모는 작은애 전담으로다가, 이렇게 가능하죠?

작은애 전담은 아니지만······

재연은 말끝을 흐렸다.

어쨌든 작은애 중심으로 봐주시면 돼요.

좋은 분이 하나 떠오르기는 하는데, 어떻게 한번 만나보시겠어요?

장소장은 그쪽의 의사도 물어본 후 면접을 잡겠다고 했다. 영락없이 맞선 주선자 같았다. 장소장은 성사가 되면 약간의 수고비는 생각해주셔야 한다고 강조했다. 일단 입금을 하면 한 달 안에 총 두 회의 에이에스가 가능하다고 했다.

에이에스요?

살아보시고 맘에 안 들면 다른 이모로 바꿔드린다고요.

사람을 바꿔드린다는 말을 재연은 한동안 생각했다.

점심시간, 회사 근처 스타벅스로 약속이 잡혔다. 지하철역 바로 앞이라 누구든 쉽게 찾아올 수 있는 건물이었다. 며칠 전부터 온 세상이 북경발 미세먼지로 뒤덮여 있었다. 재연은 회사 건물을 나서기 전에 마스크를 썼다. 겨우 오십 미터 남짓을 보통 속도로 걸었을 뿐인데 목덜미에 땀이 흐르고 숨이 찼다. 첫 임신 때보다 확실히 몸이 무겁고 둔했다. 예정일은 이제 한 달도 채 남아 있지 않았다. 이 주일 뒤부터는 출산휴가였다. 마음이 급하지 않다면 거짓말이었다. 재연은 어깨를 옹송그리며 카페로 들어섰다. 약속 시간이 십 분이나 지나도록 면접자는 나타나지 않았다. 장소장에게서 받은 문자메시지를 다시 확인했다.

―김남이, 육십 세, 흑룡강성, 유치원 교사 출신.

혹시나 싶어 밖으로 나가보았다. 유리문 앞에 마스크를 쓰지 않은 한 여자가 엉거주춤 서 있었다. 여자와 눈이 마주치기 전까지의 짧은 시간 동안 재연은 저 사람이 김남이 이모가 아니기를 강하게 바랐고, 동시에 그런 생각을 하는 자신에게 깜짝 놀랐다. 여자가 재연을 향해 주춤주춤 다가왔다. 여자는 보통 키인 재연보다 한참 작았다. 재연은 고개를 끄덕이지 않을 수 없었다. 김남이 이모가 맞았다. 그녀는 안심했다는 듯 활짝 웃었다. 얼굴에 주름이 가득 번졌다.

아아, 난 여기가 아닌가 하고. 못 만나는 줄 알았슴다.

왜 안 들어오시고 여기 계셨어요?

여기가 거기가 맞는가 해서.

1번 출구 앞 스타벅스라고 소장님께 제가 말씀드렸는데.

그게, 바깥에 하나도 적혀 있지가 않아서.

정확히 무슨 뜻인지 알 수 없었다. 더군다나 김남이 이모는 자꾸 뒷말을 얼버무렸다. 그들은 카페 안으로 들어갔다. 재연이 음료를 권하자 그녀는 한사코 사양했다. 아무것도 마시지 않겠다고 했다.

이런 데서는 물 한 잔도 다 돈 아닙까.

이모에 관하여

재연은 감귤주스 한 병과 초콜릿케이크 한 조각을 샀다. 포크 두 개를 받아 케이크 접시에 걸쳐놓았다. 김남이 이모가 황황히 쟁반을 받아들었다. 이 인용 원형 테이블에 마주앉고 보니 그녀는 더 늙수그레해 보였다. 육십 세라면 삼 년 전에 환갑을 지낸 재연의 어머니보다 세 살 적고 찬의 어머니보다는 일곱 살이나 적은 나이였다. 두 어머니가 객관적으로 특별히 젊어 보이는 편도 아니었다. 김남이 이모가 그들보다 한참 위의 연배로 보이는 이유는 작고 야윈 체구와 구부정하게 굽은 등허리, 염색을 하지 않은 희끄무레하고 부스스한 머리칼 탓인 것 같았다. 재연은 그녀의 체력으로 갓난아기를 키울 수 있을지 걱정스러웠다.

신생아를 돌보신 적은 있으세요?

내가 남매를 낳아 키웠고, 또 우리 조카들을 낳자마자 데려다 기른 거나 진배없슴다.

어떤 반응을 보여야 할지 알 수 없는 답이었다. 그녀가 물었다.

산달이 언젬까?

다음달이라는 재연의 대답을 듣자 가만히 고개를 끄덕였다. 투르르르, 갑자기 세찬 태동이 느껴졌다. 재연은 배 위에 손을 올리고 숨을 골랐다.

괜찮슴까?

그녀가 주스를 재연 쪽으로 밀어주었다.

산달 앞두고 이리 일 다니면 고된데.

걱정이 담긴 말투였다. 가식 같지는 않았다.

한국엔 언제 오셨어요?

한 삼사 년 됐슴다.

오셔서 바로 아이 보는 일을 하신 거예요?

아이, 그건 아니고, 다른 일도 하고, 아를 보기는 했슴다.

그전에는 어떤 아이를 키우셨느냐고 물었을 때 김남이 이모의 눈가가 별안간 촉촉해졌다.

사내아이가 혼자였단 말임다. 엄마 아버지가 노상 바빠서 내가 데리고 잠도 자고 목간도 다 시키고 그저 다 키웠는데.

그러곤 가방에서 주섬주섬 뭔가를 꺼냈다. 허술한 행색과는 달리 그녀의 휴대폰은 출시된 지 얼마 안 된 새 모델이었다. 태권도복을 입은 일곱 살가량의 소년이 발차기 동작을 하는 사진이 배경 화면이었다.

우리 영준임다. 안즉도 이모 보고 싶다고 언제 오느냐고 전화를 하는데……

그녀는 손등으로 눈가를 훔쳤다. 혹시 눈물을 흘리는 걸까. 재연은 난감해졌고 곧 이것이 시터로서의 장점인지 아니면 결격사유인지 혼란스러워졌다. 맞선에서 옛 애인의 사진을 보여주며 눈물을 닦는 상대를 만난다면 뒤도 안 돌아보고 일어섰을 것이다. 그러나 이것은 더 복잡한 문제였다. 맡아 키우던

이모에 관하여 281

아이와 그만큼 깊은 정을 나눈 이모라면 다른 아이들에게도 그럴 수 있을 것이다. 무사히 정을 붙인다면 말이다. 말이 끊길 때마다 테이블에 어색한 침묵이 감돌았다. 몇 가지를 두서없이 더 묻고 대답을 들었으나 간혹 말끝을 뭉개는 습관을 가졌다는 것 외에 김남이 이모에 대한 다른 중요한 정보는 알아내지 못했다. 무뚝뚝하다고 할 수는 없으나 싹싹하다고 할 수도 없는 사람. 대부분의 사람들처럼 김남이 이모도 그런 사람인 것 같았다.

그들은 스타벅스 문 앞에서 헤어졌다. 밖으로 나서기 전에 재연은 주머니에서 마스크를 찾아 착용했다. 김남이 이모는 마스크를 하고 오지 않았다고 했다.

이쯤은 일없슴다.

그녀는 얻어놓은 방이 있다고 했다. 지하철 9호선으로 갈아타야 한다고 했다. 헤어질 때 그녀는 재연에게 지나치게 깊은 각도로 고개를 숙였다. 재연도 황급히 맞받아 인사했다. 그녀의 야윈 체구가 지하철역 안으로 사라지는 것을 보고서 재연은 몸을 돌렸다. 길은 여전히 미세먼지로 뒤덮여 있었다. 매캐한 냄새가 마스크를 뚫고 콧속으로 흘러들어왔다. 검은 마스크로 거의 얼굴 전체를 가린 남자가 스타벅스로 들어가는 모습을 보다가, 재연은 간판이 영어로 되어 있음을 깨달았다. 김남이 이모가 매장을 못 찾았던 이유도. 사무실에 들어가는 길에 장소장에게서 전화가 왔다.

잘 만나셨습니까?

그는 상대에게 숨 고를 시간을 주지 않았다.

우리 젊은 사모님이 아주 좋으신 분인가봐요. 이 이모가 그 댁에 꼭 가고 싶다고 해요. 사모님이 다정하고 친절하고 또 인격이 굉장히 훌륭하시더라고.

이런 과도한 칭찬은 처음 받아보았다. 재연은 발바닥이 근질거렸다.

그분도 좋으신 분 같은데, 저는, 사실, 잘 모르겠어요.

모르는 게 당연하죠. 어떻게 처음부터 줄 압니까. 다 서로 맞춰가며, 도와가며 사는 거지.

그는 노련한 중매쟁이였다.

그 이모 놓치면 저도 장담 못해요. 요즘 이모들이 신생아에 큰애까지 있는 집은 엔간해선 안 가려고 해요. 사모님 곧 애 낳으러 가신다면서요. 얼른 구하셔야지. 힘들 때 누가 돕겠어요?

재연은 김남이 이모의 얼굴을 떠올려보려 했다. 방금 헤어졌는데도 이목구비가 잘 기억나지 않았다. 누가 돕겠느냐는 장소장의 음성이 귓전을 울렸다. 전화를 끊고 얼마 안 돼 문자 메시지가 왔다.

—사모님 재가 마음에 안드시나요? 한변 기회를 주시면 재가 사랑으로 잘 돌볼깨요. 잘 돌볼 수 있슴미다.

재연은 한숨을 쉬며, 흙물이 펼쳐진 듯한 하늘을 바라보았다.

김남이 이모는 토요일 오후에 오기로 했다. 재연과 찬은 오전 내내 그녀에게 내줄 중간 방을 정리했다. 찬은 어쩔 수 없이 돕기는 하지만 달갑지 않은 기색을 감추지 않았다. 쿠팡에서 주문한 고객 평이 가장 많은 중저가 이불 세트도 제때 도착해 있었다. 스탠드형 선풍기도 하나 새로 샀고, 한 단짜리 서랍장도 비워두었다. 늘 어지럽던 방을 말끔히 치우니 제법 쓸 만해 보였다.

원래 내 방인데.

찬이 쩝 입맛을 다셨다. 재연은 찬을 흘낏 바라보았다. 은서가 태어나지 않았을 때도 그들은 그곳을 그저 서재나 공부방이라고 불렀을 뿐, 누구 한 사람의 방이라고 정한 적은 없었다. 방바닥 한편에 개놓은 이불 위에 은서가 머리를 대고 누웠다.

김남이 이모는 생각보다 큰 짐을 들고 왔다. 그녀가 가지고 온 패브릭 재질의 검은색 트렁크를 본 순간, 오래 잊고 있었던 미국 큰이모가 떠올랐다. 그 가방에서 끝도 없이 나오던 선물들. 신기하고 달콤하고 기어코 자질구레해진. 큰 짐 옆에서 그녀의 몸은 더 작아 보였다. 그녀는 신발을 벗기 전에 다소 머뭇거렸다. 조금쯤 긴장한 것도 같았는데, 처음 방문한 집에 살러 온 사람이라면 누구라도 그럴 것이었다. 그녀가 조심스레

마룻바닥에 한 발을 디뎠다. 맨발이었다. 오래전에 칠한 듯 엄지발톱에만 빨간색 에나멜이 흐리게 초승달 모양으로 남아 있었다. 재연은 급히 시선을 거두었다. 은서를 안아다 그녀 앞에 내려놓았다. 안 그래도 굽은 등을 더 낮게 굽히고서 그녀는 은서의 뺨을 쓰다듬었다. 은서는 방글거리지 않았지만 울거나 숨지도 않았다. 약간은 들뜬 표정이었다.

제가 호칭을 어떻게 불러드리면 될까요?

그저 이모라고 부르시면 됩다.

네, 이모님.

아이, 그저 이모라고 부르시면 되는데.

이모는 욕실을 오래 사용했다. 어딘가를 씻기라도 하는지 줄곧 콸콸 물 쏟아지는 소리가 들려왔다. 그동안 은서는 재연에게 칭얼대며 매달렸다. 데리고 앉아 어르는데 허리가 무지근히 아파왔다. 아까부터 재연은 내내 맨발에 대해서만 생각하고 있었다. 바깥 기온은 섭씨 이십 도를 넘었다. 맨발에 샌들로 활보해도 무방한 날씨였다. 그녀가 첫날 일터에 맨발로 온 것은 사소한 부주의에 지나지 않았다. 그 한 면을 가지고 사람 전체를 재단할 수는 없었다. 그런데도 재연은 자꾸자꾸 맨발에 대해 생각했다. 그러는 자신이 스스로도 난처하고 낯설었다. 이모가 들어갔다 나온 욕실에는 사용 흔적이 그대로 남아 있었다. 세면대 주변에 물기가 튀어 있고 바닥에는 희고

구불거리는 머리칼 몇 올이 떨어져 있었다. 재연은 변기 쪽을 보았다. 마지막으로 사용한 사람은 찬이었는지 변기 커버가 들려 있었다. 변기 둘레에 노르스름한 얼룩이 남았다. 재연은 휴지에 물을 묻혀 그것을 닦았다.

이모가 저녁식사를 준비했다. 재연의 친정에서 보내온, 냉장고 안의 큼직한 반찬통들을 이모는 식탁 위에 그대로 꺼내놓았다. 재연은 큰 원형 접시 하나를 가져다 반찬을 조금씩 덜었다. 우엉조림, 멸치볶음, 콩자반, 부추김치 같은 것들을. 식탁 위에 밥은 두 공기뿐이었다.

사장님하고 사모님 어서 편히 드십시오.

이모는 은서에게 밥을 먹이고 나중에 먹겠다고 했다. 그게 편하다고 했다. 재연과 찬은 마주앉아 숟가락을 들었다. 둘이서 이렇게 단출히 밥을 먹는 건 은서가 태어난 뒤로 없던 일이었다. 오붓하다는 느낌은 전혀 들지 않았다. 이모는 식탁에서 몇 미터 떨어진 마루에 양반다리로 앉아 가제 수건을 개는 중이었다. 여전히 맨발이었다.

식사 때마다 매번 이래야 한다고 생각하니 진땀이 났다. 말없이 음식을 씹던 찬이 불쑥 말했다.

이모님, 저 사장님 아니에요.

비아냥거리는 어투도, 농담하는 어투도 아니었다. 재연이 찬을 흘겨보았지만 그는 개의치 않았다. 이모는 죄송하다고 말했다.

　죄송하실 일은 아니고 정확하게 아셔야 할 것 같아서요.
　이모님, 괜찮아요.
　찬과 재연은 거의 동시에 말했다. 말들이 공중에서 부딪쳤다. 그녀가 끓인 뭇국은 재연의 입에는 간이 많이 짰다. 밥을 먹은 후 재연은 새로운 접시를 꺼내 우엉조림, 멸치볶음, 콩자반, 부추김치를 덜었다. 국과 밥을 푸고 새 수저를 찾아 식탁 위에 단정하게 놓았다. 이모가 식사를 하는 동안 재연은 쿠팡 로켓배송으로 여름용 덧신 열 개를 주문했다.

　일요일에는 날이 모처럼 맑았다. 찬은 자전거용 슈트 차림으로 일찍감치 집을 나섰다. 닫힌 방문을 턱짓으로 가리키며, 불편하기도 하고, 라고 속삭이는 것을 잊지 않았다. 이모는 은서가 신생아 때 쓰던 속싸개와 배냇저고리 등속을 빨아 널었다. 모처럼 쨍한 하늘이 아까워서 얼른 손으로 주물렀다고 말했다.
　세탁기 놔두고 힘들게 왜 그러셨어요?
　갓난이가 쓸 물건인데 세탁기를 어찌 돌림까. 이쯤은 헐함다. 일도 아닙다.
　그녀는 한국에 와서 했던 힘든 일들에 대해 이야기했다.
　닭공장서도 일해보고, 농원서도 해보고, 소제도 해보고,

부여의 양계장, 가평의 포도 농원, 광주의 모텔이 이모의 전 직장이었다. 장소장에게서는 듣지 못한 이력이었다.

모르는 사람한테는 약골로 뵌다고 하지만 내가 중국서도 우리 친척들 농사를 다 지었단 말입다. 원체 마른 사람이 더 강단 있습다.

중국에서는 농사만 지으셨느냐고 재연이 물었다. 그렇다고 이모가 대답했다. 친척들이 많아서 농번기에는 잠잘 새도 없이 바빴다고 말했다. 예전에 연변에서는 대개들 쌀농사를 지었다고도 했다. 고향이 연변이시냐고 재연이 다시 물었다. 그렇다고 이모가 대답했다.

이제 거기도 변해서 농사지을 사람이 없습다.

재연은 장소장이 처음에 보낸 메시지를 다시 찾아보았다.

ㅡ김남이, 육십 세, 흑룡강성, 유치원 교사 출신.

장소장이 알려준 네 가지 사항 중에 두 가지가 사실과 달랐다. 연변에서 농업을 하던 분과 흑룡강성에서 유치원 교사를 하던 분이 동일인일 리는 없을 것이다. 사실과 다른 것, 자신이 속은 것이 또 있을까. 재연은 두려워졌다. 은서는 그새 이모와 조금 가까워진 것도 같았다. 아이는 요즘 흠뻑 빠진 장난감 손수레에 물개 인형을 태우고 좁은 마루를 뱅뱅 돌았다. 이모는 옆에서 박수를 치다가 뭐라고 추임새를 넣다가 했다. 그러다 자신의 휴대폰을 꺼내 은서의 사진을 여러 장 찍었다.

가만, 공주야. 여길 봐라.

이모가 왕관 모양의 헤어밴드를 은서의 머리에 씌웠다. 한가운데에 큼지막하고 조잡한 큐빅이 박힌 유아용 머리띠였다. 재연은 콧날을 찌푸렸다. 공주는 일상에서 어린 여자아이에게 흔히들 사용하는 애칭이었다. 그러나 재연은 은서를 그런 호칭으로 부른 적도, 왕관을 사준 적도 없었다. 이곳은 입헌군주국이 아니며 은서는 왕의 혈통이 아니었다. 중산층이 되지 못할까봐 애면글면하는 평범한 맞벌이 부부의 딸일 뿐이었다. 재연은 딸이 스스로 공주라고 내면화하면서 자라도록 놔둘 마음이 전혀 없었다. 장난삼아 저런 왕관을 쓰고 행복해하는 것도 달갑지 않았다. 그 점에서만은 부부의 의견이 일치했다.

아이 이거 별거 아닙다. 내 선물임다.

은서가 거울 앞으로 종종 뛰어갔다. 이도가 그 뒷모습을 또 사진으로 찍으며 싱글싱글 웃는 것을 재연은 바라보았다. 재연은 제 휴대폰을 감싸쥐고 방으로 들어갔다. 장소장에게 전화를 걸었다. 그는 전화를 받지 않았다.

'김남이, 육십 세, 흑룡강성, 유치원 교사'와 '김남이, 육십 세, 연변, 농부'의 차이가 그렇게 큰 것인지, 자신을 덮쳐오는 이 불안의 정체가 무엇인지 재연은 알고 싶었다. 재연은 불룩하게 솟은 배를 두 팔로 감싸안았다. 미세한 태동이 느껴졌다. 지금 재연 곁에는 아무도 없었다. 이 텅 빈 불안을 단 한 사람에게라도 설명하고 이해받고 싶었다. 이모가 일반적인 육십 대 여성보다 훨씬 더 나이들어 보인다는 생각에 재연은 골몰했다. 한번 시작된 의심은 전류에 감전된 것처럼 말초신경을 타고 온몸의 세포로 퍼져갔다. 당장 내일이 월요일이었다. 출근을 해야 했다. 하원 도우미의 마지막 근무일이기도 했다. 오후에 어린이집에서 은서를 찾아 집에 데려다주는 일을 마지막으로 그간의 업무를 종료하기로 이미 얘기가 끝난 상황이었다. 그러면 재연이 퇴근할 때까지 은서는 이모와 둘이 남겨지게 된다. 단둘만 있는 일은 막고 싶었다.

방에서 혼자 힘으로 일어나기 위해 재연은 심호흡을 했다. 숨을 천천히 몰아쉬고 방밖으로 나섰다. 이모는 무릎에 은서를 앉히고 감싸안은 채 함께 휴대폰 화면을 보는 중이었다. 아까 찍은 은서의 사진들을 보여주는 것 같았다.

응떠, 응떠.

은서가 손바닥으로 화면을 때리며 제 이름을 불러댔다.

이모님.

재연은 깜빡 잊어버렸다 이제야 기억났다는 듯이 가벼운 말투로, 신분증을 준비해 오셨는지 물었다. 장소장이 그것을 확인하라고 일러주었다고 덧붙였다. 물론 사실이 아니었다.

그러지 않아도 말씀드리려고 했슴다.

그녀는 여전히 은서를 껴안은 채 말했다.

내 항시 외국인등록증을 넣어 다니는데 마침 우리 친척이 사업에 필요하다고 잠깐 가져갔다 이 말임다. 어제 황급히 들어오느라 그저 그냥 왔으니 내 명일이나 명일 다음날 가서 받아오겠슴다.

지금이라도 그녀에게서 아이를 빼앗아 안아야 하는지 재연은 판단이 서지 않았다. 아무렇지도 않은 것처럼, 자연스럽게, 진심을 숨긴 채 천연덕스럽게 연기할 자신이 없었다.

은서야. 이리 와.

재연은 그녀에게서 은서를 받아 안고 그대로 안방으로 들어갔다. 방문이 평소보다 세차게 닫혔다. 창문이 열려 있었기 때문인데 어쩌면 문을 쾅 닫았다고 오해할지도 몰랐다. 변명이 무력한 순간은 언제고 존재했다. 재연은 창문을 닫았다. 빛 한 줌도 새어들어오지 못하게끔 커튼을 쳤다. 은서와 나란히 천장을 보고 누웠다. 임신 중반기를 지나고서는 똑바로밖에 눕지 못했다. 재연이 빨리 출산하고 싶은 이유는 다만 한 가지, 엎드려 눕고 싶어서였다. 은서는 금방 잠에 빠졌다. 재연은 습관적으로 은서의 이마를 쓰다듬었다.

은서를 재우고 밖으로 나왔을 때 이모는 식탁 앞에 앉아 있었다. 재연을 보고 후다닥 일어섰다. 식탁 위에는 재연이 결혼할 때 선물받은 찻잔이 나와 있었다.

내 마실 잔을 찾다보니.

이모가 허둥댔다.

내 사모님, 사장님하고 한데 쓰면 아니 좋을 것 같고. 이건 깊은 데 있어서 안 쓰는 건 줄 알았단 말임다.

이모는 마시던 찻잔을 개수대로 들고 갔다.

괜찮아요. 그냥 쓰셔도 돼요.

재연은 저도 모르게 손짓까지 했다. 어색한 공기가 재연을 몹시 곤혹스럽게 했다. 어떤 경우든, 가급적 서로 민망해지지 않는 방식으로 처리하고 싶었다. 자신에게 지켜야 할 것들이 많다는 걸 깨달았다. 재연은 정수기에서 찬물을 한 잔 따라 들고 다시 방으로 숨어들어갔다.

찬은 드물게 신이 난 상태로 귀가했다. 혼자 가뿐히 보낸 휴일은 오랜만이었을 것이다. 그렇게 생각하자 재연은 화가 치밀었다. 그가 날도 좋은데 같이 걸어가서 낙지볶음이라도 먹고 오자고 제안했다.

너 매운 거 좋아하잖아. 애 나오기 전에 실컷 먹어야지.

재연이 잠든 은서를 턱짓으로 가리키자 찬은 턱짓으로 거실을 가리켰다. 거기 이모가 있으니 괜찮다는 뜻이었다. 재연은 다시금 고개를 절레절레 저었다.

왜 그래? 모처럼 둘이 나갔다 오면 좋잖아. 운동해야 순산한다며.

재연은 복화술사처럼 소리 없이 입만 벙긋거렸다.

불.안.해.

뭐라고? 무낭새? 무슨 뜻이야? 왜 그래?

모르는 바는 아니었으나, 찬은 정말로 눈치가 없었다.

이상한 거 하지 말고 얼른 일어나. 옷 입어.

찬은 눈치가 없을 뿐 아니라 그걸 무기로 사용했다. 모르는 척 끝내 자기가 원하는 걸 다 했다. 티끌만큼도 양보하지 않았다. 재연은 오른손으로 쉿, 하는 동작을 하면서 왼손으로 찬의 등짝을 찰싹 쳤다.

아파.

찬이 정색했다.

너 왜 이래, 진짜. 옷 안 입을 거냐고.

그의 눈빛에 짜증스러움이 묻어 있었다. 그 순간 재연의 머릿속에서 갑자기 어떤 생각 하나가 떠올랐다. 직접적인 방법으로 해결할 수 없으면, 돌아가는 방법을 써볼 수도 있지 않을까. 재연은 높게 솟아오른 배에 한 손을 얹고 숨을 골랐다. 태동은 느껴지지 않았다. 재연은 온몸과 영혼의 힘을 그러모아 외쳤다.

싫어!

찬이 재연의 팔을 붙잡았다.

왜 그래?

잡지 말라고!

입으로는 소리를 치면서도 눈으로는 신호를 보냈다. 은서 아빠, 이건 진짜가 아니야. 나는 지금 연극을 하는 거야. 밖에 있는 저 수상한 여자한테 보여주려고. 큰일났다 외치면서 도망가 버리라고. 그러나 찬은 전혀 영문을 모르겠다는 표정이었다.

너 미쳤어?

응, 미쳤어. 너는 정말 나에 대해서 아무것도 모르잖아. 내 인생에서 하는 게 아무것도 없잖아.

어느새 은서가 깨어나 침대에 오도카니 앉아 있었다.

내가 대체 언제까지 이래야 해?

재연은 다시 소리를 질렀다. 낯빛이 하얗게 질린, 저 바보 같은 남편이 부디 이 음습한 계획의 공범이 되어주기를 바라면서. 만약 끝내 눈치채지 못한다면, 그래도 할 수 없었다. 눈물이 쏟아져 내렸다.

난 그냥 이렇게 살다가 죽겠지. 영원히 못 벗어나겠지.

정신을 차려보니, 찬도 은서도 없었다. 모두 나가버린 빈방이었다. 재연은 엎드리지도 못하고 벽에 기대앉아 꺽꺽 울었다.

한 시간쯤 지났을까. 이모가 문을 두드렸다. 드릴 말씀이 있다고 했다. 그들은 식탁에 마주앉았다.

아까 사장님이 은서 데리고 나갔단 말임다. 어마니 댁에 가서 밥 먹여 온다고.

침묵이 무거웠다. 이모가 먼저 입을 열었다.

죄송함다.

아무래도 일을 계속하기 힘들게 되었다고, 다른 이모를 찾으셔야 되겠다는 이모의 말을 들은 순간 재연은 아, 하고 짧은 탄식을 뱉었다.

은서도 너무 곱고 순하고 사모님도 좋아 내 여기 오래 있자 했는데 긴한 일이 생겼단 말임다.

긴한 일이 무엇인지 묻지 않았다. 피차 침묵이 어울리는 저녁이었다.

아 없을 때 가는 게 맞지 싶습다.

올 때 가지고 왔던 커다란 짐을 가지고 김남이 이모가 현관으로 나왔다. 택시를 불러드릴지 묻자 그녀는 팔을 휘저었다.

일없슴다.

엘리베이터 앞에서 가까스로 재연은 조심해서 가시라는 인사를 했다. 이모는 다시 한번 죄송하다고 사과했다. 정말 작고 금방이라도 바스러질 것 같은 사람이었다.

사모님, 꼭 순산하고 좋은 이모 만나시오.

괴상한 이별이었다. 엘리베이터 문이 닫히고, 자기 몸만한 트렁크와 함께 그녀는 떠났다. 재연의 계획은 성공했다. 마음에 스산한 바람이 불었다.

*

　다음다음 날 출근길에 급작스럽게 양수가 터졌다. 모든 일이 황급히 진행되었다. 지독한 난산이었다. 자궁문은 육 센티미터에서 더 열리지 않았고 아기는 쉽게 아래로 내려오지 않았다. 열두 시간의 진통 끝에 재연은 결국 수술을 받아야 했다. 아기는 백 그램 차이로 인큐베이터를 면했다. 입원과 산후조리원 입소 기간 동안 찬의 어머니와 재연의 어머니가 절반씩 나누어 은서를 돌보느라 허덕였다. 병원에 입원해 있는 동안 여러 통의 축하 전화와 메시지를 받았다. 찬이 SNS에 올린, 아기 발을 만지는 은서 사진에도 댓글이 많이 달렸다. 찬은 '#김남매'라고 해시태그를 달았다. '딸 아들 조합이라니 역시 최고 능력자님'이라는 댓글에 '좋아요'를 누른 사람이 가장 많았다. 새 이모를 구해보려 했지만 잘되지 않았다. 재연은 출산휴가에 이어 육아휴직을 신청했다.

　여름은 기나길었다. 9월이 되면서 은서의 어린이집을 셔틀버스를 운행하는 곳으로 옮겼다. 종일반이라 오후 여섯시에 아파트 상가 앞에서 픽업하면 되었다. 하원 시간에는 둘째를 유아차에 태우거나 아기 띠로 안고 아파트 단지를 가로질러 나갔다. 매일 그런 것은 아니지만 이따금씩 날씨가 궂지 않은 날 천천히 걸을 때면 산책을 나왔을 뿐이라는 착각이 들었다.

그런 찰나들을 긁어모아가며 지내야 했다. 준비하던 화장품 브랜드가 론칭한 것을 온라인 광고에서 보았다. 완제품의 패키지 디자인은 재연이 알던 것에서 크게 달라지지 않았다. 서운할 줄 알았는데 오직 애틋하기만 해서 당혹스러웠다. 안 선배는 끝내 복직하지 않았다. 프로젝트의 최종 마무리는 정은이 했다. 고생 많았다고 정은에게 카톡을 보냈다.

─팀장님이 다 하셨죠. 보고 싶어요.

정은이 보내온 우는 얼굴 이모티콘을 재연은 오래도록 들여다보았다. 보낸 이의 의례적인 표현이라는 것을 알면서도, 어둠 속 식탁에서 그것을 다시 꺼내 보는 밤이 오리라는 것을 예감할 수 있었다.

셔틀버스에서 내리면 은서는 상가 모퉁이의 수제 요거트 전문점으로 재연의 손을 잡아끌곤 했다. 플레인 요거트나 아이스크림 위에 과일이나 견과류를 올려 먹을 수 있는 곳이었다. 어느 날 그곳에서 김남이 이모와 닮은 아주머니를 보았다. 체구가 작고 등이 구부정하고 중국 동포들의 사투리를 썼다. 그녀는 은서보다 두어 살 위의 쌍둥이 형제를 돌보는가보았다. 쌍둥이들은 요거트가 나오기를 기다리는 동안 쉬지 않고 계속 점프를 해댔다. 여자가 말려도 전혀 개의치 않았다. 여자는 정말로 지치고 버거워 보였다.

아이고 내 혼이 나가겠다. 오늘 왜 자꾸……일까.

'왜 자꾸' 다음의 말은 정확히 듣지 못했다. 아이 둘을 데리고 돌아오는 길에 재연은 그 빈칸에 대해 상상했다. 왜 자꾸 말썽일까. 왜 자꾸 지랄일까. 왜 자꾸 엉망일까. 왜 자꾸 슬픔일까. 왜 자꾸 여기일까. 왜 자꾸, 자꾸, 자꾸. 입 밖으로 발음해보았다. 자꾸, 자꾸. 은서가 재연을 따라 했다. 재연은 집으로 꺾어지는 모퉁이를 지나쳤다.

사는 사람

1

 죽도록 열심히 살 필요는 없다고 가르친 건 부모님이다. 요만한 위장을 달고 나왔으면서 미련하게 그걸 고르네. 저러다 짜구 나지. 옆집 개를 두고 엄마와 아빠가 사이좋게 흉보는 동안 일곱 살의 나는 납작한 배를 남몰래 손바닥으로 눌러보았다. 허튼 데 힘 빼지 말고 생긴 대로 대충 행복하게 살다 가면 된다는 것. 그것이 내가 태어나 자란 곳의 보편적인 세계관이었다.
 엄마와 아빠는 부부 동반으로 몇 개의 친목계를 꾸렸다. 여름마다 가족들끼리 승합차 몇 대에 나눠 타고 교외의 계곡으로 야유회를 갔다. 남자 어른에게는 삼촌, 여자 어른에게는 이모라고 불러야 했다. 삼촌들은 불콰한 낯빛으로 소주와 삶은 고기를 끝없이 먹어댔다. 술에 취해 고성이 오가거나 시비가 붙을 것 같은 순간도 있었으나 또 언제 그랬냐는 듯 금세 서로 엉겼다. 이모들은 딱딱하고 찝찔한 안줏감을 씹으며 맥주를 마셨다. 높고 빠른 음성으로 종잡을 수 없이 이어지는 대화를 나누다 갑자기 목소리를 낮추고 이내 까르르대기를 반복했다. 괴상한 리듬으로 편곡된 트로트를 따라 부르다 누군가 갑자기 울음을 터뜨리는 일도 흔했다. 따라 우는 사람도 꼭 있었다.

하이라이트는 계곡물에 담가두었던 대형 수박을 꺼내 쪼갤 때였다. 작년보다 크다, 작다, 덜 여물었다, 너무 익었다, 둘러선 모두가 한마디씩 거들었다. 그해의 수박은 적당했다. 칼날이 들어가는 순간 탄성이 터져나왔다. 정중앙이 쩍 갈라졌다. 숭덩숭덩 대충 베어낸 수박 조각을 모두 하나씩 받아들었다. 나만 빼고. 혹시 배가 아픈 거냐고 엄마가 산천이 떠나갈 것같이 큰 목소리로 묻지 않았다면 아까 계곡물에 담가둔 수박 옆에 포유류의 배설물로 추정되는 고동색 덩어리가 둥둥 떠내려가는 광경을 봤다는 사실을 굳이 밝히지 않았을 것이다. 삼촌들이 와하하 크게 웃었다.

"뉘 집 딸내민지 시력도 좋네. 아가야, 그거 똥 아니야."

"그래, 돌멩이야. 이런 데 돌은 원래 그런 색이다."

어쩔 수 없이 수박 조각을 손에 쥐었다. 삼키지 못하고 오래 입에 물고 있었다. 과육에서 늙은 오이 맛이 났다. 자라는 동안 이유 없이 가슴이 답답할 때가 있었다. 다르게 사는 법을 알 수 없어서였을까. 공부를 뛰어나게 잘했다면 달라졌을지도 모른다고 생각하자 심장 부근이 조여들다가 이내 뜨거운 것이 정수리로 치솟았다.

제대로 된 학원에 보내달라고 엄마에게 말한 적이 있었다. 고3이 되기 직전이었다. 제대로 된 학원이 어디냐고 엄마가 물었다. 서울이라고 대답하자 미쳤냐는 비수가 날아왔다.

"어떻게 다니게, 네가?"

엄마는 사실 '네까짓 게'라고 말하고 싶었을 거라고 어른이 된 나는 추측했다. 고속버스나 시외버스를 타면 된다고 대답하려 했는데 엄마가 더 빨랐다.

"안 돼."

오빠에게도 그렇게 해주지 않았기 때문이라고 했다.

"걔는 공부를 못했잖아."

엄마가 내 눈을 지그시 바라보았다.

"욕심이 과하면 자기 자신을 부수는 법이야."

엄마는 '자기' '자신'이라고 연거푸 강조했다. 혹시 딸에게 모멸감 같은 감정을 맛보게 하려는 의도였을까. 그렇다면 실패했다. 대입 원서를 작성할 때 담임은 도청 소재지의 사립대학을 권했다. 그곳의 사범대학 정도면 안정권일 거라고 했다.

나는 그 제안을 받아들이지 않았다. 서울의 전문대학에 진학하겠다는 결정은 부모를 당혹스럽게 했다. 그러나 빨리 졸업하여 빨리 자립하겠다는, 전에 없이 고집스러운 딸의 주장을 꺾진 못했다. 그때 나는 멀리 가면 빨리 갈 수 있다고, 빨리 가면 멀리 갈 수 있다고 믿었던 것 같다. 빠르게 멀리 가는 것만이 삶의 유일한 이유라고.

아주 멀리 온 것 같은데 제자리 뛰기를 하고 있었던 기분이다.

2

상담실의 업무 개시 시간은 오후 두시였다. 매일 그렇듯 그날도 나는 오후 한시 오십구분에 심호흡을 마치고 두시 정각에 헤드셋을 썼다. 즉시 첫 콜이 울렸다. 학원 입학 테스트 시즌이 다가오고 있다는 실감이 났다.

"안녕하십니까, 수학 전문, 돌핀, 매쓰, 학원입니다."

아무리 급해도 쉼표 네 개는 지켜야 했다. 더 급한 건 항상 저쪽임을 잊어서는 안 된다고 신입 직무 교육을 받을 때 부원장이 강조했다.

"왜냐하면 여기는 돌핀이니까요. 한시도 잊으면 안 됩니다."

당시만 해도 무슨 말인지 잘 몰랐지만 얼마 지나지 않아 알게 됐다. 어떤 이들에게 '돌핀'은 고유명사이자 아무나 가질 수 없는 상징의 집합체라는 것을. 입학 관문을 통과해 이 학원에 들어오고 싶어하는 아이들, 아니 본인의 아이를 들여보내고 싶어하는 부모들은 매우 많았다. 쉽고 편한 상대를 만만하게 대하는 게 가혹한 진리라는 가설은 학원가에서야말로 유효했다. 높고 까다로운 진입 장벽을 통과한 후엔 그만큼 깐깐하고 엄격한 관리가 이어지리라는 기대감을 주는 것이 돌핀의 성공적인 영업 전략 중 하나였다.

그날의 첫번째 전화는 테스트 일정이 언제 공지되는지를 묻는 것이었다. 두번째 전화의 용건도 거의 같았다. 이번엔 단체 공지가 나가기 전에 자신에게 미리 알려달라는 추가 요청이 붙었다. 나는 매뉴얼대로 대답했다. 매뉴얼만이 조직원을 보호한다는 것이 직무 교육의 또다른 핵심이었다.

"단체 문자는 일정이 확정되는 순간 곧바로 발송할 예정입니다."

그러니 염려하지 말라는 말을 붙이려면 붙일 수도 있었지만 그러지 않았다. 세번째, 네번째도 마찬가지였다. 입학 테스트 일정에 대한 문의 전화만 열 통을 연달아 처리했다. 이곳에서 이 년을 보냈다. 매년 봄, 가을 두 차례 치러지는 이른바 '입테'를 네 번 치렀다는 뜻이다. 출생률은 급격히 줄어들었다는

데 무슨 영문인지 시간이 지날수록 입학 열기는 고조되어갔다. 작년 시험 날에는 교통경찰이 나와 주변 도로를 정리해야 할 정도로 인파가 몰렸다.

  작년에 받았던 문의 전화 내용도 갖가지였다. 시험 당일에 가족 여행을 가야 하는데 일정을 한 주 미뤄주면 안 되냐는 부탁 따위는 흔했고, 자신의 아이가 대인공포증이 있으니 집에서 따로 시험을 보겠다거나 혼자 시험 볼 수 있는 방을 마련해주면 안 되겠느냐는 요청도 있었다. 가장 잊을 수 없는 건 어떤 남자의 전화였다. 중1 학생의 아빠라던 그 남자는, 본인이 입학시험 감독으로 자원하겠다고 말했다. 나도 모르게 "왜요?"라고 묻고 말았다. 남자는 공정성을 위해서라고 했다. "그건 어렵습니다"라고 단칼에 잘랐다. 나중에 생각해보니 '어려울 것 같습니다'라고 하지 않은 게 천만다행이었다. 그랬다면 그는 분명히 '같습니다'의 빈틈을 노렸을 것이다. 내 마음 한구석에 미묘한 부러움이 남았다. 시샘의 감정과는 다른, 순수한 부러움이었다. 태어나면서부터 그런 부모를 가진 아이는 자기가 가진 게 무엇인지 모를 것이다.

  그 무렵 나에게 청탁 비슷한 걸 하려던 사람도 있었다. 학원 근처 김밥집에서 우연히 만난 중학교 동창이었다. 그녀는 내가 주변 학원에 근무한다는 걸 듣고는 눈이 커지더니 기어이 학원명을 물었다. 학원명을 듣더니 "성공했네!"라고 크게 말해서 그만 말문이 막혔다.

이른바 학군지로 유명한 지역의 수학학원에서 일한다는 것을 알게 되면 사람들은 대개 비슷한 반응을 보였다. 일단은 놀라는 제스처. 보통의 한국인들은 수학과 학원이라는 단어의 조합 앞에서 그런 반응을 보이도록 프로그래밍되었는지도 모른다. 직장의 이름이 일반인 사이에서도 꽤 유명한 곳임을 알게 된 사람들은 또 한번 놀랐는데 이번에는 진심의 비율이 높아졌다. '공부 잘하셨나봐요'라는 식의 감탄도 많이 들었다. 의외라고 말하는 사람들도 있었는데 그럴 때 나는 별다른 대응을 하지 않았다. 상대방이 무례하다고 해서 거기에 맞출 필요는 없으니까. 그리고 그쯤에서 선택해야 했다. 사실을 밝힐 것인지, 오해하도록 그냥 놔둘 것인지.

김밥집에서 마주친 동창에 대해서는 그냥 놔두는 쪽을 택했다. 전화번호를 교환하고 헤어진 며칠 후 문자메시지가 왔다. 시조카가 돌핀에 입학하려고 하는데 혹시 어떻게 안 될지 묻는 내용이었다. 그건 내 권한 밖의 일이라고 구구절절 답장을 쓰다가 천천히 지웠다. 아무것도 보내지 않았다.

그날의 열한번째 전화를 받기 전에 나는 잠시 홀드 버튼을 눌렀다. 찬물 한 모금을 들이켜면서 휴대폰을 확인했다. 인스타그램에 DM이 하나 와 있었다. 모르는 계정이었다.

―안녕하세요. 저는 중3 4레벨 화목 C반 소정원이라고 합

니다. 김다미 실장님께 꼭 드리고 싶은 얘기가 있어서 이렇게 연락드립니다.

학생이 이런 방식으로 개인적인 연락을 해온 일은 처음이었다. 팔로어도 몇 되지 않고 게시물도 거의 없는 인스타 계정을 어떻게 알았는지 알 수 없었다. 소정원이라는 이름을 입속에서 몇 번 되뇌어보았다. 누군지 바로 떠오르지 않았다. 별 이슈가 없는 학생이라는 의미였다.

돌핀은 학년마다 성적과 진도에 따라 모두 여섯 개의 레벨로 나뉘었고, 각 레벨은 수강 요일과 시간대에 따라 또 여러 반으로 촘촘하게 나누어졌다. 이번달을 기준으로 중3 재원생 숫자는 이백오십일 명이었다. 상담실장이라고 해서 당연히 모두의 얼굴을 기억할 수는 없었다. 평범한 학생은 학원의 관심 대상이 아니었다. 학원에서 주목하는 학생은 어떤 면에서든 눈에 띄는 아이들이었다. 톱반에서도 매우 뛰어난 성적을 유지하고 있어서 다른 학원으로 넘어가면 안 되는 극소수, 또 출결 상태가 좋지 않거나 습관적으로 교육비가 밀리거나 아니면 성향이 유별난 부모의 자녀들이었다.

DM을 보내온 계정에 들어가보았다. 프로필 아이디 's.garden'은 소정원이라는 이름에서 따온 듯했다. 비공개 계정이었고, 게시물은 0이었다.

—네, 무슨 일이실까요?

일은 그렇게 시작되었다.

3

―토요일 오전 열시 반. 압구정역 부흥공인중개사 사무소.
 양치를 하면서 우재의 메시지를 확인했다. 학원에서는 토요일마다 보충수업이 있었고 실장들이 돌아가며 당직을 섰다. 토요일에 약속을 잡기 전에 당직 순서를 먼저 확인하는 것이 우리 사이의 암묵적인 규칙이었다.
 ―일요일은?
 ―불가. 토요일만 가능하대. 이것도 겨우 잡았음. 어렵게.
 끄트머리의 '어렵게'가 눈에 박혔다. 누구에게나 이유가 있듯 우재에게도 그럴 것이다. 나는 그렇게 생각해보려 애썼다. 우재는 이번 임장지에 큰 기대를 하고 있었다. 압구정의 여러 단지 가운데 한강공원이 가까워서 가장 인기가 많다는 곳이었다. 그런 곳의 대형 평수 로열층을 볼 기회는 흔히 오는 게 아니라고 했다.
 "82동이라니까. 이건 정말 레어한 기회야."
 우재에게 이야기를 너무 많이 들어서일까, 기회를 놓치기 아깝다는 마음이 나에게도 있었다. 강력한 소망에는 강력한 전염성이 있는지도 몰랐다. 어쩔 수 없이 당직을 바꿔달라고 동료에게 부탁해야 했다. 고향의 엄마가 편찮으시다는, 누구도 믿지 않을 만큼 진부해서 도리어 거짓말 같지 않은 거짓말을 했다. 답장을 기다리는 동안 잠깐이라도 누워 있고 싶었다. 혼자뿐이지만 침실로 가서 방문을 꼭 닫았다. 침대에 가만히 누웠다. 아무 소리도 들리지 않았다. 냉장고 모터가 돌아가는 소리조차도. 이 고요함 속에 있으니 비로소 조금 마음이 놓였다. 지금 사는 곳은 방 하나, 거실 겸 주방 하나, 욕실 하나로 이루어진 실평수 아홉 평짜리 집이었다. 몇 발짝 걸으면 욕실, 몇 발짝 걸으면 주방, 다시 몇 발짝 걸으면 침실이었다. 그러나 각 공간은 벽과 문으로 분리되어 있었다. 나누어져 있다는 것, 그것이 중요했다.

 스무 살에 서울에 왔을 땐 대학 기숙사에 살았었고 그뒤엔 여성 전용 고시원에 살았다. 처음 원룸을 구해 이사했을 땐 세상을 다 가진 듯이 기뻤다. 하지만 침대와 싱크대와 다용도 테이블이 한 공간 안에 다닥다닥 붙은 원룸에서 몇 해를 지내고 나니 최소한의 공간 분리를 진지하게 염원하게 되었다. 때론 나로부터 나를 분리하고 싶은 날도 있었다. 종종 내가 칸이 나뉘지 않은 도시락 반찬통에 담긴 계란말이 같다는 느낌이 들곤 했다. 반찬통의 뚜껑을 열어보면 배추김치와 감자조림과 계란말이가 뒤섞인 채 서로에게 스며든 상태. 김치 양념이 묻은 계란말이를 그대로 먹어야 하는 이의 마음을 모르는 사람과는 진짜 친구가 될 수 없을 것이다.

이 동네는 행정구역상 경기도이지만 서울과 등을 붙이고 있는 위치였다. 이만큼의 공간을 점유할 수 있게 되기까지 아주 많은 것들이 필요했다. 노력이라는 말로는 부족한 어떤 것들이. 내가 본격적으로 부동산 공부를 시작한 시기와 이 집에 들어온 시기가 맞물렸다. 먼저 '2030 부동산 초급자를 위한' 같은 수식어가 붙은 온라인 강좌를 몇 개 찾아 들었다. 주말마다 열리는 오프라인 단체 임장에 처음이자 마지막으로 참가한 날 우재를 만났다.

그날의 임장지는 경기도 남부의 1기 신도시 중 하나였다. 재건축 가능성이 높은 대단지 세 군데를 리더가 특별히 골라두었다고 했다. 리더가 선두에서 설명하면서 걸었고, 열댓 명의 참가자가 단체 관광을 온 여행객들처럼 그 뒤를 졸졸 따랐다. 본격적인 여름이 시작되지는 않았지만 더운 날씨였다. 마지막 세번째 단지의 정문 입구에서 나는 일행으로부터 꽤 뒤처지게 되었다. 옆을 보니 낙오자가 하나 더 있었다. 옆얼굴선이 단정한 남자였다. 그가 우재였다. 나는 저만치 앞서가는 일행과의 거리를 가늠해보았다. 힘껏 뛰어가면 따라잡을 수 있을 것도 같았다. '죄송하지만 잠깐만 기다려주시겠어요?'라고 소리치려는데 우재가 말을 붙여왔다.

"같이 기다리실래요?"

"네?"

"가만있어도 덥잖아요. 전 그냥 저기 앉아서 네이버 거리뷰로 보려고요. 어차피 다들 이 문으로 들어갔으니까 좀 이따 다시 나오겠죠."

생전 처음 만난 사람과 생전 처음 와보는 동네의 아파트 외벽이 바라다보이는 편의점 파라솔 아래 앉아 생수를 마셨다. 어디선가 매미가 쓰름쓰름 울었다. 부동산 강의의 수강생답게 그는 내게 어떤 일을 하느냐고 묻는 대신 어떤 지역에서 근무하느냐고 물었다. 내 대답을 듣더니 천천히 중얼거렸다.

"최상급지네요."

그 말을 듣자 마치 내가 꽤 괜찮은 사람이 된 듯한 기분이 들었고, 이내 실소가 나왔다. 우재 또한 지하철역 이름을 대며 그 근처에서 근무하고 있다고 본인을 소개했다. 크고 작은 IT 업체들이 밀집한 동네였다. 그는 꿈을 찾을 수 있는 이런저런 방법을 찾아다니는 중이라고 말했다. 찾기를 위한 찾기인 셈이었다.

"그래서 찾으셨나요?"

"글쎄요, 일단 여기는 아닌 것 같네요. 회사에서도 너무 멀고."

그러더니 그는 다음주 단체 임장에 참석할 건지를 물어왔다. 나는 고개를 저었다.

"건물 안에 들어가보지도 못할 줄은 몰랐어요."

우재는 아까보다 더 크게, 맞아요, 라고 호응했다. 오프라인 임장이라고 해서 건물에 들어갈 수 있을 줄 알았는데, 실제로는 그저 단지 안을 둘러보는 것이 다였다. 한참을 기다려도 일행들이 나오지 않았다. 확인해보니 이미 후문 쪽으로 빠져나갔다고 했다. 그쪽이 지하철역과 가까운 번화가였다.

"사람이 둘이나 없어졌는데 아무도 안 찾네요."

우재가 조금은 섭섭하다는 듯 중얼거렸다.

"어차피 다시 안 볼 사인데요, 뭘."

나중에 들어보니, 우재는 그 순간을 기점으로 나에게 관심이 생겼다고 했다. 기세가 있는 여자라는 생각이 들었다는 것이다. 차가운 맥주를 마시러 가자는 제안은 내가 먼저 했다. 그날 이후 우리는 몇 번 더 만나다가 이내 사귀는 사이가 되었다. 나와 동갑이라는 것과 서로에게 이성적으로 끌린다는 것 외에 우리 사이에 공통점은 별로 없었다. 우재는 거의 항상 귀에 에어팟을 끼고 살았다. 평소 케이팝이 점령한 음원 차트의 노래를 무작위로 듣는 사람들에 대해 경멸의 감정을 숨기지 않았는데, 그가 주로 듣는 음악은 세계 각국 인디밴드들의 곡이었다. 그는 에어팟 한쪽을 내 귀에 꽂아주며 재미있는 수수

께끼인 양 묻곤 했다.

"어느 나라 밴드게?"

처음에는 나도 꽤 진지하게 도전했으나 번번이 틀렸다. 우재는 조금은 빼기는 듯한 표정으로 헝가리, 볼리비아, 말레이시아, 우즈베크 같은 답을 말했다. 그렇게 구체적이고 세부적인 차이를 구분하는 마음이 귀하다는 게 그의 주장이었다. 이를테면 어떤 아파트의 82동을 다른 동과 정확하게 변별하는 태도 같은 것이.

서울의 부동산에 대해서도 우재는 아주 체계적인 최애 리스트를 가지고 있었다. 본인의 표현에 따르면 '서울의 강남 4구와 마용성을 중심으로 하되 나머지 18개 자치구區마다 한 개 이상의 아파트 단지를 포함시킨, 제법 객관적인 증거에 의해 작성됐지만 만든 이의 취향이 적절하게 반영되었다는 인상을 주기에 충분한' 목록이었다. 그리고 얼마 전부터 우리는 그곳을 하나하나 찾아다니며 도장 깨기를 하고 있었다.

4

나는 소정원이 DM으로 보낸 말을 바로 알아듣지 못했다. 아니, 알아듣지 못하는 척하고 싶었다. 귀찮은 일에 휘말리는 건 정말로 딱 질색이었다. 잠시 숨을 고르고서 이렇게 입력했다.

―그런 걸 왜 저한테……

흐린 말끝이 내 진심을 대변했다. 그때 바로 그만두는 것이 맞았을 것이다. 휘말릴 수 있는 여지를 애초에 끊어버리는 것이.

―실장님은 이해해주실 것 같아서요. 좋은 분이니까.

소정원은 내가 자신에게 온정을 베푼 적이 있다고 했다.

―저번 겨울 눈 많이 내리던 날 재시험 면제해주셨는데. 아팠을 때.

어떤 장면 하나가 떠올랐다. 하늘에서 하얀 돌가루처럼 눈발이 쏟아져 내리던 밤이었다. 돌핀의 학생들은 각 반의 진도에 따라 매주 한 번씩 누적 시험을 치러야만 했다. 그 시험에서 70점을 넘기지 못하면 과락이었다. 수업이 다 끝나도 집에 가지 못하고 자습실에 남아 재시험을 치러야 했다. 매 시험이 끝나는 즉시 학급 전원의 개별 점수가 내림차순으로 학부모에게 문자메시지로 전송되었다. 부모는 아이가 오늘 재시험 대상자로 지정돼 늦게 온다는 사실과 함께 아이의 등수, 1등과 꼴등의 이름, 성적 분포 등을 모두 알게 됐다.

서울시 교육청의 정책에 따라 학원은 밤 열시에 반드시 문을 닫아야 했다. 재시험에 걸린 아이들은 독서실로 등록된 옆 건물의 자습실로 이동했다. 나를 비롯한 상담실 직원들 모두는 그 시스템을 좋아하지 않았다. 직원들이 돌아가며 초과근무를 해야 하기 때문이었다. 지난겨울 가장 큰 눈이 왔던 밤은 내 순번이었다. 바로 옆 건물로 잠깐 이동했을 뿐인데 머리와 어깨에 눈이 잔뜩 쌓였다. 눈을 털다가 건물 입구에 서 있는 여학생을 보았다. 하염없이 하늘을 바라보고 있었다. 얼굴은 기억나지 않았다. 이 동네의 아이들은 다 비슷비슷한 모습이니까. 체육복 위에 무채색 숏 패딩, 검은색 백팩, 구부정한 어깨와 웃지도 찌푸리지도 않는 표정.

"왜 안 올라가요?"

질문을 질책으로 받아들였는지 아이는 고개를 내리깔았다.

"죄송합니다."

기어들어가는 목소리였다. 주위가 컴컴했지만 아이의 눈에 눈물이 그렁그렁한 건 보였다.

"어디 아파요?"

"조금요."

이상한 대답이었다. 어디가 아프냐는데 조금이라니. 나는 더 따져 묻지 않고 오늘은 이만 돌아가라고 말했다. 아이가 놀라는 기색이 느껴졌다.

"몇 반 누구인지만 알려주면 내가 담임선생님께 말씀드려 놓을게요."

아이가 나지막하게 감사하다고 말했다. 그 아이가 소정원이었나보다. 이 이야기는 언뜻 미담으로 들릴 수도 있겠지만 사실은 오해였다. 마침 그 며칠 전, 자기 애가 아픈데도 기어이 재시험을 보게 했다면서 어떤 학부모가 격렬히 항의한 사건이 있었다. 그 부모는 아들의 감기가 폐렴으로 진행된 데 대해 학원측에 배상을 청구하기라도 할 태세였다. 아프다는 원생은 억지로 잡아두지 말라는 지침이 위에서 내려왔다.

소정원이 나에게 연신 간곡하게 부탁하는 일은, 객관적으로 말해 복잡한 일은 아니었다. 내가 일상적으로 하는 업무 중간에 하나의 공정을 살짝 추가하기만 하면 되는 일이었다. 이론상으로는 그랬다. 그런데, 그렇다고 해서, 그걸 '쉬운' 일이라고 할 수 있나. 아니었다. 그 제안을 받은 순간부터 무언가가 머리를 짓누르는 것처럼 두피 전체가 욱신거렸다.

그건 누적 시험지를 조금만 미리 볼 수 있도록 해달라는 것이었다.

각 반의 강사들은 시험지를 매주 공용 서버에 올려놓았다. 그러면 시험 당일에 각 학년의 담당 실장이 내려받아 학급 인원수대로 출력해 교실에 가져다두었다. 소정원 학년의 담당자가 바로 나였다. 다른 실장들처럼 나도 시험지를 출력하고 나서 습관적으로 휴대폰으로 사진을 찍어두었다. 자료 백업 차원에서였다. 그 사진을 수업 전에 미리 소정원에게 전송하기만 하면 되는 것이다. 아주 빠를 필요도 없고 그저 한두 시간

전이기만 하면 된다고 소정원은 말했다.

─사람 하나 살려주신다고 생각하면 안 될까요. 제발요.

당연히, 곤란하다고 나는 대답했다.

─내가 마음대로 그렇게 특혜를 줄 수 있는 입장이 아니고요. 또 학생도 알겠지만, 학원 누적 시험이라는 게 자기 실력 점검하는 장치일 뿐인데요.

─네, 잘 알고 있습니다. 하지만, 사실은 제가.

소정원은 극심한 시험 공포증을 앓고 있다고 고백했다. 교실에서 시험지를 딱 받는 순간 너무 떨려서 눈에 어떤 글자도 들어오지 않는다고, 그래서 번번이 시험을 망치게 된다고 말이다. 미리 받아보면 덜 떨릴 것 같다는 이야기엔 이상하게도 묘한 설득력이 있었다.

─두 번만 더 낙제하면 레벨 다운이에요. 그렇지만 그러고 싶지 않습니다. 얼마나 힘들게 합격한 학원인데요. 한 번쯤은 제가 저를 이겨보고 싶어요. 이기지는 못하더라도 언젠가는 그럴 수 있도록 지금부터 연습해나가고 싶습니다. 실장님이 곤란하시다는 거 정말 잘 알지만 조금만 도와주시면 은혜를 절대 잊지 않겠습니다.

목구멍이 간질거렸지만, 역시 어려울 것 같다고 DM을 보냈다. 소정원은 포기하지 않았다.

─정말 한 번만 도와주시면 안 될까요. 제가 너무 급해요.

재시험 한 번 걸릴 때마다 부모님한테.

맞는다고 했다. 70점 이하부터 5점에 한 대씩. 차마 부위가 어디인지 물어보지는 못했다. 누적 시험에서 지금처럼 계속 하위권을 맴돌다 낮은 레벨로 떨어지고 그러다 학원에서 쫓겨나면 그때 자신도 집에서 쫓겨나게 될 거라고 했다. 그냥 하는 엄포가 아니라고 소정원은 썼다. 어쩌려고 나는 그 몇 개의 문장들에서 눈을 뗄 수 없었다. 그 순간을 놓치지 않고 소정원은 또 한번의 공을 던졌다. 이번에는 변화구였다.

―실장님이 도와주시면, 많이 부족하겠지만, 제가 최대한 성의껏 보답을 드리려고 합니다.

'보답'이라는 단어를 어떻게 그 자리에 넣을 생각을 했을까. 이 아이는 천재인지도 몰랐다. 머리 가죽이 벗겨질 듯한 압통이 계속되고 있었다. 소정원이 제시한 금액은 한 회당 십만원이었다.

5

우재는 압구정역 부흥공인중개사 사무소가 건너다보이는 커피숍에 미리 와 기다리고 있었다. 평소 데이트에선 그러지 않지만 임장 때면 그는 늘 약속 시간보다 조금 일찍 왔다. 정확한 시간에 도착했음에도 졸지에 늦은 사람이 되어버린 느낌이 번번이 나를 불편하게 했다.

우재와 내가 처음부터 같은 취미를 공유했던 것은 아니다. 둘만의 임장, 혹은 서울 시내 상급지 아파트 투어 연극을 하게 된 건 즉흥적인 결정이었다. 몇 개월 전, 길을 가다가 부동산에서 중개사와 함께 걸어나오는 남녀를 보았다. 남녀는 우리와 비슷한 또래인 듯했다.

"우리도 한번 들어가볼까?"

우재의 말은 장난에 가깝게 들렸다.

"왜? 이사하려고?"

"그건 아닌데. 저기 산밑에 있는 아파트, 이 동네에서 유일하게 내 리스트에 있는 곳이야."

부동산에 들어가 매물 좀 보여달라고 하면 되는데 왜 지금껏 그 편한 방법을 떠올리지 못했는지 모르겠다고 했다.

"어차피 집 한번 보러 왔다고 다 계약하는 건 아니잖아. 대부분 그냥 둘러만 보고 가서 다시 안 와."

"믿을까?"

"안 믿을 건 뭐야. 아까 그 사람들하고 우리하고 다른 게 없잖아."

우재의 말대로 중개사는 미심쩍어하는 기미라곤 전혀 없이 우리를 환대했다. 신혼집을 구하시냐는 질문조차 하지 않았다. 매매냐 전세냐는 물음에 매매라고 대답하니 한결 더 사근사근해졌다. 예산을 묻기에 나는 조금 전 바깥 창문에 붙어 있던 광고지 속 숫자를 댔다. 실감나지 않는 액수였다.

중개사의 차를 타고 집을 보러 갔다. 전 세입자가 이사를 나가고 비어 있는 곳이었다. 구조가 반듯하고 거실 전망이 탁 트인 집이었다. 거실 통창으로 언덕 아래의 정경이 환하게 내려다보였다. 밖에서 보며 막연히 상상하던 것과는 확실히 달랐다.

"신혼을 이런 곳에서 시작할 수 있으면 축복받으신 거죠."

중개사가 말했다.

"뭘요."

우재가 제법 겸손한 어조로 대답했다. 그뒤로 중개사는 거듭 우재에게 연락을 해왔다. 우재는 난감하다면서도 우리 연기가 썩 그럴싸했나보다면서 즐거워했다.

압구정 부흥공인중개사 사무소 간판이 정면으로 보이는 창가에 앉아 그는 에스프레소를 원샷으로 입에 털어 넣었다.

"집 간단히 보고 근처에서 데이트하자. 맛있는 타코집 알아놨어. 타코 괜찮아?"

나는 타코를 좋아하지도 싫어하지도 않았다. 다만 불안했다. 인간의 심리란 기묘해서, 상대적으로 비싼 집을 볼 때 불안한 마음이 더 고조되었다. 뭐니 뭐니 해도 여기가 우리나라

대장 단지라는 우재의 말이 더욱 그런 마음이 들게 했다. 우재는 다크네이비색 정장 슈트를 빼입고 목에는 넥타이까지 매고 있었다. 몇 해 전에 산 옷인 것 같은데, 그사이 몸이 좀 불었는지 재킷의 어깨며 팔 부분이 빠듯하게 끼었다. 동생 교복을 빌려 입고 조문하러 온 사람처럼 보였지만 나는 내색하지 않았다. 집을 보러 갈 때는 가능한 한 정장으로 챙겨 입어야 무시당하지 않는다는 얘기를 들은 적이 있다고 우재가 말했다.

"일종의 전투복 개념이랄까."

그는 넥타이를 살짝 고쳐 매며 중얼거렸다.

"여기서 통하면 대한민국에 안 통하는 데가 없을걸."

그 말은 무슨 뜻일까. 알 듯도 모를 듯도 했다. 우재가 이 이상한 연극 놀이에 무척 심취해 있는 건 확실해 보였다. 이 무대에 오르는 그의 목표는 아무래도 '통하는' 것인 듯했다. 서울 시내 최상급지의 부동산을 당장 계약할 수 있는 남자의 배역을 맡아 자신의 연기가 이 세상에 제대로 통하기를 바라는 것. 우재는 출근복과 별다르지 않은 내 수수하고 평범한 차림새가 영 탐탁지 않은 눈치였다.

"남의 집 가는데 청바지는 좀 그렇지 않나."

참지 못하고 지적했다.

"그런가. 그렇지만 무슨 초대를 받은 것도 아니고. 나 원래 집 구하러 다닐 때 편하게 입고 다녀."

"너희 동네하고는 다르잖아."

그는 심지어 좀 화가 난 것 같았다. 아니면 긴장했기 때문에 그렇게 보였는지도 몰랐다. 우리는 부흥의 중개사를 따라 82동에 드디어 입성했다. 문을 열어준 사람은 이십대 초반의 남자였다. 막 자다 일어났는지 헝클어진 머리칼에 무릎 나온 추리닝 바지 차림이었다. 중개사는 현관부터 차근차근 방문을 하나씩 열어봐주었다. 방마다 가구와 짐들이 가득했다. 거실 화장실 앞에서 중개사는 단지가 워낙 오래되어서 녹물이 나오는 세대도 많지만 이 집은 배관까지 싹 고쳐서 문제없다고 설명했다. 우재가 연신 고개를 끄덕였다.

"식구 수가 어떻게 된다고 하셨죠?"

중개사가 지나가는 말처럼 물었다.

"아, 그게. 저."

갑작스러운 질문에 우재가 쭈뼛거렸다. 내가 대신 대답했다.

"저희 둘이에요."

"아, 예."

중개사는 더이상의 질문은 하지 않았다. 중개사도 집주인도 끝까지 적당히 친절하고 적당히 사무적인 태도를 유지했다. 집을 다 둘러보고 나오다가 나는 현관 앞에 가지런히 벗어놓은 우재의 구두를 보았다. 남의 집을 보러 가는 일은, 낯선 곳에 신발을 벗어두는 일임을 깨달았다. 우재가 신고 온 것은 평범한 디자인의 검은색 소가죽 로퍼였다. 중소기업의 사 년 차 직장인이 신을 법한 구두였다. 벗어놓음으로써 구두는 존재감을 드러내고 있었다. 이유는 모르지만, 왠지 정체가 들통난 것만 같아 등줄기가 차가워졌다.

"우리만 산다고 하면 어떡해? 믿겠어?"

중개사와 헤어지고 둘만 남자 우재가 신경질을 냈다.

"그럼 뭐라고 해? 네 명? 다섯 명? 그건 너무 구체적인 거짓말이잖아."

우재가 쩝, 입맛 다시는 소리를 냈다. 그가 알아온 타코집은 너무 번잡하고 시끄러웠다. 우리는 좀전에 보고 온 집에 대해 두서없이 이야기를 나눴다. 옆 테이블의 대화와 섞이지 않으려면 목소리를 높여야 했다. 사람 사는 건 다 비슷하더라고 우재가 소리치듯 말했다.

"정리 안 하고 옛날 물건들까지 죄다 쌓아두고 사는 게 우리 엄마 집이랑 다를 바 없더라. 근데 뭐 얼마라고? 참, 말이 돼?"

그래서 짜증이 난다고 했다.

"똑같은 척하는데 사실은 다른 거, 그게 제일 싫어. 억까당하는 것 같아서 불쾌해."

나는 살사소스 맛이 남은 혓바닥을 가만히 움직여 작게 따라 해보았다. 불쾌해.

6

 지난주 소정원의 진도는 수II의 로그함수 부분이었다. 누적 시험지에 서술형 문제 열 개가 빼꼭히 출제돼 있었다. 보는 사람이 없는데도 나는 굳이 한 손바닥을 펼쳐 허공을 가린 자세로 시험지 사진을 찍었다. 전송은 텔레그램으로 했다. 오늘의 전송 시간은 오후 네시 사십일분. 수업 시작까지 한 시간 십구분이 남아 있었다. 소정원이 미리 받은 이 문제들을 풀어보기에 충분한 시간인지 아닌지 나는 알지 못했다. 어쨌든 해답은 소정원 스스로 구해야 했다. 애초에 소정원은 답안지까지는 원하지 않았지만 설령 그랬더라도 내가 알려줄 방법은 없었다. 이 정도면 편법이 아니라곤 못해도 엄청난 위법까지는 아니지 않을까. 나는 내심 그렇게 생각하려고 노력했다.
 시험지를 전송하고 나서 습관처럼 서버에 접속해 소정원의 성적 그래프를 확인했다. 소정원의 성적은 한 달 전에 비해 수직 상승했다. 한 달 전에 받은 성적은 60점으로 그 반에서 최저점이었다. 하지만 내가 전송을 시작하고부터는 확연하게 달라졌다. 그사이 재시험에 단 한 번도 걸리지 않은 것은 물론이거니와 첫 시험 80점, 두번째 90점을 지나 세번째, 네번째는 연속해서 90점대 초중반을 기록했다. 답은 다 맞았으나 풀이 과정에서 약간의 감점이 있을 때 받는 점수대였다. 네번째 시험의 등수는 반에서 2등이었다.

  소정원은 성장하고 있었다. 분명히 그랬다. 자기 나름의 해답을 찾아가고 있었다. 불과 열여섯 살의 아이가 자신을 이기겠다는 결심을 하는 것은 보통 일이 아니었다. 타인을 향해 구해달라고 손을 내미는 것 또한 대단한 용기였다. 그 절박함을 나는 알고 있었다. 나는 그 손을 뿌리칠 만큼 박정한 어른이 아니었다.

  소정원이 DM으로 구체적인 액수를 말하기 전까지 '대가'에 대해 차마 가늠하지 못하고 있었던 게 사실이다. 머릿속이 너무도 복잡해서였다. 다짜고짜 그런 제의를 받으면 누구라도 그럴 것이다. 혹시 지금 이상한 사기에 휘말리고 있는 건 아닌지, 경쟁 학원의 음모는 아닌지 등등. 아무리 봐도 내가 이 수상한 거래에 응할 합리적인 이유는 없었다. 그럼에도 응한다면? 누구든 한 가지 이유 때문이라고 짐작할 것이다. 모두가 아는 그것. 순식간에 모두를 합리적으로 만드는 그것.

  소정원이 제안한 대로라면 한 달 기준 사십만원의 부수입이 생기는 셈이었다. 많다면 많았고 적다면 적었다. 물론 인생을 바꿀 만한 돈은 아니었다. 어중간해서 도리어 매력적이었다. 피곤한 퇴근길에 고민 없이 택시를 탈 수 있고, 친구의 결혼 축의금으로 오만원권 한 장을 더 넣을까 말까 내적 갈등을 하지 않을 수 있고, 일 년간 그대로 모아 내년 여름휴가에 파리 여행을 다녀올 수 있는 돈이었다. 지금 사는 집세에 매달 사십만원을 보태면 옮길 수 있는 곳을 상상해보지 않았다면 거짓말이다.

그렇지만 나와 소정원 사이에 금전이 오가는 순간, 나의 선의는 밀거래라는 죄명을 얻게 될 것이다. 부동산 초급자를 위한 핵심 강좌에서는 자신의 욕망을 직시하려면 위험관리가 기본이라고 가르쳤다. 위험을 식별하고 분석하여 대응해야 한다고 말이다. 모험을 감행하려면 어떻게든 리스크를 줄여야 했다. 어떤 분야나 마찬가지였다. 소정원을 돕고 싶다는, 손을 내밀고 싶다는 내 마음 깊은 곳의 욕구를 기필코 외면하지 않으려면 어쩔 도리가 없었다.

내가 계좌번호를 알려주지 않자 소정원은 어찌할 바를 몰랐다. 대가 없이 일이 진행될 수 있으리라는 가능성은 짐작조차 못한 것 같았다. '받은 돈이 없어야 덜 위험할 것 같아서'라는 말은 하지 않았다. 대신 나는 '아무한테도 말하지 말고, 공부 열심히 하세요'라고 했다. 공부를 열심히 하라고 말하다니, 세상에서 가장 착한 척하는 꼰대로 보일 거였다.

―정말 감사드립니다. 이 은혜는 꼭 갚도록 하겠습니다.

은혜는 모르겠고, 만약에 나중에 집에서 어떤 큰일이, 지금보다 더 나쁜 일이 일어나면 꼭 말해야 한다고, 믿을 만한 어른을 찾아가야 한다고 당부했다. 가정폭력에 놓인 한 아이의 상황을 알게 된, 아동학대 신고 의무자의 책임감이라고 해두자. 사실 나는 교육자가 아니었다. 자주 초과근무를 해야 하는, 평범한 소기업의 직장인이었다. 공교롭게 직장의 업종이 학원업일 뿐이었다. 하지만 아무도 없는 것보단 멀리 있는 파수꾼이라도 있는 게 낫겠지. 조금이라도 그렇겠지. 그렇다고 믿기로 했다.

―실장님 너무 좋은 분.

나는 소정원이 보낸 마지막 DM에 하트를 눌렀다.

내가 수II 로그함수 시험지를 보낸 날, 소정원은 학원에 나오지 않았다. 출석부에는 병결로 표시되어 있었다. 다른 실장이 보호자의 전화를 받았다는 기록이 함께였다. 다음 수업 일에도, 그다음 수업 일에도 결석이었다. 나와 DM을 주고받았던 그 인스타그램 계정도 사라져 있었다.

7

성수동 웰리치 공인중개사 사무소는 서울숲 인근의 신축 빌딩 이층에 있었다. 이번에도 우재가 건물 앞에 먼저 도착해서 나를 기다렸다. 그는 세미 오버핏의 울 블레이저에 캐주얼 셔츠를 받쳐 입고 단정한 면바지를 입은 차림이었다. 신발은 흰색 아디다스 삼바였다. 얼마 전에 내가 신은 삼바를 보고는 "경제력도 취향도 적당히 숨기는 덴 역시 이거네"라고 하더니 줄곧 그것만 신고 나왔다. 오늘 그의 무대의상 콘셉트는 '성수동의 초고층 신축 단지의 삼십 평형대 매물을 보러 온, 아마도 신혼집을 구하려는 듯한, 적당히 부유하고 적당히 안정적이며 적당히 점잖고 적당히 세련된 취향을 가진 삼십대 남성의 주말 룩'쯤인 모양이었다.

"어, 또 데님?"

그가 내 청바지를 보며 미간을 찌푸렸다. 며칠 전, 그 지역 분위기에 맞게 '비즈니스 캐주얼'로 입자는 우재의 제안에 동의했던 일을 까맣게 잊었다. 임장 지역이 어디인지에 따라 복장을 달리하는 게 낫겠다는 게 우재의 의견이었다. 어떤들 어떻겠느냐는 게 나의 심정이었다. 사라진 소정원을 떠올리면, 늙은 오이 맛이 나는 수박을 삼키지도 뱉지도 못한 채 마냥 입속에 물고 있던 어린 날의 계곡에서처럼 막막해졌다.

웰리치 사무소는 부동산이라기보다는 새로 오픈한 카페처럼 미니멀한 고급 가구와 소품들이 놓인 공간이었다. 실내 한가운데에 북카페에나 있을 법한 대형 고재 테이블을 두었다. 포마드 한 통을 다 쏟아부어 매만진 듯한 헤어스타일의 한 남자가 우리를 맞이했다. 테이블에 마주앉자마자 그는 명함을 우리 각각에게 건넸다.

"강실장입니다. 실례지만 두 분도, 가지고 계시면, 한 장 주시면 감사하겠습니다."

지금까지 만난 모든 중개사에게 명함을 받았지만 맞교환을 요구당한 경우는 처음이었다. 가지고 오지 않았다고 우재가 말했다. 우재는 당황한 기색이 역력했다. 남자가 나를 바라보았다. 명함이라면 지갑 어딘가에 두어 장 들어 있기는 할 거였다. 나는 가방 안에 손을 집어넣었다. 우재는 입술을 꾹 다물고 있었다.

돌핀 매쓰 수학학원 본원 상담실장 김다미.

그것이 나의 사회적 이름이었다. 학원에 직함이 같은 실장이 여섯 명 더 있다고 밝힐 타이밍은 놓쳤다. 말했다면 남자는 이 부동산의 실장은 총 몇 명인지 알려주었으려나. 하지만 남자는 내 명함을 들여다보지도 않고 테이블 옆에 놓아두었다.

"감사합니다. 원칙적으로 상호 교환하는 것이 저희 방침이라서요. 저희의 네트워크를 공유해드릴 수도 있고요."

남자가 이어서 우재를 향해 말했다.

"선생님께는 그럼 다음번에 꼭 부탁드리겠습니다."

우재는 떨떠름한 표정을 감추지 않으며 고개를 까닥했다.

"이해해주셔서 감사드립니다. 요즘 여러 일이 있어서 저희도 자구책으로. 저는 고객님들께 반농담삼아 이렇게 말씀드립니다. 유튜버만 아니시면 된다고."

그러면서 그는 우리 앞에 종이 한 장을 내밀었다. 계약서. 맨 윗줄에 분명히 그렇게 적혀 있었다.

"한번 천천히 읽어보십시오."

"착오가 있으신 것 같은데 저희는 오늘 계약하러 온 게 아닙니다."

우재는 의도적으로 딱딱하고 사무적인 말투를 구사했다. 현재 자신이 불쾌함을 느끼고 있으며 잠시 후 분노를 표출할 수도 있는 상태임을 상대에게 알리는 것 같았다. 그동안 상담실의 학부모들을 통해 나는 이런 상황을 수도 없이 봐왔다.

"네, 그럼요, 알고 있습니다."

남자가 선선히 답했다. 나는 종이에 적힌 내용을 눈으로 빠르게 훑었다. 항목 하나하나마다 번호가 매겨져 있었다.

1. 매수인은 대리인에게 본명 및 주소, 직장명 등 본인의 신분을 바르게 밝혀야 한다.
2. 매도인이 원할 시, 대리인은 부동산 현장을 보기 전에 계약금 전액(매매가의 십 퍼센트)이 들어 있는 통장 잔고 제출을 요청할 수 있다.
3. 매물 현장에 대한 사진 및 영상 촬영을 금지하며, 타인에게 발송하거나 SNS 등에 게시할 시 법적 조치를 받을 수 있다.

4. ……

"잘 읽어보시고 아래에 서명해주시면 됩니다."

내가 옆에 놓인 볼펜을 집은 것과 거의 동시에 우재가 자리에서 벌떡 일어났다.

"아니 그럼 우리가 돈도 없이 남의 집을 보러 왔다는 겁니까? 할일 없어서 남의 집이나 보러 다니는 걸로 보입니까?"

돈도 없이 남의 집. 할일 없어서 남의 집. 우리의 부동산 투어가 이토록 일목요연하게 축약될 수 있음을 알았다.

"요즘이 어떤 세상인데 고객한테 갑질을 합니까? 사람들이 뭐라는지 커뮤니티에 한번 올려볼까요?"

나는 우재의 소맷단을 끌다시피 하여 그곳을 빠져나왔다. 나와서도 그는 계속 씩씩거렸다.

"아니, 돈이 있어야 집을 보여준다는 거야? 말이 돼? 우리가 뭘 훔치려는 거야? 그런 거야?"

그는 화가 났다기보다 기가 막힌 상태에 가까웠다. 자꾸 질문만을 반복했다.

"사람을 이렇게 무시해도 되는 거야? 응? 그런 거야?"

그 질문은 내가 아니라 허공을 향해 던져지고 있었다. 내가 아직 보지 못한 우재의 모습이 얼마나 많을지를 생각했다. 지금 모르는 모습은 계속해서 모르고 살아가는 게 나을 것 같았다. 우재가 미처 모르는 내 모습을 그에게 굳이 보여주고 싶지 않듯이. 우리는 목적지 없이 쭉 걸었다. 마냥 직진하다 보니 어느새 서울숲으로 연결되는 횡단보도에 도착했다.

"배고파? 밥 먹고 갈래?"

우재가 물었다.

"아니. 괜찮아."

학원에 할일이 남았다고 나는 말했다.

"그래."

우재는 아까에 비해 꽤 이성을 찾은 상태였다. 다행이었다. 어떤 관계는 매듭 없이 끝난다. 그가 좀더 걷겠다고 말했다. 우리는 숲이 보이는 건널목 앞에서 헤어졌다.

8

토요일 오후의 사무실은 평소에 비해 훨씬 조용했다. 당직을 맡은 실장은 태블릿 PC로 유튜브 쇼츠를 보는 중이었다. 내 책상은 그와 등진 자리였다. 나는 컴퓨터를 켜고 재원생 관리 프로그램을 열었다. 이름을 검색하자 '소정원/D여중 3학년/4레벨 화목 C반'이라는 정보와 함께 보호자의 전화번호가 나왔다. 나는 헤드셋을 쓰고 전화를 걸었다. 신호가 한참 울려도 받지 않아 끊으려던 찰나 통화가 연결되었다. 전화를 받은 사람은 목소리로 나이를 가늠하기 힘든 여자였다.

"안녕하세요. 수학 전문, 돌핀, 매쓰, 학원입니다. 소정원 학생 보호자 되시나요?"

"네, 맞습니다."

점수가 5점 떨어질 때마다 한 대씩 때린다는 부모님이 떠올랐다.

"소정원 학생이 계속 등원을 하고 있지 않아서 연락드렸습니다."

나는 연속 3회 결석 학생에 대한 매뉴얼대로 말했다. 저 너머에서 짧은 침묵이 스쳐갔다는 느낌은 내 착각이었을까.

"안녕하세요. 아이가 몸이 좋지 않아서 쉬었습니다. 결석하기 전에 당일 연락을 드렸었는데요?"

굴곡 없이 차분하고 상냥한 음성이었다.

"네. 알고 있습니다. 그래서 혹시 보강 스케줄을 잡아드릴까 하고 연락드렸습니다."

"괜찮습니다."

"그런데 저희가 수업 당일에 결석을 알려주신 부분에 대해서는 수업료 차감이나 환불이 어려우셔서요."

"상관없습니다. 알아서 처리해주시면 됩니다."

수업 한 회 비용에도 예민한 보통의 학부모 사이에서 보기

드문 유형이었다.

"그러면 소정원 학생은 언제 다시 등원할까요? 저희가 이제 다음달 등록 기간이 시작되어서요."

"네, 몸이 계속 좋지 않아서 다음달은 일단 쉴 예정입니다."

그러면 휴원으로 결정하시겠느냐고, 휴원중이어도 교육비는 납부해야 한다고, 그러지 않으면 다시 입학시험을 봐야만 한다고 나는 설명했다. 이것 또한 그만두려는 학부모에게 대응하는 기본 매뉴얼이었다. 매뉴얼만이 실무자를 도왔다.

"아, 그렇군요."

여자는 정말로 몰랐다는 듯이 대꾸하고는 상의해본 후에 다시 연락드리겠다고 했다.

"네. 저, 그런데, 소정원 학생은 괜찮은가요?"

이상하게 들릴 것을 알면서도 나는 물었다.

"아까 아프다고 하셔서요."

"어머, 신경써주셔서 감사합니다."

여자가 웃음기를 머금은 부드러운 목소리로 대답했다.

"네, 정원이 이제 괜찮아요."

전화를 끊고 나서, 개별 학생 상담 카테고리의 '소정원/D여중 3학년/4레벨 화목 C반' 탭에 '아팠으나 괜찮아짐. 재등록 일단 보류. 의논 후 추후 결정'이라는 글자들을 적어넣었다. 불완전한 문장이었다. 그런데 소정원의 보호자는 누구와 상의한 뒤에 다시 연락을 한다는 것인지 궁금했다.

달이 바뀌었다. 소정원은 재등록을 하지 않았다. 아무 연락도 없다가 새달에 홀연히 사라지는 학생들은 원래 많았다. 소정원과 같은 D여중 3학년인 C반 학생이 교육비 결제를 위해 부모의 카드를 들고 상담실에 들렀다. 나는 무심한 듯이 말을 걸었다.

"이제 그 반에 D여중은 혼자네요. 그 다른 학생은 안 오나 봐요."

"네, 정원이는 미국 갔어요. 보딩."

보딩 스쿨. 기숙사 학교였다. 예상치 못한 결말이었다.

9

시간은 무정하게 흘렀다. 소정원에게서도 우재에게서도 연락은 오지 않았다. 성수동 웰리치 부동산 강실장은 달랐다. 그는 이틀에 한 번씩 오후 네시마다 꼬박꼬박 문자를 보내왔다. '서울숲을 내 집 정원처럼 쓰고 싶으신가요? 매매 전세 월세. 편한 시간에 연락 주세요. 이십사 시간 상담 가능.' 고재 테이블 위에 두고 온 내 명함을 떠올렸다. 최소한 그의 리스트에 포함됐으니 우재와 나의 어설픈 연극 놀이를 완벽한 실패라고만은 할 수 없었다. 보는 사람이 아무도 없는데도 누적 시험지의 사진을 미리 찍어둘 때면 여전히 나는 한쪽 팔로 허공을 가리는 시늉을 했다.

명절 연휴를 열흘쯤 앞둔 어느 날이었다 연휴 휴강에 따른 보강 계획을 세우고 강사별 스케줄을 정리하느라 정신없이 바빴다. 누가 내 책상 옆에 택배 상자를 가져다둔 걸 뒤늦게 보았다. 어제 시킨 화장품이 벌써 왔나보다 생각하면서 뜯지 않고 두었다. 저녁 늦게 좀 한가해진 틈에 포장을 뜯었다. 기름한 모양의 사각 케이스가 나왔다. 케이스를 열자 검은색 가죽 장지갑이 들어 있었다. 아무 로고도 없었다. 내가 주문한 적 없는 물건이었다.

택배 송장을 확인했다. 학원 이름, 내 이름, 내 전화번호까지 정확했다. 보내는 이의 이름, 주소, 전화번호는 모두 낯설었다. 지갑을 열었다. 지폐 칸에 오만원권이 여러 장 꽂혀 있었다. 세어보니 모두 열 장이었다. 카드 칸에서 두 번 접힌 종이를 발견했다.

김실장님, 그동안 신경 많이 써주셔서 정말 감사드립니다. 잊지 않겠습니다. 건강하세요.

송장에 적힌 전화번호를 재원생 관리 프로그램의 검색창에 넣어보았다. 소정원의 보호자가 떴다. 그랬구나, 역시. 나는 천천히 어떤 사실을 받아들였다. 뒤통수가 얼얼했다. 내가 거대한 거미줄의 한 귀퉁이에 얽혀버린 날벌레인지 아니면 둔한 공모자인지 영원히 가려낼 수 없을 것이다. 모르는 새 내가 팔아버린 것과, 내가 빼앗긴 것을, 그리고 잃어버리지 않은 것을 생각하면서 나는 오래도록 자리에서 일어서지 못했다.

해설 | 강지희(문학평론가)

선 넘는 사람들

노 키즈 존을 둘러싼 사회적 논란을 두고, "지나치게 소란스러워서 타인에게 방해가 되는 인간이라면 그게 누구든 얼마나 어리든 또는 얼마나 늙었든 자신이 있는 곳에는 들어오지 않았으면 좋겠다고"(「단 하나의 아이」, 157쪽) 생각하는 여자가 있다. 그래서 그가 떠올린 단어는 '노 피플 존'. 이후 살펴보겠지만 이 여자야말로 자신이 돌보는 아이에게 선을 넘는 관심을 보였다가 처치 곤란한 존재로 치부되고 결국 아르바이트 자리를 잃는다. '노 피플 존'이라는 단어에는 눈에 거슬리는 인간이나 엮이면 피곤해지는 인간과는 어떻게든 연루되고 싶지 않다는 노골적인 이기심이 담겨 있다. 그 인간을 이루는 내면이나 세세한 사연을 알고 싶지 않다는 강렬한 외면의 마음도 깔려 있다. 이는 거의 생존 본능에 가깝다. 우리는 이미 알고리즘을 통해 '좋아요'와 '관심 없음'을 빠르게 선별하여 불편한 세계를 말끔히 지워내는 데 익숙하다. 노 피플 존은 개인의 성향이 아니라, 기술적으로 이미 우리 삶을 이루고 있는 형식인 셈이다. 그래서일까. 정이현의 네번째 소설집 『노 피플 존』에는 타인에게 고개를 내저으며 세련되게 '선을 긋는' 인물들이 여럿 등장한다. 그런데 자고로 온갖 불쾌한 인간 군상이 모여드는 곳이 바로 소설세계가 아닌가. 당연히 이곳에는 아슬아슬하게 '선 넘는' 인물들 또한 있다.

    정이현의 소설은 늘 '언니의 소설'이었다. 첫 소설집 『낭만적 사랑과 사회』(문학과지성사, 2003)가 남긴 도발적인 인상을 기억하는가. 쿨한 언니들은 '취향 소비'를 하고, 영악한 연출로 로맨스를 성취하려 하며 제 욕망에 충실했다. 성공 여부와 무관하게 그들이 보여준 삶의 포즈가 중요했다. 여기에는 섬세하고 복잡한 내면성이나 진정한 자아를 추구하는 무거움이 없었다. 이 언니들은 처연한 얼굴로 성숙한 조언을 건네기보다는, 새초롬한 표정으로 자신이 겪은 실패를 가볍게 튕겨내는 탄성의 매력을 알려주었다. 그러나 탄산수 같던 정이현의 언니들도 이제 기성세대가 된 것일까. 세번째 소설집 『상냥한 폭력의 시대』(문학과지성사, 2016) 속 인물들이 "관성으로 생활하는 기성세대의 공허한 삶"(백지은 해설)을 살아간다는 평에는 씁쓸한 심상이 배어 있었다. 하지만 『노 피플 존』에 이르러 인물들은 관성을 벗어나 다른 길을 찾으려는 듯하다. 왕년에 잘나가던 언니들은 중년이 되어 다시 만만치 않은 인생 게임을 맞닥뜨리고, 능수능란한 시스템은 언제나처럼 상황을 매끈하게 봉합하려 한다. 그러나 세련된 포즈로 이데올로기에 순응하는 '착한 주체'에 가까웠던 이 언니들은 이번에는 예상치 못한 방식으로 선을 넘어서는 뾰족함을 드러낸다. 「낭만적 사랑과 사회」에서 '레이스가 달린 팬티'는 입지 않음으로써 전략적으로 순결을 사수하던 영악한 언니는 이제 자취를 감췄다.

이번 소설집에서 도취된 채 자신을 연출하는 인물들은 오히려 남성들이다. 가스라이팅의 대가인 기욱은 이별을 당하자 광폭하게 널뛰는 감정을 주체하지 못한 채 비극적인 드라마의 주인공처럼 굴고(「가속 궤도」), 서울 시내 최상급지 부동산 투어를 다니는 우재는 값비싼 아파트를 당장 계약할 수 있는 남자라는 배역에 심취해 있다(「사는 사람」). 방송 욕심으로 이미 오래전에 끝난 관계를 붙잡으며 그때의 특별한 사랑이 사라진 게 아니라고 우기는 노정훈도 있다(「우리가 떠난 해변에」). 반면 여성 인물들은 다른 자리에 서 있다. 소진은 데이트 폭력으로 소름 끼치는 두려움을 느끼고 도망치고(「가속 궤도」), 재연은 남편은 결코 이해하지 못하는 돌봄노동에 시달리며(「이모에 관하여」), '나'는 시스템이 만든 감정적 부채를 껴안고 죄책감에 흔들린다(「선의 감정」). 앞선 인물들과 달리 인희는 이제 더이상 노동을 착취당하며 '없는 사람'으로 취급되지 않겠다고 선언하고(「언니」), 안희는 자식이 끔찍한 범죄자라 해도 감싸안는 그런 엄마로 머물 수는 없다고 자신을 다잡는다(「빛의 한가운데」). 죽을힘을 다해 또박또박 말하며 서 있는 이 여성들의 목소리에는 정이현의 소설에서 좀처럼 보이지 않던 투쟁과 결기의 기운이 감돈다. 우리의 언니가 돌아왔다. 나란히 서서 싸우기 위해. 언제나 세태의 한복판을 가차없이 솔직하고 냉정하게 그려왔던 정이현의 세계는 지금 어디로 향하고 있는가.

금수저 연습

정이현의 소설을 구역으로 표현한다면 서울시 강남구일 것이다. 그곳에 축적된 세속성과 음험한 욕망을 압축적으로 스케치하는 데 정이현을 따라올 작가는 드물다. 「사는 사람」은 그런 그의 장기가 한껏 발휘된 작품으로, 사교육과 부동산이 첨예하게 교차하는 강남 학군지를 배경으로 한다. 주인공은 그곳에 위치한 수학 전문 학원 '돌핀'의 김다미 실장이다. 이 학원은 "고유명사이자 아무나 가질 수 없는 상징의 집합체"(305쪽)라 불린다. 다소 과장된 듯 들리지만 '대치맘' 현상을 떠올려보면 고개가 끄덕여지는 데가 있다. 다미는 학원을 둘러싼 입학 열기를 보며, 사교육에 피 튀기는 적극성을 보이는 강남의 부모들을 순수하게 부러워한다.

이 소설의 다른 축에는 다미와 우재의 연애 이야기가 있다. 부동산 공부를 위한 단체 임장에 나갔다가 만난 두 사람은 무리에서 낙오된 걸 계기로 가까워진다. 우재는 다미에게 직업 대신 근무지를 물은 뒤 대답을 듣고 "최상급지네요"(312쪽)라 반응한다. 서울의 부동산을 마치 외국 인디밴드의 나라를 전부 구분하듯 분류해 구체적인 최애 리스트까지 가지고 있는 우재의 맘이 흡족했다는 뜻이다. 서로에게 끌림을 느낀 두 사람은 '임장 크루'에서 '임장 데이트'를 하는 연인으로 발전한다. 우재가 즐기는 데이트 방식은 정장 슈트를 빼입고 서울 시내 상급지 아파트를 투어하는 것이다. 부르디외가 말한 '아비투스'는 개인이 속한 사회적 계급이 무의식적으로 형성하는 취향의 총체다. 하지만 우재가 모방하는 것은 그런 아비투스의 미묘한 결이 아니라, 강남 학군지의 아파트처럼 계급을 보증하는 부동산 그 자체다. 그 자리에 자신을 끼워 넣는 연극을 반복하는 우재는 속물이라기엔 어딘가 안쓰럽다. 성수동의 한 대형 공인중개사 사무소에서 명함을 요구받자, 그는 분노하며 무대에서 추락한다. 그의 연극은 신분 증명의 요구 하나만으로도 무력하게 무너진다.

 닿을 수 없는 계급을 흉내내려 애쓰는 우재와는 달리, 본투비 '강남 차일드'인 돌핀의 학생 소정원은 다미에게 거래를 제안한다. 학원에서 매주 치러지는 누적 테스트의 시험지를 미리 보여달라는 부탁이다. 다미에게 거절당하자 소정원은 극심한 시험 공포증을 고백하며 "한 번쯤은 제가 저를 이겨보고 싶어요"(318쪽)라고 당차게 말한다. 이 비장한 말은 다미의 약점을 정확하게 겨냥한다. '생긴 대로 대충 행복하게 살다 가면 된다'는 부모의 가치관으로 인해 자신이 충분한 사교육을 받지 못했다고 여겨온 다미는 소정원이 제안한 소정의 금전적 대가를 받지 않고 시험지를 미리 보여준다. 그리고 자신이 사소하게 편법을 저지르는 대신 소정원이 성장하고 있다고 믿는다. 자신만큼은 이 학생의 절박함을 이해하고 있다는 모종의 연대감으로 충만하기까지 하다. 그런데 소정원은 어느 날 돌연 사라지고, 뒤늦게 그가 미국 기숙사 학교로 유학 갔다는 소식이 전해진다. 이어 다미에게 도착한 것은 현금 오십만원이 담긴 가죽 장지갑이다. 호의가 돈으로 봉합되는 순간, 다미는 "내가 거대한 거미줄의 한 귀퉁이에 얽혀버린 날벌레인지 아니면 둔한 공모자인지 영원히 가려낼 수 없을 것이다"(338쪽)라 읊조린다.

 이 세계에서 강남 차일드 소정원과 다미의 공모는 결코 불온하지도 도발적이지도 않다. 아무도 속지 않는 연극 속에서 자신이 부유한 남자로 통한다고 믿다가 신분 요구 한 번에 민낯이 드러난 우재처럼, 그들의 공모 역시 체제에 위협이 되지 않는다. 이제 강남을 누리는 특권은 한 세대 안에서 노동임금 축적이나 열성적인 교육으로 획득할 수 있는 것이 아니다. 그것은 오직 위 세대로부터 상속받는 자, '강남 차일드'의 몫이다. 그러니 교육열 없는 부모에 대한 다미의 원망은 애초에 잘못된 겨냥이었던 셈이다. 소정원은 자기 자신을 이겨보기 위해 지금부터 '연습'해나가겠다고 했지만, 그는 애써 연습하지 않아도 미국 유학이라는 값비싼 기회를 보장받는다. 무대 위에서 '금수저 연습'을 하는 것은 오직 흙수저들뿐이다.

상류층의 공고하고 매끄러운 시스템은 「실패담 크루」에서 또다른 얼굴을 드러낸다. 소설 서두의 명제—"페이스트리는 뜻밖에 정치적인 빵이다"(9쪽)—는 빵의 겹겹이 쌓인 층 사이의 선처럼 얇은 틈을 깔끔하게 처리하는 사소한 스킬조차 이미 계급을 가르는 감각임을 암시한다. 그렇다면 「실패담 크루」의 주인공 '나'는 이 스킬을 무사히 습득할 수 있을까.

'나'는 변호사 시험에 합격한 뒤, 선망하던 로펌에서 여섯 달의 의무 수습기간을 보낸다. 수습이 끝날 무렵 대표 변호사 중 하나인 원대표가 '나'를 포함해 수습 변호사들을 저녁식사에 초대하고, 그 자리에서 '나'는 건축 회사 경영자 성지연을 처음 만난다. 식사 자리에서 겉돌던 '나'는 화장실로 가던 중 복도에 걸린 미술작품 〈더 셸 오브 타임The shell of time〉을 보게 되고, 그에 대해 성지연과 대화하다가 그녀의 눈에 들어온다. 그후 "신입들의 집안 배경까지 고려한다는 소문"(20쪽)이 파다한 로펌답게 '나'는 정식 채용되지 못한다. 그렇게 시간이 흐른 어느 날 한 소형 변호사 사무소에서 일하고 있는 '나'에게 성지연이 찾아와 사건을 의뢰하고, 그 인연으로 '나'는 성지연에게 '실패담 크루'라는 모임에 초대받는다.

"극복하고 넘어서고 미래를 기약하는 건 너무 힘들잖아요. 굳이 안 그러고 싶은 실패도 있으니까. 그냥 실패, 이러지도 저러지도 못하고 삶의 일부로 남은 실패. 그걸 이제 남 앞에서 편히 말해보자는 취지예요. 일종의 담백한 공유랄까. 재미도 있고요."(26~27쪽)

이 모임은 영화 제작사 대표, 건축가, 뷰티클리닉 원장, 글로벌 기업 상무, 갤러리 관장 등 사회적 자산, 경제적 능력, 문화적 자본을 비롯한 모든 것을 "흘러넘치도록 많이 가진"(25쪽) 구성원들로 이루어져 있다. 이 모임이 실패를 규정하는 방식은 이들에 대해 많은 것들을 말해준다. 이들에게 실패는 영혼 어딘가가 손상되며 무너지는 고통이 아니라, 취미로 삼을 만한 흥미로운 대상이다. 그래서 이들의 실패담은 서사적 매력을 띤다. 부유한 집안 배경과 직위가 돋보이는 실패, 그런 조건 속에서만 가능했던 실패가 맛깔스럽게 나열된다. 실패는 이들의 입으로 깔끔하게 들어가는 달콤한 페이스트리다. 그러나 이 은밀한 규칙을 습득하지 못한 '나'는 거듭 실패담 말하기에 실패한다. '나'의 아홉 살 첫 가출기는 미적지근한 반응만 얻었다. '나'는 이제 진정성으로 승부하려 한다. 로펌 수습 시절, 동료 변호사들의 부적절한 대화를 상사에게 제보한 경험을 말하기로 결심하지만 성지연이 '나'를 제지한다. 그 순간 잠시 가려져 있던 계급의 간극이 적나라하게 드러난다. 과거 동료들의 뒷담화를 바로잡으려던 '나'의 진심이 성지연에게는 야망 때문에 상황판단조차 못하는 '결핍'으로 보였고, 성지연은 그 결핍마저 품어주었다고 믿으며 자신을 '노블레스 오블리주'로 승화했다. "여전히 도태되지 않기 위해 죽도록 노력하는 중"(44쪽)인 '나'의 앞에서 틈 없이 닫힌 회색 문은 카프카의 세계에서처럼 죽는 순간까지 열리지 않을 문처럼 보인다. 결국 모임의 '젊은이'였던 '나'의 자리는 툴을 잘 이해하고 있는 유튜버 제리로 대체된다.

그러니 '나'와 성지연의 연결고리가 된 기술작품 〈더 셸 오브 타임〉이 '나'에게 설명하기 어려운 불쾌감으로 각인되어 있다는 사실은 많은 의미를 내포한다. 매미 단면도처럼 언캐

니한 사물을 미학적으로 수용한다는 것은 교육과 오랜 훈련이 뒷받침되어야 가능한 계급적 감각이다. 여유 있는 자들에게 실패는 하나의 동력이자 기념비가 되지만, 절박한 자들에게 실패는 예술품이 되지 못하고 부스러기로 남는다. 매미의 '껍질$_{shell}$'과 페이스트리의 '층'에 끝내 적응하지 못한 '나'는 고급스럽게 세공된 껍데기의 세계에서 매끄럽게 밀려난다. 그리고 깨닫는다. 진짜 금수저 실패담 크루는 앞으로도 결코 실패하지 않으리라는 사실을.

돌봄의 무게를 지고

정이현이 본래 잘하는 것을 가장 잘하는 방식으로 펼쳐낸 「사는 사람」과 「실패담 크루」는 실패가 지워지는 상류층의 삶과 좀체 손상되지 않는 공고한 시스템을 드러낸다. 그러나 그 이면에는 언제나 중산층의 분투가 놓여 있다. 『노 피플 존』에서 작가가 특히 집중하는 것은 중산층 여성의 분투가 서커스처럼 이루어지는 돌봄노동의 자리다. 「이모에 관하여」 「단 하나의 아이」 「선의 감정」은 돌봄노동 외주화 3부작으로 묶어 읽을 수 있다. 주인공들은 각각 가정 내에서 고용하는 자리, 고용되는 자리, 그리고 병원이라는 거대한 돌봄 시설의 자리에 놓여 있다.

　가정에서의 돌봄노동은 종종 필리핀이나 조선족 가사도우미에게 맡겨지지만, 그 외주의 결과로 발생하는 잡무와 감정노동은 다시 여성에게 돌아온다. 그러니 「이모에 관하여」에서 재연이 늘 초조하고 날카로운 반면, 남편 찬이 태연하고 여유로운 것은 성격 탓만은 아니다. 육아휴직을 마치고 회사에 복직한 지 얼마 되지 않아 장기 프로젝트 실무팀장을 맡은 재연은 둘째를 임신했다는 사실을 알게 되고, 앞으로 무너질 자신의 경력을 머릿속에 생생하게 그리며 망연자실한다. 그런 재연에게 건네는 찬의 해맑은 한마디, "당연한 걸 미안해하지 마. 그거 나쁜 버릇이다"(268쪽)는 젠더에 따라 달라지는 '모를 권리'의 불평등을 투명하게 드러낸다. 그러나 막상 재연이 입주 시터를 구하겠다고 하자 찬은 불편하다며 난색을 표하고, 조선족 가사도우미 이모와 함께하는 첫 주말에는 혼자 자전거를 끌고 사라진다. 온갖 우여곡절 끝에 어렵게 구한 이모 앞에서, 세부적인 것 하나하나에 신경을 곤두세우며 고민에 잠기는 이는 결국 재연이다. 이모가 여러모로 탐탁지 않아 결국 이모를 내보내기 위해 재연은 남편과 다투는 연극을 시작한다.

　내가 대체 언제까지 이래야 해?
　재연은 다시 소리를 질렀다. 낯빛이 하얗게 질린, 저 바보 같은 남편이 부디 이 음습한 계획의 공범이 되어주기를 바라면서. 만약 끝내 눈치채지 못한다면, 그래도 할 수 없었다. 눈물이 쏟아져 내렸다.

난 그냥 이렇게 살다가 죽겠지. 영원히 못 벗어나겠지. (294쪽)

우울증 때문에 감정이 폭발한 미친 여자를 연기하는 재연에게서 흩어져나온 감정의 파편들은 찬을 향하고 있기에 독자에게 통렬함을 안겨주기도 한다. 그럼에도 이 장면의 대사와 눈물은 실제로 무너져가는 현실과 그리 잘 구별되지 않는다. 재연의 계획은 성공한다. 한 시간쯤 지나 이모는 긴한 일이 생겨 일을 계속하기 어렵다고 말한다. 그렇게 계획이 성공했는데도 왜 재연의 마음에는 스산한 바람이 부는 것일까. 중력을 거슬러 미끄럼틀을 기어오르다 반복해 굴러떨어지듯, 소설은 최선을 다해도 현상유지가 어려운 독한 리얼리즘의 '경력 단절 체험기'를 보여준다. 돌봄노동이 매끄럽게 외주화될 수 있다면, 결국 필요한 것은 소위 '좋은 이모'를 만나기를 기원하는 일뿐일까. 돌봄 도우미 문제를 위해 더 많은 이주 여성이 들어온다 해도, 근본적인 출구는 마련되지 않는다는 사실을 「이모에 관하여」는 뼈저리게 각인시킨다.

「단 하나의 아이」는 돌봄노동의 피고용자 자리를 보여준다.

놀이 가정교사를 파견하는 업체 '케이 파라디소'에서 선호하는 인물상은 "인서울 중위권, 착해 보이는 외모의 여학생"으로, 타투, 성형 등을 해 외양이 "화려하고 세 보이면"(161쪽) 탈락 사유가 된다. 개성을 탈색시키고 순종적으로 보일수록 가산점을 받기 좋은 세계라는 점에서 이곳은 결혼정보회사의 '용모 단정' 조건을 연상케 한다. 한나는 케이 파라디소에서 계속 일을 해나가기 위해 부모가 이혼했다는 자신의 개인사를 적절히 잘 숨겨야 하며, 점점 아이와 거리를 두는 자기방어적 태도에 익숙해져야 한다. 새로 만나게 된 아이 하유에게서 가정 내의 위태로운 폭력과 방치의 기미를 감지하지만, 한나는 끝내 개입하지 못한다. 가정은 외부인을 배제한 폐쇄된 공동체로, 가족이 아닌 존재는 잠시 머물다 사라져야 한다. 그래서 한나가 처음으로 하유의 엄마에게 하유의 가상 친구와 관련된 우려를 전했을 때, 한나의 가정교사 일은 차갑고 빠르게 종결된다.

이 소설들은 가정 안에 외부인이 들어선다고 해도, 김기영의 영화 〈하녀〉(1960)처럼 외부인이 가정의 질서를 전복하는 일은 더이상 가능하지 않음을 보여준다. 체제 안에서 상징화되지 못하고 배제되는 자는 스스로를 상징적 사건으로 만들어야 한다. 그러나 "단 하나의 아이에 대해 한나는 끝내 생각을 멈추지 못했다"(187쪽)는 마지막 문장이 남기는 여운에도 불구하고, 한나는 하유를 향한 애틋한 감정을 넘어, 방치된 그 아이를 구하려는 어떤 욕망이나 의지를 적극적으로 드러내지 않는다. 이 행동의 부재는 개인의 나약함이 아니라, 보호를 빙자해 폐쇄된 자리에 고착되어 있는 돌봄노동의 구조를 보여준다.

「선의 감정」은 가정에서 돌봄노동을 승계받아 체계적인 인구 관리가 이루어지는 거대한 제도적 공간인 병원에서 구조적 한계가 어떻게 의료진의 삶을 잠식하는지를 보여준다. 지역거점병원에서 일하는 여성 의사 '나'는 가정 안에서 돌봄노동에 시달리는 동시에 병원의 성과급 경쟁 체제에도 심리적 영향을 받는다. 재단 이사장이 바뀌고 경영진단평가가 도입되면서 급여 인센티브제가 시행되자, 환자 수와 시술 횟수가 중요해지고 '나'는 자신도 모르게 수익을 의식하는 처지가 된다.

이때 등장하는 인물이 소위 '블랙리스트 환자' 안복희다. 사소한 증상으로도 상습 입원하는 안복희와 알코올 문제가 있는 보호자 딸 김현숙의 조합은 '나'가 이 두 사람에게 신뢰를 갖지 못하게 한다. '나'는 별다른 이상 증상이 없다는 판단으로 안복희에게 퇴원을 종용하지만, 일주일 뒤 안복희는 응급실로 실려와 심근경색으로 사망한다. 그리고 "이 갑작스러운 죽음이 내 오진 탓이 아니라는 결정적 증거"(106쪽)를 찾아내려는 노력이 시작된다. 퇴원 전후의 심전도 검사지를 비교했다가 석연치 않음을 감지한 것이다. 미세한 차이를 미처 발견하지 못했다는 자책이 깊어지는 이유는 '나'가 안복희에게 퇴원을 종용하던 순간, "진료부원장이 틈만 나면 강조하는 입원 병상 회전율"(102쪽)이 스쳐갔기 때문이다. '나'는 마땅히 해야 할 일을 했을 뿐이지만, 끊임없이 실적을 요구해온 시스템의 압박이 부지불식간에 '나'의 판단을 흔들었을 가능성은 지워지지 않는다. 소설은 이 께름칙한 사건 뒤에서 교활하게 작동하는 시스템을 직시하게 한다. 나이든 여성, 의료보호 환자, 건강염려증, 히스테리 환자라는 편견도 작용했지만, 인간의 생명마저 수익으로 환산하게 만드는 제도의 압박이 '나'의 시야를 가장 어둡게 했을 것이다. 그럼에도 죄책감을 떠안아야 하는 이는 결국 많은 의료진 중 한 명인 '나'이다.

마지막에 주인공을 찾아온 안복희의 딸 김현숙은 독자가 예상한 사달을 일으키지 않는다. 오히려 "평범하고 지쳐 보이는 얼굴"(117쪽)로 어머니가 고마워했다고 전한다. 불시에 도착한 이 말은 뜻밖의 구원처럼 보이지만, 동시에 또다른 기만의 서막이기도 하다. 이 지점에서 소설 제목 '선의 감정'이 주는 어감을 곱씹어볼 필요가 있다. 이 선은 어쩐지 선량함을 뜻하는 '선善'이라기보다 자꾸만 '선線'을 떠올리게 하지 않는가. 시스템이 그어놓은 '선線' 위에서 윤리의 줄타기를 이어가는 이들에게 행실과 무관하게 주어지는 감사와 격려는 각성의 순간을 무디게 하고 시스템과의 대결을 지연시킨다. 앞서 살핀 「이모에 관하여」와 「단 하나의 아이」에서 타인의 필요를 감당하다가 쫓겨나는 여성들에게 필요한 것도 이런 따뜻한 위로의 말은 아닐 것이다. 이제 돌봄은 단순히 사람과 사람 사이에 다정한 손길이 오가는 노동이 아니라, 다각도의 평가 시스템이 개입하는 거대한 장의 일부이다. 그곳에서 고용하는 이와 고용되는 이는 모두 시스템이 그어놓은 선線에서 어딘가 조금씩 어긋난 채로 존재한다. 그 어긋남이 선을 넘는 순간으로 바뀔 때, 지리멸렬하게 이어진 이 지연의 시간으로부터 탈피할 가능성이 비로소 열릴 것이다.

자기만의 방 바깥에서

그러나 선을 넘는 일은 결코 간단하지 않다. 정이현에게 삶은 사회의 규범과 개인의 생존 전략이 맞물려 구조화되는 자리다. 따라서 쉽게 맨얼굴을 드러낼 수 없는 연극의 장이 된다. 그렇다면 이 무대에서 번번이 가면이 벗겨지는 쪽은 누구인가. 과거 정이현의 소설에서 시스템의 얼굴은 다소 모호하고 추상적인 것으로 제시되었고, 그에 따라 결말은 냉소와 자기연민 사이에서 열린 상태로 남은 경우가 많았다. 그러나 『노 피플 존』에서 시스템은 훨씬 또렷한 얼굴로 드러난다. 「빛의 한가운데」에서 안희에게 남편 혁은 불안을 공연히 아이에게 투사한다고 말하며, 시스템을 신뢰하라고 충고한다. "이상한 세상이니까 재수없게 휘말리는 일만을 요령껏 피하면 된다"(128쪽)는 그의 말 속에서 성폭력 문제는 그저 '골치 아픈 불운'으로 치부된다. 시스템에서 배반당한 적 없는 자, 바로 그가 시스템의 얼굴이다. 정이현의 초기 소설이 사랑을 탈낭만화하며 진화론적 생존의 냉정함을 드러냈다면, 이제 그의 소설은 사회적 선택과 도태가 결코 자연의 섭리가 아님을 안다. 정이현은 세대와 계급, 젠더의 차이가 사회의 세포조직까지 파고든다는 사실을 예민하고 집요하게 직시한다. 그 송곳 같은 시선은 시스템의 누수 지점을 드러내고, 다른 싸움의 가능성을 탐색한다.

「언니」에서 대학원생 인희 언니는 방학 동안 미국에 머무르는 지도교수를 대신해 중국어 학습서를 번역한다. 그렇게 방학 내내 공들여 작업했지만 출간된 책에는 어디에도 인희 언니의 이름이 적혀 있지 않았다. 공역자의 자리에는 교수의 배우자 이름이, 역자 후기에는 학습서의 저자인 중국인 학자에 대한 친밀한 경의를 담은 감사 인사가 담겨 있을 뿐이다. 시간이 흐른 뒤 도서관에서 일인 시위를 하기 시작한 인희 언니는 교수의 행동에 이의를 제기했다가 노골적으로 받은 보복 조치들과 "없는 사람"(80쪽) 취급을 당한 정황을 낱낱이 알린다.

소설은 이 사건을 인희 언니 어머니의 이야기와 겹쳐놓는

다. 시청 공무원이었던 언니의 어머니는 자주 아픈 딸아이를 위해 직장을 그만두어야 했다. 언니가 아기였던 시절, 어느 날 서울에 귀순한 북한 장교 소동으로 날카로운 경보 사이렌이 한참 울린 이후부터, 언니의 어머니는 집안에 지하 벙커를 만드는 데 몰두하기 시작한다. 그런 어머니는 '요상하게 미쳤다'는 소리를 듣고, 그 딸은 교수에게 '배은망덕도 유분수'라는 말을 듣는다. 이 모녀는 지나치게 운이 없거나 욕심이 많아서 이런 일을 겪게 된 걸까. "살아남을 수 있는 안전하고 단단한 방. 아무도 침범할 수 없는 방"(73쪽)에 대한 언니 어머니의 집착은 곧 여성들의 오래된 갈망, '자기만의 방'을 향한 열망과 맞닿아 있다. 사회는 자기 착취적인 노력을 통한 자기계발을 부추기면서도, 약자가 정해진 위계를 벗어나려 할 때는 부당하게 낙인찍는다. 여성의 욕망은 쉽게 야망으로 치부되고, 이에 순응할 때 자연스럽게 부여되는 자리는 가사노동이나 돌봄노동처럼 비가시화된 영역이다.

여성이 간신히 허용된 비좁은 공적 공간에서조차 쫓겨나 지하 벙커로 숨어야 할 때, 다른 여성은 무엇을 할 수 있을까. 「언니」에서 화자 '나'가 일인 시위를 하는 인회 언니 곁에 서기로 선택하는 장면은 마음에 파문을 일으킨다. 이때 '언니'는 더이상 특정 개인이 아니라, 우리 모두의 언니가 된다. 광장으로 나온 언니들은 금기시되던 분노와 자율적 욕망을 숨김없이 드러내며 마침내 "자기가 하고 싶은 건 기어코 하는 사람"(68쪽)으로 살아남는다.

「가속 궤도」는 여성의 어떤 생존은 왜 고요하게 작열하는 방식으로 지속되는지를 보여주며, 그 폭력의 근원을 응시하는 작품이다. 소설은 십여 년 전 경험한 성희롱과 폭력이 어떻게 여자의 현재를 잠식하는지 그려낸다. 스물세 살의 여름, 소진은 삼십대 운전면허 학원 강사의 불쾌한 플러팅—"소진씨, 나 따라서 중국 안 갈래요?"(232쪽)—에 직면한다. 성희롱임이 분명하지만, 오히려 자신의 예민함을 의심받을 수 있다는 확신은 그녀를 침묵하게 한다. 그러나 침묵은 곧 다른 폭력으로 전이된다. 남자친구인 체육교육과 복학생 기욱은 "내 얘기는 안 한 거야?"(236쪽)라며 엄격한 말투로 분노를 드러내고, "너의 순수를 증명하라"(238쪽)며 추궁한다. 그 가스라이팅에서 벗어나기 위해 소진은 이별을 통고하지만, 그뒤에 당한 약물 성폭력과 스토킹은 소진의 생을 뒤흔든다.

그런데 소설이 더 깊이 주목하는 것은 과거 폭력의 구체적 정황이 아니라, 그것이 현재까지 파장을 일으키는 방식에 있다. 소진이 일하는 학원 블로그에 어떤 악플 하나가 달리는 순간, 소진은 감정의 소용돌이에 휘말리고 일상은 곧 공포로 가득해진다. 운전면허를 딴 뒤 자동차는 그녀에게 "숨을 수 있는 방"(244쪽)이 되었지만, 디지털 시대의 개인정보는 통제

불가능한 영역에 놓여 있기에 근본적으로 은신처는 존재하지 않는다. 소설은 악플 하나로 촉발된 불안이 자동차 급발진 사건으로 표출되는 과정을 섬세하게 따라간다.

결말에서 악플의 작성자가 소진의 오래전 남자친구가 아니라 K중 1등인 학원 학생 현수였음이 밝혀진다. 젊은 여교사들만을 겨냥한 악플의 주체가 누구도 예상하지 못한 수줍음 많은 소년이었다는 사실이 다른 교사에게는 대수롭지 않게 받아들여지는 듯하다. 그러나 이 의외의 범인은 소설 밖 현실에서 온라인을 경유해 불특정한 얼굴로 번성하는 성폭력 범죄를 떠올리게 한다. 이제는 현실의 위계와 무관하게 십대 청소년들마저 가해자의 자리에 서고, 온라인에 접속만 할 수 있으면 언제 어디서든 범죄는 가능해진다. 위험은 익명의 얼굴로 랜선을 타고 일상의 구석구석으로 침입해 들어온다. 소설은 급발진 사고를 우연히 닥친 불운이 아니라 "죽어서야 퇴장할 자격을 얻는"(241쪽) 비극의 여주인공처럼 살아온 그녀 일상의 해묵은 국면으로 다룬다. 소설이 응시하는 것은 특정한 개개인의 일탈적 폭력성이 아니라, 여성의 일상에 스며 있는 폭력과 불안의 공기 그 자체다.

「빛의 한가운데」는 정이현에게 중요한 작품이 될 것 같다. 소설은 뜨겁고 첨예한 이슈인 '딥페이크 성폭력' 문제를 정면으로 다룬다. 더구나 가해자를 주인공 안희의 아들로, 피해자를 안희의 오랜 친구이자 한때 광고 모델로 활동했던 미령으로 설정함으로써 타협의 여지나 해소 가능성 없이 끝까지 밀어붙인다. 누군가는 올해 화제가 되었던 영국 드라마 〈소년의 시간〉을 떠올릴 수도 있겠다. '인셀'을 단순히 악마화하지 않고 무엇이 그를 범죄자로 만들었는지 추적했던 그 드라마처럼, 「빛의 한가운데」 역시 가해자의 얼굴을 잠시 가린 채 온라인 성폭력이 어떤 사회적 관계와 구조 속에서 발생하는지를 끈질기게 파고든다.

이야기는 아들을 둔 안희와 딸을 둔 미령이 처음 만난 초등학교 학부모 설명회로 거슬러올라간다. 그날 학생부장은 '장우산 사건'이라는 흥미로운 에피소드를 늘어놓았다. 두 아이가 청소중에 다투다 한 명이 성적 접촉을 당했다는 사례였는데, 그는 "일반 학폭이 백번 낫지 '성'이 붙어서 학폭위에 올라가면 해결이 백배 복잡해진다는 사실"(126쪽)을 강조한다. 성폭력을 본질적 문제로 다루기보다 귀찮고 까다로운 사건으로 치부하던 오래전 학생부장의 태도는 지금 안희의 남편과 크게 다르지 않다. 그는 아들 혁에게 여자를 조심하라고 충고하며, "이상한 세상이니까 재수없게 휘말리는 일만을 요령껏 피하면 된다"고 말한다. 남성이라는 이유만으로도 억울한 피해자가 될 수 있다는 근거 없는 불안에 더 무게를 두는 것이다. 얼마 안 돼 혁의 고등학교에서 남학생들이 여학생 얼굴을 딥페이크로 합성한 사건이 터진다. 하지만 혁은 감정 없는 눈빛으로 아무 일 없다는 듯 태연하다. 입시에만 관심이 몰려 있는 상황에 주말에도 늘 학원에 가야 하는 혁은 아버지가 소리칠 때만 단발적으로 반응할 뿐이며, 안희는 혁이 먹지도 않는 음식을 차리고 아이를 학원에 태워다주는 도구적 존재로 남는다. 한편 남편은 안희에게 미령을 거래처 황사장에게 소개하자고 말하기도 하는데, 여기에는 이혼한 여성의 외모와 나이를 교환가치로 환산해 깎아내리는 시선이 고스란히 배어 있다.

소설은 혁이 학교나 가정에서 특별한 폭력에 노출되었기 때문에 딥페이크를 만들게 된 것은 아니라고 강조한다. 다만 성폭력이란 '재수없어서' 걸리는 일이라는 인식이 사회 저변에 퍼져 있고, 가정 안에서는 명령하는 자와 묵묵히 따르는 자의 위계를 보고 익히며, 입시 체제 속에서 학업만이 절대적 가치로 자리잡고, 여성의 성적 가치를 수시로 가늠하고 대상화하는 관습이 내면화될 때, 사소해 보였던 인식들이 차곡차곡 쌓여 결국 소년은 작은 괴물이 된다. 예견된 결과물처럼 결국 혁이 만든 딥페이크 합성물에서 드러난 얼굴은 바로 한때 아이스크림 소녀 모델이었던 미령이다. 충격 앞에서 남편은 오히려 안희를 다그친다. "영화 〈마더〉 몰라? 그게 엄마야. 자식을 끝까지 지키는 게."(152쪽) 그러나 극도의 혼란 속에서도 안희는 몸을 떨며 부정한다. "아니야, 나는 그런 엄마가, 아니

야."(153쪽)

「빛의 한가운데」는 딥페이크 사건을 특정 청소년의 일탈이 아니라, 세대를 거쳐 축적된 여성의 성적 대상화와 성폭력을 경시하는 모럴이 디지털 기술과 결합해 폭력으로 재생산되는 문제로 다룬다. 소설 중반, 미령이 방생하는 새끼 잡어를 갈매기가 순식간에 낚아채는 장면은 그녀가 희생자가 될 운명을 예고하는 듯 서늘하다. 그러나 이 적자생존의 냉혹한 자연 속에서도 만약 구원이 가능하다면, 그것은 제 가족을 향해 배반의 기미를 드러내는 안희에게서 비롯될 것이다. 소설의 서두에 새겨진 그녀의 다짐은 의미심장하다. "만약 아무것도 없던 때로 돌아갈 수 있다면 인간을 세상에 태어나게 하는 일 같은 건 하지 않을 것이다. 절대로."(123쪽) 자기 자신을 두고 다시는 태어나지 않겠다는 다짐에 대개 쓸쓸함이 담겨 있다면 이 말은 보다 훨씬 강력하다. 정이현의 이전 소설 속 인물들이 주로 시스템에 편승하는 위장술로 설명되어왔다면, 「빛의 한가운데」에서 들려오는 안희의 목소리는 체제를 존속시키는 재생산과 내리사랑을 전면적으로 거부한다는 점에서 선뜩한 기운을 품고 있다. 아들과 아버지가 결속하는 질서를 거스르며 다른 여성과의 연대를 택하려는 이 엄마는 깊은 비탄 속에서도 형형한 눈빛을 던진다. 남성 지배의 그 질긴 결속을 끊어내야 완결될 속죄의 드라마는 지금 막 펼쳐지려 하고 있다.

정이현의 소설은 이제 '자기만의 방' 바깥에서 시작되는 듯하다. 여자들이 만들어온 그 방은 소중하지만 동시에 유폐된 자리이자, 외부의 침입으로 언제든 무너질 수 있는 위태로운 공간이기 때문이다. 방 바깥, 쏟아지는 '빛의 한가운데'에서 이들은 그악스러운 얼굴을 하고 서 있다. 이런 광폭한 빛과 파멸은 아주 익숙한 것이지만 또 매번 낯설게 고통스럽다는 듯이. 그러니 이들이 서로의 언니가 되고 연대를 모색하는 방식은 결코 현명하고 우아한 지적 놀이일 수 없다. 금수저들이 벌여놓은 연극판에 흥미로운 감초 역할로 머물지 않으려면, 외주화되며 더 정교해진 돌봄노동의 착취 구조에 갑과 을로 휘감기지 않으려면, 횡행하는 갑질과 성폭력 앞에 위축되지 않으려면, 차라리 둔탁하고 무지한 힘으로 어떤 관성을 깨부숴야 한다. 그래서 이들은 익숙했던 게임의 법칙을 위반하고 기어코 가족마저 배반하면서 선을 넘으며 나아간다. 그 선 바깥에서만 서로를 발견하고 비로소 살아남을 수 있다는 것을 알기에. 이번 정이현의 소설집은 그 선 너머의 자리를 모색하는 장이다. 아직 아무도 도착하지 않았기에 그곳은 말 그대로 '노 피플 존'이지만 그 공백은 가능성의 다른 얼굴이다. 이 소설집이 담담한 결기로 뻗어간 그 선 너머의 자리를 당신도 함께 응시해주길.

작가의 말

하나의 긴 실을 상상하곤 합니다. 어떤 구간은 직선으로 어떤 구간은 구겨진 채로 또 어떤 구간은 잔뜩 엉킨 채로 존재하지요. 저는 엉킨 부분 앞에서 영원히 끙끙대거나 깔끔하게 끊어버리고 싶다는 충동에 굴복하는 대신, 그 매듭 아닌 매듭을 그냥 놔두고 앞으로 나아가는 길을 택했습니다. 생을 이어간다는 말의 무서움을 실감하는 중입니다.

기왕 실이라면 제가 쓰는 소설이 치실에 가까웠으면 좋겠습니다. 보이지 않는 틈새에 숨겨진 것을 기어이 끄집어내겠다는 목적으로 성실하게 움직이는, 얇고 매끄럽고 실용적인.

개인으로서 저는 오늘도 수많은 모순에 둘러싸여 살아갑니다. 혼자 있기를 간절하게 바라지만 또 완전히 혼자이고 싶지만은 않은, 선택적 고립의 욕망도 거기 속할 것입니다. 제 안과 밖의 모순과 욕망들을 오래 들여다보면서 천천히, 멈추지 않고 썼습니다. 그 가운데 단편 아홉 편을 여기 한 권으로 묶습니다.

『노 피플 존』을 만드는 동안 제목과 달리 곁에 늘 좋은 사람들이 있었습니다. 과분하고 멋진 해설을 써주신 강지희 평론가님께 감사드립니다. 추천사를 써주신 정세랑 작가님, 고아성 배우께도 특별한 감사 인사를 드립니다. 제게 큰 힘과 의지가 되었습니다. 매 순간 애정과 정성을 다하는 일의 아름다움을 구체적으로 알려준 정민교 편집자님, 섬세하고 단단하게 함께해준 김내리 편집자님 덕분에 책이 세상에 나올 수 있었습니다. 정말 고맙습니다.

무엇보다, 잊지 않고 기다려주신 독자분들께 안부를 전할 수 있어서 기쁩니다.

저는 그동안 이렇게 지냈습니다.

당신은 어떻게 지내셨나요?

2025년 10월

정이현

| 수록 작품 발표 지면 |

실패담 크루 …… 『문학동네』 2025년 가을호
언니 …… 『릿터』 2017년 12/2018년 1월호
선의 감정 …… 『창작과비평』 2021년 봄호
빛의 한가운데 …… 문장 웹진 2025년 3월호
단 하나의 아이 …… 문장 웹진 2021년 9월호
우리가 떠난 해변에 …… 『사랑, 이별, 죽음에 관한 짧은 소설』, 시간의흐름, 2023
가속 궤도(발표 당시 제목은 '가속도의 궤도') …… 『문학동네』 2020년 겨울호
이모에 관하여 …… 『현대문학』 2020년 2월호
사는 사람 …… 『사는 사람』, 위즈덤하우스, 2025

문학동네 소설집
노 피플 존
ⓒ정이현 2025

1판 1쇄 2025년 10월 21일
1판 8쇄 2026년 1월 13일

지은이 정이현
책임편집 정민교 | **편집** 김내리 | **모니터링** 이희연
디자인 최정윤 유현아 | **저작권** 박지영 형소진 주은수 오서영 조경은
마케팅 정민호 서지화 한민아 이민경 왕지경 정유진 한경화 정경주 김혜원 김예진 이서진
브랜딩 함유지 김은솔 박민재 이송이 박다솔 조다현 김하연 이준희
제작 강신은 김동욱 이순호 | **제작처** 한영문화사

펴낸곳 (주)문학동네 | **펴낸이** 김소영
출판등록 1993년 10월 22일 제2003-000045호
주소 10881 경기도 파주시 회동길 210
전자우편 editor@munhak.com | **대표전화** 031)955-8888 | **팩스** 031)955-8855
문학동네카페 http://cafe.naver.com/mhdn
인스타그램 @munhakdongne | **트위터** @munhakdongne
북클럽문학동네 http://bookclubmunhak.com

ISBN 979-11-416-1343-3 03810

* 이 책의 판권은 지은이와 문학동네에 있습니다.
  이 책 내용의 전부 또는 일부를 재사용하려면 반드시 양측의 서면 동의를 받아야 합니다.

잘못된 책은 구입하신 서점에서 교환해드립니다.
기타 교환 문의 031)955-2661, 3580

www.munhak.com